KB233620

공정사회로 가는 길

공정사회로 가는 길

초판 인쇄　2010년 12월 15일
초판 발행　2010년 12월 20일

지은이　김일수
펴낸이　이방원
펴낸곳　세창미디어
출판신고　1998년 1월 12일 제300-1998-3호
주소　120-050 서울시 서대문구 냉천동 182 냉천빌딩 4층
전화　723-8660　　팩스　720-4579
이메일　sc1992@empal.com
홈페이지　http://www.scpc.co.kr

ISBN　978-89-5586-119-8　03800

값 12,000 원

파본은 바꾸어 드립니다.

국립중앙도서관 출판시도서목록(CIP)

공정사회로 가는 길 / 김일수 지음. -- 서울 : 세창미디어, 2010
　　　p. ;　　cm

ISBN　978-89-5586-119-8 03800 : ₩12000

사회 비평[社會批評]
사회 평론[社會評論]

304-KDC5
300.2-DDC21　　　　　　　　　　　CIP2010004496

공정사회로 가는 길

김일수 지음

세창미디어

공정사회라는 말이 어느 새 보통사람들의 입에도 자주 오르내리는 유행어가 되었다. 올해 이명박 대통령이 제기한 공정사회 담론은 비로소 시대정신의 과녁을 제대로 포착하고 날아간 화살처럼 보인다. 하지만 이 언어가 단지 정치적·경제적 유토피아만을 지칭한 것은 아니라고 생각한다. 한 사회가 그 역사의 희망찬 순간에 보다 나은 미래를 기획한다면, 정치적·경제적 이상향을 넘어서 사회와 법질서 그리고 문화의 전반에 걸쳐 새로운 모습의 변형으로 나타나기를 요청할 수 있다고 본다.

필자가 지난 10여 년간 글쓰기한 사색의 편린들을 여기에 한데 엮고 보니, 바로 공정사회로 가는 길을 모색한 것 외에 다름 아니라는 생각이 든다.

제1부 '제3의 녹색혁명－가치의식의 사막화 앞에서'는 주로 후기 현대사회에 나타난 생명파괴와 생명경시 풍조에 대립각을 세운 글들이다. 제1의 녹색혁명이 자연환경적 차원의 녹화사업이었다면, 제2의 녹색혁명은 경제적 의미의 녹색성장이다. 제3의 녹색혁명은 바로 가치의식의 혁명이면서 가장 존엄한 생명가치의 회복과 발전에 초점을 맞춘 것이다.

제2부 '다시 사법정의를 위하여'는 법과 법실현에 종사하는 검찰과 법원의 활동영역에서의 정의구현에 초점을 맞춘 것이다.

제3부 '아직도 정신 못 차린 정치'는 정치개혁의 새 지평을 탐색한 글들을 모은 것이다.

제4부 '교회와 사회, 거듭나야 한다'에서는 교회의 시대적 사명과 사회의 새로운 질서모형들을 염두에 둔 종교비평과 사회비

평의 글들을 모아서 엮은 것이다.

저자에게는 이 책이 일곱 번째의 시평집인 셈이다. 『새벽을 여는 가슴으로』(두란노), 『사랑과 희망의 법』(교육과학사), 『개혁과 민주주의』(교육과학사), 『법은 강물처럼』(고시계사), 『좋은 나라 꿈꾸는 작은 소금 이야기』(세창미디어), 『우리시대의 자화상』(세창미디어)에 뒤이은 칼럼집이다.

저자도 머지않은 장래에 27년간 몸담아 온 정든 고려대학교를 떠나야 할 나이가 되었다. 산재해 있는 글들을 모아 한 권의 책으로 엮어놓고 떠나는 것이 좋겠다는 생각이 든 것은 비교적 최근의 일이다. 하지만 지난 세월의 흔적으로 남아 있는 글들 속에서 나의 부끄러운 자화상을 보는 듯하여 망설임이 그 생각을 흔들어 놓을 때도 있었다. 하지만 용기를 낼 수 있었던 것은 이 글들 속에 담긴 생각들이 공정사회라는 존재의 집의 일부라는 확신 때문이었다.

이 책의 출간을 맡아 수고해 준 세창미디어의 이방원 사장과 임길남 상무께 진심으로 감사를 드린다. 교정을 맡아 수고해 준 연구실의 김진 군과 고비환 법학석사에게도 감사한 마음을 건네는 바이다. 저자가 오랜 기간 동안 글을 통해 미지의 독자들과 대화할 수 있었던 것은 하나님의 특별한 은총이라고 생각한다. 그런 맥락 속에서 저자에게 끊임없이 글 쓸 기회를 준 동아일보, 문화일보, 국민일보에 대한 고마움을 오래 간직하고 싶다.

2010년 12월

김 일 수

차 례

공 정 사 회 로　가 는　길 ┃ 제 2 부

다시 사법정의를 위하여　_91

공 정 사 회 로 가 는 길 ┃ 제 3 부

아직도 정신 못 차린 정치 _175

공정사회로 가는 길 ▌ **제 4 부**

교회와 사회, 거듭나야 한다   _ 247

제 1 부

제3의 녹색혁명

—가치의식의 사막화 앞에서—

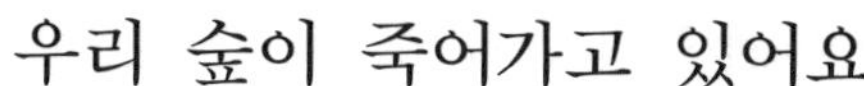

우리 숲이 죽어가고 있어요

얼마 전 우리는 서울면적의 5배에 달하는 캘리포니아주 남부의 숲이 산불에 새카맣게 타들어가는 모습을 안타깝게 지켜보았다. 뜨거운 햇살 아래 숲이 귀한 곳, 그나마 화마가 지나간 그 자리는 우리의 가슴도 아프게 만들었다.

그런데 우리네 생명의 숲도 소리 없이 병들어가고, 나무들은 비탈에서 무너져 내리고 있다는 사실을 눈여겨볼 필요가 있다. 독자들은 어디에 있는 무슨 숲 이야기인지 몰라 다소 의아해할 것 같다. 지금 푸른 나무숲을 직접 말하려는 것이 아니다. 푸른 생명으로 채워진 울창한 나무숲에 비유할 수 있는 인간생명으로 이어진 공동체를 두고 말하려는 것이다. 18세기 프랑스 사상가 몽테스키외는 영국을 견문하고 돌아온 뒤 그의 불후의 저서 「법의 정신」에서 정부의 형태는 물질적 요소와 환경적 요소의 복잡한 조합물이며, 영국헌법의 아름다운 조직이 숲속에서 발견된 것이라는 견해를 피력한 바 있다. 그렇다. 사회공동체도 자연환경인 숲과 같이 생존의 질서와 법칙을 따라 더불어 살아가고 있으며, 서로 어우러져 생명의 활력을 극대화해 가고 있다.

지난 한 해 동안 우리들은 불안정과 격동의 세월을 보냈다. 새 대통령과 새로운 정부를 출범시킨 우리들이 이토록 불안과 불투명한 미래전망에 휩싸인 점은 아이러니가 아닐 수 없다. IMF의 혹한기를 벗어나 새 정부의 출범과 함께 우리는 삶의 질 향상과 더 나은 인간다운 삶을 누릴 수 있으리라 기대하기도 했다. 그것은 위로부터 정부가 베풀기로 약속한 희망이 아니라 풀밭에서 바람에 부딪혀 눕고 일어나는 민초들의 내면에서 솟구쳐 오르는 소망이었다.

그러나 우리의 현실은 어떤가? 사회적 갈등의 골은 깊어가고, 희망을 잃은 사람들의 자살률이 벌써 교통사고 사망률을 넘어섰다.

부안군 위도 핵폐기장 건립을 둘러싸고 빚어진 갈등은 올해 최대의 사회적 쟁점이 된 이슈 중 하나였다. 핵폐기장 건립은 원자력발전소 의존도가 높은 우리나라에서 시급히 해결해야 할 과제 중 하나이다. 그러나 선뜻 이 시설물을 지역으로 끌어들이고자 나서는 지방자치단체는 없었다. 부안군수는 이 시설물을 위도에 유치함으로써 낙후한 지역의 발전을 꾀할 수 있다는 생각에서 정부의 제안을 앞장서서 받아들였다.

문제는 군민들의 반대정서였다. 국가적인 현안을 해결하는 차원에서 보면 부안군수의 결단은 높이 살 만하다. 하지만 군의회의 반대를 무릅쓰고 일방적으로 밀어붙인 유치결정이 끝내는 부안군민들의 격렬한 반대를 촉발했고, 심지어는 초등학교 아동들의 등교거부가 장기화되는 데까지 사태가 악화되었다.

여기에서 우리는 다시 한 번 현대사회에서 행정인의 민주적 리더십과 독단적인 카리스마의 득실을 저울질할 수 있는 계기를 만난 셈이다. 주민들 스스로 결정하고 형성해야 할 삶의 질을 일방적으로 위에서 쏟아 붓는 방식으로 실현하려는 발상은 오늘 이 시대를 살아가는 우리네 삶의 터전에서 결코 지혜가 아니라는 교훈을 되새겨 볼 필요가 있다.

　　더 나아가 새만금간척사업을 둘러싼 개발론자와 환경론자들
간의 치열한 몸싸움은 금년 들어서 법원이 간척사업 물막이공사
막바지에 접어들어 공사중지가처분결정을 내림으로써 우리 사회
의 더욱 뜨거운 감자가 되었다. 위도 핵폐기장시설유치에 반대하
는 주민들과 달리 전라북도 주민들 대부분은 오히려 개발론자들
과 같은 생각을 갖고 있다. 이 해묵은 난제를 풀어낼 당장의 묘
안을 새 정부도 제시하지 못한 채, 오늘도 새만금 물막이 댐의
토사는 조금씩 쓸려 내려가고 있는 것이다. 여기에서도 우리는
잘못된 결정에서 비롯된 대형 국책사업들이 안고 있는 딜레마를
들여다 볼 수 있다. 국토의 모양을 바꿀 대형 국책사업일수록 민
주적 의견수렴절차와 부수효과에 대한 신중한 고려들을 공개된
담론의 과정을 거쳐 여과시킨 뒤 착수 여부를 결정하는 것이 옳
다. 아직도 우리네 의식 속엔 개발독재 시대의 강력한 정부추진
력을 동경하는 미망에서 깨어나지 못 한 구석이 있다. 이것에서
일찍 깨어나지 않고는 시행착오와 국력낭비의 악순환의 고리를
언제 끊을 수 있을지 예측하기조차 힘들다. 늦었지만 더 늦기 전
에 투명하고 과학적인 공론화과정을 거쳐 새만금간척지개발사업
을 그대로 추진시켜 나가야 할지, 전면 중단해야 할지 아니면 제
3의 가능성을 찾아 수정보완해야 할지를 진지하게 논의해야만 할
것 같다. 정부가 뒷짐지고 국론의 분열을 관망하는 태도는 어느
모로 보아서도 온당하지 않다.
　　그 밖에도 서울외곽 순환도로 공사와 관련된 방패산관통도로
건설, 경부고속전철사업과 관련된 부산 금정산관통도로 건설 등
도 우리 사회의 풀기 어려운 갈등 가운데 하나이다. 자연환경이
심각한 위험에 봉착해 있고, 쾌적한 자연환경 보전없이 삶의 질
향상을 꾀하기 어렵다는 사실은 오늘을 사는 우리들 대다수의 상
식에 속한다. 환경보다는 개발에 유리하게 수행되어 온 정책이

이제는 개발보다는 환경에 유리하게 바뀌어야 할 시점이다. 서울 청계천 복원과 한강 지류하천의 생태하천으로의 복원화작업은 역사 속에서 왜곡되고 버림받아 왔던 문화를 복원하는 일만큼 중요하고 시급한 과제이다. 지금 시민들은 현재의 삶과 미래의 삶의 약속을 바라보고 아우성을 치면서 그 현상파괴를 몸으로 막고 있다는 점을 유의할 필요가 있다.

이처럼 새로운 사회질서의 형성에는 시민들의 건강한 법적 아우성이 필요하다. 문제는 정당한 아우성이 때로는 집단이기주의로 변질될 위험에 빠질 수 있다는 사실이다. 오늘날 정치인은 정치인대로, 노동자는 노동자대로, 기업인은 기업인대로, 자유무역협정을 반대하는 농민은 농민대로, 지역주민은 지역주민대로, 젊은 세대는 그들대로 자신의 이익을 위해 자신의 목소리를 높이는 데 온갖 안간힘을 다하고 있다. 다시 노동운동의 현장에 분신자살이 등장하는가 하면 서울도심에 화염병까지 등장하는 등 투쟁수위가 점점 극렬해져 간다.

이러한 갈등상황에서 일방의 이익만을 얻기 위해 상대방을 극한상황으로 몰고 가는 방식은 비이성적이다. 더불어 살아가는 공동체의 생명의 숲은 너 없이는 나도 존재하기 어렵다는 상호유대를 바탕으로 어우러져 있다. 이 점을 잠시도 잊어서는 안 된다. 가까이 서 있는 한 그루 나무를 고사시킬 때 그 다음은 내가 고사의 위기에 직면하게 된다는 사실을 좀더 현명하게 바로 볼 수는 없을까. 공동체는 결코 나와 네가 내편 네편으로 갈라서 있을 곳이 아니다. 나와 너가 우리라는 공동체의식으로 서로 긴장하면서도 서로 어깨를 함께 걸고 걸어갈 수 있을 때 생명력을 극대화할 수 있는 곳이다. 우리는 죽기 위해 투쟁하는 어리석은 인생이 결코 아니다. 살기 위해 싸우는 것 아닌가. 그러나 혼자 살기 위해 싸우는 탐심 가지고는 너도 무너지고 나도 무너진다.

　너도 살고 나도 함께 살아가기 위해 때로는 싸우기도 하지만 넓은 마음으로 상대방을 수용하는 열린 사회가 되었으면 한다.

　한 해가 저물어가고 있다. 모두를 무너지게 하는 무의미하고 편협한 갈등싸움에서 한 발자국씩 물러섰으면 한다. 새해에는 새로운 마음으로 우리 모두 새롭게 출발해 보자. 바로 거기에 우리 사회의 또 다른 희망의 지평이 있기 때문이다.

— 신앙계 2003. 12.

자유냐 안전이냐

　　인간의 삶에 원초적인 두 가지 갈망이 있다면 자유와 안전일 것이다. 자유 없는 인간의 삶은 참된 삶일 수 없다. 강자로부터 억압과 착취를 당하면서도 이에 굴종하며 살아가야만 하는 삶은 노예의 목숨 이상의 것일 수 없다. 거기에서 인간은 윤리적으로 자신을 가다듬어 인격적인 성숙을 꾀하고 창의력을 발휘하여 문화를 재창조하는 자리로 나아가기 힘들다.

　　반면 안전이 보장되지 않은 인간의 삶도 참된 삶일 수 없다. 전쟁의 포연과 살상이 난무하는 곳에서 목숨을 부지하기조차 어려운 삶은 한 치 앞을 내다보기 힘든 밀림 속 동물의 목숨과도 같다. 거기에서 인간은 윤리적으로 자신을 보존하여 도덕질서를 형성하기도 어렵고, 법과 사회질서의 틀 속에서 평온한 공동생활을 누릴 수도 없다. 만인은 만인에게 서로 물어뜯는 이리 이상의 의미를 지닐 수 없기 때문이다.

　　그래서 많은 정치·법사상가들이 예로부터 자유와 안전의 확보에 심혈을 기울여 왔다. 그러나 자유와 안전의 조화와 극대화는 역사 속에서나 사상의 체계 속에서 만족할 만큼 실현되었다고 볼 수 없다. 압제의 시대에는 더 많은 자유를 갈망했고, 불안의 시대에는 더 많은 안전을 갈망해 왔기 때문이다. 자유와 안전 두

가지 가치를 놓고 그 강조점이 엇갈리는 시대상황이 반복되다 보니, 어느새 우리는 자유와 안전이 인간의 삶속에서 마치 택일해야 할 대상인 듯 착각하는 오류에 빠져들기도 한다.

지금 국회에선 국가보안법폐지안 상정을 놓고 공방이 치열하다. 상황은 국회 안에서만 그런 것이 아니다. 서울시청앞 광장과 일간신문의 광고지면 할 것 없이 국가보안법개폐를 놓고 국론분열이 심각한 지경까지 이른 것이 현실이다. 외국의 언론에까지 공개된 이 치열한 대치장면은 부끄러운 우리의 현주소라고 자괴할 수도 있겠으나, 인간의 원초적인 갈망의 충돌이라는 점에서 보면 지극히 자연스러운 일이기도 하다. ‘인간적인, 너무나 인간적인 것’이기 때문이다.

국보법폐지론자들의 갈망 속엔 자유에의 목마름이 아직도 묻어 있다. 국보법 없는 세상 속에서, 일반형법과 또 다른 특별형법의 보호망 속에서, 자유롭게 생각하고 자유롭게 말하고, 자유롭게 행동하며 살고 싶은 열망이 꿈틀거리고 있다. 과거 권위주의 정권하에서 국보법이 공포스러운 억압수단으로 횡행했던 시절, 이 법의 철퇴를 맞아 본 사람들의 영혼의 억울함을 조금이라도 동정해 마지않는다면 그들이 외치는 주장 속에 깔려 있는 인간의 이 원초적인 자유에의 갈망을 엿볼 수 있을 것이다.

반면 국보법존치론자들의 갈망 속엔 안전 및 안보에 대한 우려가 깊이 쌓여 있다. 국보법 없는 세상의 광화문 네거리에서 김일성 주석을 찬양하고, 주체사상을 선전하는 이들에게 아무런 법적 통제수단이 없다는 가상의 현실을 상상만 해도 모골이 송연해지는 사람들의 가슴속엔 안보에의 열망이 타오르고 있다. 과거 북한정권 수립시에 신분적 차별로 박해받고 월남한 이들, 한국전쟁의 쓰라린 비극 속에서 잊을 수 없는 심신의 상처를 체험한 이들의 영혼의 고통을 조금이라도 동정한다면 그들의 주장 속에 깔려 있는 이 원초적인 안보에의 갈망을 이해할 수 있을 것이다.

　문제는 자유와 안전, 이 두 가지 인간의 원초적인 갈망은 조화와 타협이 불가능한 선택사항인가 하는 점이다. 결론부터 말하자면 양자는 결코 선택사항이 아니며, 또한 택일되어서도 안 될 일이다. 극단적인 자유예찬론자라도 현실의 공동체적 삶의 기반을 똑바로 인식한다면, 안전 없는 자유가 공허한 구호에 그치지 않는다는 사실을 인정할 것이다. 반면 극단적인 안보지상주의자라도 현실의 개인적 삶의 토대를 직시한다면, 자유 없는 안보가 맹목적인 삶의 현상유지에 불과한 것임을 수긍하지 않을 수 없으리라. 그렇다면 국보법개폐 갈등 속에서도 해결의 합리적인 실마리는 양극단을 벗어나 상대방의 입장에 조금씩 귀를 기울이는 쪽으로 수정하는 데서 찾아야 할 것이다.

　2004년 12월, 분단된 한반도의 남녘에 살고 있는 평균적인 대한민국 국민이라면 더 많은 자유와 더 많은 안전이 조화롭게 합일된 지평의 새해를 갈망할 것이다. 북핵문제와 미군의 재배치와 이동, 좌파적인 안보관은 과거 권위주의정권을 체험한 평균적인 국민들의 뇌리에 새롭게 안보를 떠올리게 하는 요인이 되고 있다. 또한, 개혁과 변혁에 골몰하는 각종 정책 속에서 이 땅의 보통사람들은 다시 신권위주의를 우려한다. 그래서 우리에겐 지금 더 많은 자유와 더 많은 안전이 필요하다.

— 국민일보 2004. 12. 16.

자유에 관한 단상

　　얼마 전 다시 간통폐지론이 헌법재판소의 문을 박차고 들어 갔다. 그들의 주장은 모든 사람에게 성적 자기결정의 자유가 있 으며, 간통죄 처벌은 이 성적 자기결정권을 침해하므로 위헌이라 는 것이다. 최근에는 또 안락사자유화를 외치는 목소리도 헌법재 판소 담을 뛰어넘어 들어갔다. 모든 사람은 자기 뜻대로 품위 있 게 죽을 권리가 있는데, 우리나라의 법제도에는 네덜란드, 미국, 오스트레일리아 일부 주에서 시행되고 있는 존엄사 법률이 없어 국가가 무엇인가 해야 할 일을 하지 않고 있기 때문에 문제라는 것이다. 얼마 안 있으면 미국 캘리포니아 주 법원이 최근 내렸던 동성애자유의 합헌결정처럼 우리나라에도 동성애차별금지를 위한 헌법소원이 봇물을 이룰지도 모른다.

　　오랜 인류문명사가 말해주듯 결혼과 가정, 생명의 존귀성을 보존하기 위해 인류가 금기시해온 간통, 동성애, 안락사 같은 낙 인의 굴레를 현대인은 너무도 거추장스럽게 여기는 경향이 있다. 그들이 추구하는 것은 절대무제약적인 자유이다. “Do as I please” 가 그들의 모토다.

　　그러나 이 절대무제약적 자유는 원래 인간의 언어가 아니라 신적 언어이다. 하나님만이 절대무제약적 자유를 누릴 수 있다.

인간은 상대적인 자유, 제약적인 자유를 누리도록 태어난 존재이다. 인간이 이 절대무제약적 자유의 주인이 되려면 딱 한 가지 길밖에 없다. 신(神)을 죽여야 한다. 니체의 초인의 철학이 그랬고, 사르뜨르의 무신론적 실존주의가 그것을 시도했다. 그러나 신 없는 인간의 자유는 만인의 만인에 대한 투쟁상태, 만인의 만인에 대한 이리의 처지 외에 다름 아니며, 결국은 가치허무주의나 도덕적 무정부주의에 빠지고 만다. 그들에게 남은 자유란 고작 자살과 종말의 자유밖에 없다. 이 얼마나 빈곤한 자유의 빈곤이며 자유의 파멸인가?

"진리를 알지니 진리가 너희를 자유케 하리라", "주의 영이 있는 곳에 자유함이 있느니라"고 성경은 말할 뿐만 아니라 예수 그리스도께서 친히 우리들에게 참 자유를 주신다고 말씀하셨다. 그의 사랑 안에서 우리는 타율적인 율법의 준수가 아니라 자율적인 순종과 섬김의 삶으로 나갈 수 있다. 이 사랑이야말로 그리스도로 말미암은 인도주의정신의 인격적인 표현이다. 예수 안에서 누리는 자유는 하나님 없는 사람들이 목마르게 부르다 지쳐 허무에 빠질 절대무제약적 자유가 아니다. 그것은 하나님을 향하여 영적 발돋움을 하며, 이웃을 향하여 두 팔을 벌려 자신을 내어주는 제약된 풍성함의 자유이다. 시편 23편의 목가적 풍경처럼 인간은 목자의 울타리 안에 있을 때 참된 자유와 안식을 누릴 수 있다. 그런 사람은 간통이나 동성애, 낙태나 안락사가 결코 영혼에 만족을 주는 자유라고 생각하지 않을 것이다.

— 뉴스미션 2008. 6. 20.

자유, 소명으로서의 의미

자유는 기독교 신앙인의 정체성을 구성하는 본질적 요소이다. 성경에서 밝히 가르쳐 주듯, 우리는 율법 아래서 육체를 따라 사는 종의 신분이 아니라 그리스도의 속량으로 말미암아 하나님의 아들의 명분을 받은 사람들이다.

우리가 하나님을 아버지로 알 뿐만 아니라 하나님도 우리를 아들로 아신 바 되어 하나님을 아버지라 부르면서 인격적인 교제를 주고받으며 살아간다. 아들의 신분은 자유자라는 특성을 갖는다. 하나님께서 우리를 자유 안에서 낳으시고 자유 안에서 기르시고 자유 안에서 살아가도록 부르셨기 때문이다. 바울 사도는 이런 맥락에서 분명히 말한다.

> "그리스도께서 우리로 자유케 하려고 자유를 주셨으니 그러므로 굳세게 서서 다시는 종의 멍에를 메지 말라"(갈 5:1), "형제들아 너희가 자유를 위하여 부르심을 입었으나, 그 자유로 육체의 기회를 삼지 말고 오직 사랑으로 서로 종노릇 하라"(갈 5:13)

자유를 위하여 부르심을 받은 자라는 소명의식이 먼저 우리 신자들의 삶속에 자리잡고 있어야 한다. 자유에로의 소명의식은 기독교신앙인의 정체성의 일부이다. 하나님 없는 철학자들은 비

록 천재적인 명철한 두뇌의 소유자일지라도 이 진리를 알지 못한
다. 니체가 "신은 죽었다"라고 외쳤을 때, 실제는 신이 죽은 것이
아니라 서양철학 2천여 년의 역사가 종말을 고한 것이다. 죽은
것은 바로 철학이었다. 신 없는 폐허 위에 세워진 이성의 건축물
들은 실제 모래 위에 세워진 집과 같은 것이었다.

소명으로서 자유는 과거회귀가 아니라 미래지향성을 지닌다.
하나님의 백성들에게 은혜로 주어진 자유의 미래지향성을 극적으
로 표현해 주고 있는 것이 출애굽사건이다. 억압 없는 삶, 착취
없는 삶의 비전은 애굽의 종노릇에서 해방된 출애굽백성들의 자
유의 지평이기도 했다. 정치적·경제적·사회적 강자의 힘에 억
눌려 허리가 굽어진 채 굽신거리며 살아가야 할 처지에 있는 가
련한 약자들의 멍에빗장목을 하나님은 깨뜨리시고 그들을 자유의
지평으로 인도해 내신 사건이 바로 엑소더스이다. 모든 사람이
각자 평등하게 자유로운 존재로서의 삶을 향유하도록 이끌림받은
사건이 엑소더스이다.

왜 하나님은 우리들을 자유케 하시고 또 자유인으로 살기를
원하시는가? 그것은 우리로 바로 서서 걷게 하기 위함이다.

인간이 자유로운 인격으로 바로 서서 걷는 것은 하나님께서
인간을 자신의 형상을 따라 지으신 창조의 본래 목적이기도 하
다. 인간을 에덴동산의 로보트나 동식물처럼 짓지 않은 것은 하
나님을 아는 지식 속에서 그 분과 영원한 인격적 교제의 가능성
을 열어 놓기 위함이다. 인간은 창조세계의 이 독특성 때문에 모
든 인과율의 족쇄를 끊어버리고 자유롭게 자신의 삶을 하나님 앞
에서 영위해 갈 수 있는 존재가 된 것이다.

"나는 너희 중에 행하여 너희 하나님이 되고 너희는 나의 백성이
될 것이니라. 나는 너희를 애굽 땅에서 인도하여 내어 그 종된 것

을 면케 한 너희 하나님 여호와라 내가 너희 멍에빗장목을 깨뜨리고 너희로 바로 서서 걷게 하였느니라”(레 26:12,13).

속박으로부터의 해방은 자유세계로의 출발일 뿐이다. 우리는 자유를 위해, 자유 안에서 바른 방향으로 바로서서 걷는 삶을 영위해 가야 할 책임이 있다. 하나님은 자유와 함께 그것을 형성해 갈 수 있는 정신적 능력을 우리들에게 또한 베푸셨다. 그러므로 자유에로의 부르심은 우리들에게 말할 수 없는 은총이요, 특권이기도 하다.

자유를 소명으로 인식할 수밖에 없는 이유가 또한 여기에 있다. 보라 하나님 없는 실존철학의 거장 사르트르는 오히려 이 같은 은총을 인간이 신 없는 대지 위에서 스스로 운명을 책임져야 할 무거운 짐으로 생각하고, 오히려 인간은 자유로 저주를 받았다고 강변했다. 얼마나 가련한 지성이며, 얼마나 가엾은 천재인가.

문제는 이 자유가 소명으로 인식되지 않고 특권으로만 인식될 때, 그 일탈의 가능성을 배제하기 어렵다는 점이다. 바울이 “다시는 종의 멍에를 메지 말라”, “육체의 기회를 삼지 말라”고 말했을 때 바로 이것을 염두에 둔 것이리라. 출애굽백성들이 광야길 삶이 너무 지치고 고달파 애굽에서 먹던 옛날의 고깃국과 부추생각을 떠올리며 원망과 불평을 쏟기 시작했을 때 하나님이 징계의 채찍을 드신 것은 바로 자유에의 소명은 포기되거나 번복될 수 없는 인간다움의 고상한 부분이기 때문이었다.

실제 자유는 형식으로는 “~로부터의 자유”이지만 내용적으로는 “~에로의 자유”인 것이다. 하나님의 나라, 약속의 땅에로의 자유를 위해 하나님은 우리를 자유에로 부르신 것이다.

자유 안에서 우리는 하나님의 나라를 위해, 타인을 위해, 공동체를 위해 스스로 종노릇할 수 있다. 육체와 죽음을 위한 종노릇이 아니라 영과 삶을 위한 종노릇이다. 그리고 이런 사랑의 종노릇은 상호적·쌍방적인 것이다. 바울은 이런 뜻에서 "오직 사랑으로 서로 종노릇하라"고 가르친다.

바울만큼 율법으로부터 해방과 믿음으로 말미암는 의와 자유에 대한 확신을 지닌 사도는 없었다. 그러면서도 사랑의 종노릇에서 예수님 다음으로 철저하게 본을 보여준 이가 사도 바울이다.

"내가 모든 사람에게 자유하였으나 스스로 모든 사람에게 종이 된 것은 더 많은 사람을 얻고자 함이라. 유대인들에게는 내가 유대인과 같이 된 것은 유대인들을 얻고자 함이요, 율법 아래 있는 자들에게는 내가 율법 아래 있지 아니하나 율법 아래 있는 자같이 된 것은 율법 아래 있는 자들을 얻고자 함이요, 율법 없는 자에게 …… 내가 율법 없는 자와 같이 된 것은 율법 없는 자들을 얻고자 함이다."(고전 9:19-21)

2005년 새해가 우리 앞에 열려 있다. 하나님은 우리를 시간 속으로 그리고 세상 속으로 보내신다. 그러나 우리가 시간과 공간에 얽매여 사는 종이 되지 않고 자유 안에서 사랑을 실천하는 창조적인 삶을 살도록 보내신다. 우리가 참 자유인이 되는 것은 그리스도를 아는 지식, 즉 진리 안에서 진리를 알고 체험할 수 있기 때문이다. 그것이 제자로서의 삶이요, 또한 제자로서의 특권이기도 하다.

"너희가 내 말에 거하면 참 내 제자가 되고 진리를 알지니 진리가 너희를 자유케 하리라."(요 8:31, 32)

— 기독교윤리실천운동 2005. 1.

정직에 관한 단상(斷想)

─ 어떻게 하면 정직하게 살 수 있나 ─

　　한결같이 정직하게 살아갈 수 있다면 얼마나 좋을까? "하늘을 우러러 한 점 부끄럼 없기를 잎새에 이는 작은 바람에도 나는 괴로워했다"는 윤동주의 시에서처럼, 늘 정직하게 살아가기란 어쩌면 괴로운 일인지도 모른다.

　　정직하게 살고 싶은 마음은 있지만, 정직하게 발걸음을 한 발자욱씩 옮기면서, 일관된 정직의 삶을 살아가기란 실제 얼마나 힘든 일인지 알 수 없다. "나의 행하는 것을 내가 알지 못하느니 곧 원하는 이것은 행하지 아니하고 도리어 미워하는 그것을 함이라"(롬 7:15). "내 속 사람으로는 하나님의 법을 즐거워하되 내 지체 속에서 한 다른 법이 내 마음의 법과 싸워 내 지체 속에 있는 죄의 법 아래로 나를 사로잡아 오는 것을 보는도다"(롬 7:23).

　　정직을 기리고 정직을 사모하면서도 정직한 삶을 일관되게 수놓아 가기 힘든 나의 삶을 되돌아보면 바울이 말했던 것처럼 "오호라 나는 곤고한 사람이로다"(롬 7:24)라고 고백하지 않을 수 없다. 마음은 고요한 호수 같아서 외부적인 충격이 가해지면 파장을 일으키고 깨어질 수밖에 없다. 은둔자로서 살아간다면 혹 모르겠거니와 일상적인 삶을 영위하는 보통사람들에게는 그 마음의 행로조차 평탄한 길이 아니다. 굴곡과 골짜기, 그리고 크고 작은 산들이 겹으로 가로 놓여 있는 길이기도 하다.

이러한 현대인의 복잡한 삶의 조건 속에서 어떻게 하면 정직을 바라보고 한결같은 발걸음으로 걸어갈 수 있을 것인가? 나는 정직이 단순한 심정윤리차원의 가치덕목이 아니라 하나님과의 올바른 관계, 긴밀한 관계를 의미하는 존재론적 차원이라는 생각을 갖고 있다. 그것은 주의 길을 예비하며, 주의 첩경을 평탄케 하는 일이다(마 3:3). 우리의 삶의 조건과 마음의 행로에서 높아진 산들을 낮추고, 낮은 골짜기를 돋우어서, 세상 사람들의 빛인 주님의 영광이 널리 세상에 퍼지게 하는 것, 그렇게 헌신하는 삶이 정직한 삶의 단면일 수 있겠다는 생각이다. 주님의 통치, 주님의 주권(Lordship) 아래 순종하여 나의 생각, 나의 마음, 나의 몸과 영혼을 우리 주님의 이끄심과 다스리심에 전적으로 내어 맡기는 삶, 그것이 정직한 삶의 모습이 아닐까? "그런 사람의 삶은 마치 돋는 햇볕 같아서 점점 빛나서 원만한 광명에 이르게 되리라"(잠언 4:18).

그렇다. 내가 먼저 주님과 올바른 관계, 긴밀한 동행이 없으면서, 내 마음으로 정직을 논하는 것은, 나침반과 키 없이 바다에 배를 띄우는 사공과 같을 것이다. 목적지까지 물결의 요동함을 헤쳐 나가기 어려울 것이다. 정직하게 살고자 할진대, 무엇보다도 하나님을 친근히 모시고 매순간 그분과 동행하는 일이 우선되어야 한다. "하나님을 가까이 하라, 그리하면 너희를 가까이 하시리라. 죄인들아, 손을 깨끗이 하라. 두 마음을 품은 자들아, 마음을 성결케 하라"(야고보 4:8). 주님의 면전에서 매 순간 그분의 지도와 가르치심에 순종하여 살아가는 삶만이 정직한 삶의 경주자로서의 모습이 아닐까.

— 교회와 신앙 2007. 2. 9.

청탁의 두 얼굴

　　최근 서울 모대학 교수채용절차에 문화관광부차관이 청탁을 했다가 사직한 일로 한 동안 소동이 벌어졌었다. 대학에 있어 보면 알지만, 인사철이 되면 크고 작은 청탁을 받는 경우가 더러 있다. 인사의 공정성은 깰 수 없는 철칙이지만 가끔 정실로 인한 인사 후유증으로 상처받는 대학들도 있다.

　　다 아는 일이지만 사회생활에서 독불장군은 있을 수 없다. 사람은 너나 할 것 없이 부족과 결핍을 안고 사는 제한된 존재이다. 그러므로 이 타고난 결핍을 채워가면서 살아갈 지혜를 필요로 한다. 팔이 짧은 인간이 높은 나무 위의 열매를 따기 위해 장대와 같은 도구를 통해 연장된 팔 역할을 하게 하듯, 또는 깊은 물속의 고기를 얻기 위해 낚싯대와 같은 도구를 이용하는 것처럼 사회생활에서도 일종의 정신적인 연계가 필요하다. 모두가 법률가나 의사가 될 수 없고, 모두가 학자나 예술가가 될 수 없는 노릇이다. 그래서 내게 없는 전문지식을 얻으려면 타인의 도움을 필요로 한다. 이 사회적 연계는 인간관계일 수도 있고 때로는 정보일 수도 있다. 이 세상 살아가면서 무슨 품앗이처럼 주고받는 청탁은 본디 인간의 고독과 한계성의 비극을 보완하려는 자연스러운 삶의 양식이 아닐까하는 생각이 든다.

　　우리나라 원로 법조인 중 한 분이 약 30년 전 사법연수원 특강에서 들려주던 이야기가 아직도 기억에 생생하다. 그는 젊은 시절 법률가로 발을 내디디면서 강직하고 정의로운 법률가로 살아가자고 마음에 스스로 다짐했다. 판사직에 종사하면서 빈약한 가계를 제대로 꾸려 나가기 어렵다는 사실을 알자 변호사직으로 나섰다. 그러면서도 정의로운 법률가의 이상을 마음에서 잊은 적은 없었다. 다시 그는 재조로 돌아갔고 올곧은 외길을 따라 살아갔다. 남에게 청탁하지도, 남의 청탁을 들어 주지도 않으려던 그의 철학은 아들이 전방부대에 근무하고 무장공비 청와대습격사건이 터지면서 무너졌다는 것이다. 매일 아들 걱정에 잠 못 이루는 아내 때문에 국방부의 친지에게 청탁했고, 그쪽으로부터 얼마 지나지 않아 다른 청탁이 왔을 때는 뿌리치기 어려웠다는 고백이었다. 결국 법률가로서 고고한 인생을 꿈꾸었던 자신의 철학도 자식 때문에 무너질 수밖에 없었다는 실토를 들으면서 필자는 오히려 노법률가의 자연스럽게 익은 인품을 느낄 수 있었다.

　　문제는 공정의 룰을 깨는 청탁이다. 마라톤 경기에서 꼴찌에 쳐진 선수를 편법을 써서 선두자리에 세우고, 공정한 룰을 벗어나 끝내 승리의 월계관을 씌운다면 그러한 일을 정의롭다고 수긍할 사람은 없을 것이다. 청탁의 자연스러움을 이해하는 도량을 지닌 사람이라 하더라도 이러한 불공정게임을 용인하기는 어려울 것이다. 우리 사회에서 기강이 흔들리고 정의가 무너져 내리는 근본원인 중 하나는 바로 한계를 벗어난 청탁문화 때문이 아닌가 생각한다. 공정한 인사원칙을 무너뜨리고 청탁을 통해 사람심기가 이루어지면, 어느 공직사회, 어느 대학사회, 어느 조직인들 제대로 굴러갈 수 있겠는가. 이런 유의 청탁문화는 공과 사를 구별 못하는 정실과 연고주의의 표본일 뿐이다. 끼리끼리 문화로는 우리 사회의 민주주의 성숙도가 쳇바퀴 맴돌기에서 벗어나기 힘들다. 학벌주의, 지역주의,

연고주의는 청산되어야 할 악습이다. 능력에 따라 평가하고 인정받을 수 있는 풍토가 이 땅 위에 하루 속히 조성되었으면 한다.

들어줄 수 있는 청탁과 들어줄 수 없는 청탁을 가리는 지혜가 우리 모두에게 필요한 때가 아닌가 싶다. 이것을 가리지 않고, 시도 때도 없이 청탁의 연줄을 놓는 사람들을 우리는 마당발이라고도 부른다. 마당발 가지고서는 멀리 걸어갈 수 없다. 우리 사회가 마당발이 통하는 의식수준에서 빨리 벗어났으면 한다. 부지중에 우리들은 지역에서 뽑아 보낸 국회의원들이 지역의 민원을 해결해 주는 마당발이 되기를 기대하는 경향이 없지 않다. 국민의 대표자인 선량들을 지역의 마당발로 변질시키는 우리의 모습은 성숙한 시민사회의 주인으로서 시민이 결코 아니다. 그러한 기대가 클수록 우리의 선량들은 지역이익 챙기기에 혈안이 되어, 들어줄 수 없는 청탁까지 불사하는 무뢰한이 되기 십상이다.

신자들에게도 그와 같은 유혹이 없지 않을 것이다. 다급한 문제가 닥쳐왔을 때 새벽을 깨우면서 하나님께 나아가 무릎 꿇기보다는 먼저 교우들 중에 문제해결 능력 있는 분이 누구인가를 떠올리는 경향이 없는지 살펴볼 일이다. 종종 법망에 걸린 성도를 풀어내기 위해 백방으로 애쓰는 목사님들의 모습이 눈에 뜨인다. 옥에 갇힌 자를 돌아보라는 주님의 말씀대로 우리는 마땅히 갇힌 성도나 갇힐 처지에 놓인 성도를 심방하고 위로하며, 돌보아야 한다. 하지만 정도가 지나쳐 남이 들어줄 수 없는 청탁의 골목으로 성직자를 몰아넣는 우를 범해서는 안 될 것이다. 청탁에는 분명 두 얼굴이 있다. 자연스러움을 잃지 않는 청탁은 아름다운 인간적 유대이지만, 한계를 뛰어넘는 무리한 청탁은 평지풍파를 몰고 올 시험거리가 될 수 있다.

— 기독교보 2004. 7. 14.

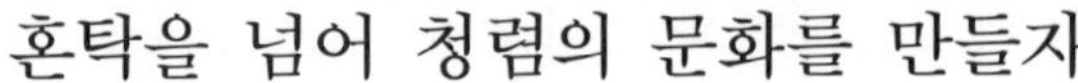

혼탁을 넘어 청렴의 문화를 만들자

　　지금 우리나라는 4·15총선과 탄핵찬반의 소용돌이에 휩싸여 있다. 야대여소의 의회판도 속에서 노무현 정부는 개혁의 청사진을 제대로 실현해 보지 못한 채 1년여의 세월을 보냈다. 그래서 노무현 대통령은 "못해 먹겠다"에서 시작하여 재신임 정국까지 몰고 갔었다. 경제난에 고실업률, 잦은 정책실패 때문에 대통령의 자존심을 내세울 수 없을 정도로 인기가 하락했던 것이 사실이다. 노 대통령으로서는 4·15총선에서 대대적인 정치인 물갈이가 일어나고, 신생 열린 우리당이 의회다수당이 된다면 국정을 안정적으로 수행할 수 있으리라는 기대를 걸고 있었음에 틀림없다. 기회 있을 때마다 정치인 물갈이와 열린 우리당에 대한 국민적 지지를 호소하는 말을 했다. 이렇게 해서 벌어진 것이 최근의 탄핵정국이었다.

　　하지만 문제의 출발점이자 핵심은 바로 부패정치의 청산이었다. 검찰은 역대 어느 정권에서도 정면 돌파를 할 수 없었던 불법대선자금에 손을 대었다. 그 천문학적인 불법대선자금의 규모뿐만 아니라 그 대담한 수법까지 들춰내, 거대야당인 한나라당이 차떼기정당이라는 오명을 뒤집어쓰기에 충분하게 만들었다. 부패정치는 정치만 부패시키는 것이 아니라 실제로는 경제와 사회 전반을 부패시킨다는 데 문제의 심각성이 있다. 결국은 부패공화국이라는 오명을 벗을 수 없게 만든다.

지금까지 우리의 경제력은 OECD 국가수준에 이르렀지만 그 반부패지수, 즉 투명성에 있어서는 아직도 세계 40위 밖으로 밀려나 있다. 아직도 한국에서 기업하려면 뇌물이 오가야 하고, 뒷돈이 거래되지 않으면 되는 일도 없다는 인식을 외국 기업인들은 하고 있다. 어디 썩은 곳이 기업뿐이겠는가? 부패가 만연하면 사회생활의 바른 길이 온갖 잡초로 뒤덮여버려서 그 길이 보이지 않게 된다. 시민들은 각자 자기의 소견에 좋을 대로 행동하게 되고, 일탈과 불법을 저지르고도 무엇이 일탈이며 무엇이 불법인지를 깨닫지 못하게 된다. 일종의 아노미현상이 지배하게 되는 것이다.

지난 몇 년간 우리 사회에서 범죄율은 소폭의 증가율을 보이고 있지만, 주목할 점은 전통 깊은 절도범죄율보다 사기범죄율이 수위를 차지하게 되었다는 사실이다. 뿐만 아니라 위증과 무고범죄도 이웃나라들에 비해 훨씬 높은 비율을 차지한다는 점이다. 무엇이 사기이고, 무엇이 위증이며, 무엇이 무고인가. 바로 거짓마음과 거짓말에서 나오는 범죄가 사기요, 위증이며 무고이다. 결국 우리들의 양심은 심각하게 부패했으며, 이것을 바로잡을 수 있는 중심이 무너져 내려 앉았다는 사실이다. 바른 길 가는 삶의 모범이 우리사회에서는 한낱 비웃음거리밖에 되지 않는 실정에 이르렀다.

이런 혼탁한 환경에서 벗어나자면 청정제가 될 만한 지도층의 모범이 필요하고, 아울러 사회질서의 근간인 법이 바로서야 한다. 양심에 부끄러워서 불법과 짝하지 않는 사람이 많아져도 좋지만, 법의 제재가 두려워서 불법을 멀리하는 사람이 많아져도 사회는 훨씬 더 부패의 늪에서 벗어날 수 있다.

지난 1997년 5월 30일, 김영삼 전 대통령은 "정치개혁에 관해 국민에게 드리는 말씀"이란 제목의 대국민담화를 발표했었다. 1992년에 있었던 대선에서 여야 할 것 없이 막대한 자금이 필요했고, 대선후보조차 그 규모를 정확히 알 수 없을 만큼 큰 돈을 써야 했던 당시의 선거풍토와 정치관행은 잘못이었다는 점을 인정했다. 그러면서도 5년 가까운 세월이 지난 당시 그 총규모나 내역은 밝히고 싶어도 가리기 불가능하다는 점을 들어 국민들의 이해를 촉구했다. 그 후 YS정권에서 저질러졌던 안풍사건은 지금 강삼재 피고인에 대한 재판에서 실제 안기부 돈이 아니라 YS가 안기부 사람에게 맡긴 대선잔여금이라는 사실이 드러나면서 충격을 주고 있다.

당시 YS는 대선자금을 둘러싼 국민적 의혹을 해소하기보다 앞으로 남은 임기동안 정치개혁을 통해 돈 안 드는 선거풍토를 만들어 보겠다는 결의를 내비쳤고, 그것은 많은 부분 제도로써 현실화되었다. 대중집회와 사조직운영금지, 텔레비전과 신문을 통한 정견·정책발표의 기회확대, 선거비용을 국가가 부담하는 선거공영제 확립, 대선을 위한 별도 선거자금모금 제한, 모든 정치자금의 입출금완전실명화 등 당시 YS가 내놓았던 방안은 상당부분 그 후 DJ정권시절을 지나면서 현실화되었었다.

이런 노력과 발전에도 불구하고 오늘의 우리현실에서 근본적으로 새로워진 변화가 있다고 할 수 있을까? 한나라당의 차떼기 수법의 대담성은 지난 정권이나 현 정권 실세들에게서 정도의 차이는 있을지라도 근본적으로 달라진 게 없다. 왜 문화와 문명은 발전하면서도 우리의 양심지수와 부패구조에는 변화가 없을까.

우리문화의 중심에 하나님이 없기 때문이다. 우리의 사법문화는 정의와 진실을 추구하면서도 그 기초되는 거짓 없는 청결한 양심을 확보하지 못하고 있으니, 재판은 있으나 진실과 정의는 실종되고 만다. 진실을 담보할 증인들의 선서가 하나님 앞에서 지옥과 천국의 열린 문을 바라보고 행하여지는 것이 아니라 때 묻은 손을 들어 귀 없고 눈 없는 벽을 향해 하는 것이니, 진실이 담보될 리 만무이다.

우리의 정치개혁도 남을 궁지에 몰아넣고 자신의 권력기반을 튼튼히 다지는 데 혈안이 되다보니, 진실과 공의가 사라져 버린 공허하고 살벌한 전투장이 되어버리고 만다. 남을 개혁하기 전에 스스로를 반성하고 채찍질하는 진실과 겸손이 없이는 어떤 개혁구호도 위선의 범주를 벗어나기 힘들다. YS나 DJ의 개혁구호가 그 범주를 벗어나지 못했다. 그래서 YS가 사랑하는 아들을 들끓는 민중의 분노를 달래는 밥이 되게 했듯 DJ도 사랑하는 아들들을 감옥으로 보내야만 했다.

노무현 대통령의 참여정부 아래에서 4·15총선을 목전에 두고 벌어지는 부패청산과 탄핵소용돌이는 바로 우리의식과 우리정신을 근본적으로 혁신하고 부패 없는 사회로 다가가는 진지한 노력과는 거리가 멀어 보인다. 전리품을 상대방보다 더 챙기려고, 아니 한 자리라도 상대방에게 넘겨주지 않고 독식해 버리려는 끝없는 탐욕들이 격렬한 한판을 벌이고 있는 것처럼 보인다. 그래서 남는 것이 과연 무엇이겠는가?

청산을 하든 개혁을 하든, 아니 노무현 대통령 스스로 말했듯이 시민혁명을 하든 그것을 통해 국가와 민족의 장래를 인류성의 보편적 경지에까지 끌어 올리려고 한다면 반성적인 자아의 실천이성, 즉 객관화된 양심을 먼저 지니지 않으면 안 된다. 나의 작은 불법경선자금과 나의 작은 불법대선자금, 그리고 과거의 관행에 비추어 보면 적잖게 쌓여있을지 모를 당선축하금의 비밀전모를 스스로 밝히고, 국민의 뜻 앞에 무릎 꿇고 앉아 자신의 가슴을 찢는 진실한 자기갱신의 몸부림이 없이는 개혁이건 혁명이건 위선일 뿐이다. 위선의 나무에서 생명의 열매를 얻기 바라는 것은 나무에서 물고기 얻기를 구하는 일과 흡사해 보인다.

지난 정권마다 권력의 전환기에는 똑같은 소동이 반복되었다. 막대한 대선잔여금을 묻어 둔 채 대통령은 기업으로부터 한 푼의 돈도 받지 않겠노라 공언했는가 하면, 자신은 엄청난 선거비용을 물 쓰듯 쓰고 나서 다른 경쟁자에게는 가혹하리만치 선거법위반과 정치자금법 위반의 죗값을 물렸다. 대통령의 측근과 가신들이 검은 돈에 탐닉하고 있을 때 대통령은 개혁과 사정, 역사 바로세우기와 신한국인·신지식인을 읊조리고 있었다.

물론 대통령이 벌였던 그런 일들은 일면 시대에 부응하는 역사적 당위성을 갖는다. 그럼에도 불구하고 석연치 않은 모자람은 바로 편파성과 보복성, 불공정성과 이중성, 위선이라는 점이다. 이것은 분명 깨끗한 정치와 도덕적인 정치인을 기대해 온 새로운 시대적 요구에 아직 부응하지 못한 것임에 틀림없다.

지금 우리가 보고 싶은 것, 우리가 듣고 싶은 것은 권력의 최정상에 있는 대통령 스스로 헌정위기·국가위기에 대한 자신의 죗값을 인정하고 회개와 참회의 자리에 나가는 모습인 것이다. 그렇게 될 때 과거의 관행에 빠져 불법을 저지르고도 부끄러워할 줄 몰랐던 다른 정치인들도 솔선해서 자신의 죄고백과 함께 더럽혀진 낡은 옷을 벗어 던지고 새 옷을 갈아입기에 주저하지 않으리라 생각한다. 그런 상황에 이를 때 경제인들도 부패의 공범자의식을 갖고 국민 앞에 머리를 조아리고 나올 것으로 본다.

국민은 그들의 치부와 불법의 썩은 실상을 보고 싶은 것이 아니라 이들의 얼굴빛 속에 부끄러움으로 달아오른 양심의 아름다운 빛을 보고 싶은 것이다. "누가 누구에게 돌 던져"가 아니라 "내 죄가 크다"는 저들의 고백 속에서 새봄처럼 돋아날 우리 사회의 밝은 미래를 바라보고 싶은 것이다.

선거의 바람이 불기 전에 먼저 진실과 정직의 바람이 불었으면 좋겠다. 그 바람 위에 다시 용서와 화해의 바람이 불었으면 좋겠다. 정말이지 우리는 먼저 부끄러움과 죄책을 고백하는 일이 얼마나 힘든 일인가를 잘 안다. 그러기에 죄책의 자발적 고백과 참회는 마음에서 우러나오는 진정한 용기의 소유자가 아니고서는 하기 어렵다. 우리는 김근태 의원의 고해성사를 용기 있는 일로 칭찬하기보다는 무슨 돈키호테 짓인지 어리둥절해하기까지 하지 않았는가. 그런 우리들 때문에 지금 진실한 말 한 마디, 진정하게 용기 있는 고백을 듣기 참 어려운 세상이 되었나 보다.

늦었지만 지금이 우리사회의 참회와 속죄의 시기인 게 분명해 보인다. 그 참회와 속죄의 날에는 종교인도 성직자도, 젊은이도 늙은이도, 교육자도 학자도, 예술가도 전문인도, 농부와 군인까지도 한마당에 나와 양심의 찌꺼기를 불태워 버리고 정직의 깊은 샘물을 함께 퍼 올렸으면 좋겠다. 그 물로 오염된 우리 양심에 세례를 가할 때, 부패의 대물림은 거기에서 종언을 고하고, 새로운 청렴성의 문화가 시작될 것으로 기대한다.

― 신앙세계 2004. 4.

국가청렴도가 최고의 국가경쟁력

우리나라는 여전히 공공부문에서 부정부패가 발목을 잡는 나라로 드러났다. 국제투명성기구(TI)가 지난 26일 발표한 2010년 국가별 부패인식지수(CPI)에 따르면 우리나라는 10점 만점에 5.4점으로 178개 조사대상국 중 39위에 해당한다는 것이다. 이 결과는 전체평균 4.1점보다는 높지만, OECD 가맹국 30개국의 평균 6.97에는 훨씬 못 미치는 수준이다.

국가청렴 순위 39위는 G20 정상회의 개최국으로서 우리나라가 세계경제에서 차지하는 위상에 비추어 부끄러운 수준이다. 더욱 부끄러운 사실은 우리나라에 대한 부패인식지수가 2년 연속 조금씩 하락하고 있다는 점이다.

이 같은 현상의 원인에 대해 국민권익위는 우리 사회의 부패 총량이 증가한 때문이라기보다, 정부의 강력한 청렴정책 추진과정에서 과거의 부패관행이나 부패친화적 요소들이 드러난 때문이라는 입장이다. 물론 부패척결을 위한 강도 높은 사정활동이 진행될 경우, 은폐되었던 부패사건이 백일하에 드러나기도 하고, 과거에는 관행이라는 이름으로 통용되었던 부패행태들도 새롭게 불법으로 낙인찍히기 십상이다. 이런 과정이 통계적으로 부패범죄율의 증가를 낳는 한 원인이 되기도 한다.

그러나 문제는 우리 사회에 아직도 척결되지 않은 부패온상, 부패문화가 상존해 있다는 점이다. 만약 이 같은 현상과 정면으로 대결하여 이를 척결하지 않는다면, 부패의 만연은 막을 길이 없고, 그 결과 우리나라는 경제적 선진화에도 불구하고 선진국 문화로 나아갈 수 없을 것이다.

올해 국제투명성기구의 국가별 부패인식지수에서 뉴질랜드, 덴마크와 함께 공동 1위를 차지한 아시아의 강소국 싱가포르는 오늘날 실질국민소득 4만 달러에 육박하는 경제강국이지만, 여기까지 도달하는 데는 청렴선진화를 위한 각고의 노력이 그 밑바탕이 되었다는 사실이다. 잘 알려진 바와 같이 리콴유 초대 총리는 "부패방지는 선택의 문제가 아니라 국가생존의 문제이다. 반부패정책을 따르지 않는 사람은 모든 수단을 동원하여 굴복시켜야 한다"는 의지를 천명했고, 솔선수범을 보여주었다. 청렴 싱가포르 정책에 대한 국민의 신뢰와 정치인들의 솔선수범 등이 결집하여 오늘날 아시아를 넘어 세계적으로 신뢰받는 경제대국 싱가포르를 만들어 낸 것이다.

지금 우리는 어떠한가? 최근 검찰이 대기업의 비자금 수사에 착수하면서 공직사회의 부패고리가 얼마나 고질적이며, 또 편만해 있는지 그 실체의 일단이 드러나기 시작했다. 정·관계가 사기업의 기업카드를 빌려 쓴 의혹이 사실일 개연성이 높아지고 있다. C&그룹 비리수사과정에서 구여권의 유력자들이었던 야당 중진의원과 386정치인들이 이 회사의 법인카드를 사용한 단서가 입수되었다는 것이다. 법인카드 상납은 기업이 정·관계 인사들에게 바치는 신종 뇌물제공수법이라는 것이다. 이러면서도 국민을 위한 정치를 한다면 누가 믿겠는가.

더욱 한심한 일은 사정기관의 부패척결의지를 꺾기 위해 딴지를 거는 정치인들과 정당의 구태의연이다. 이른바 정권에 의한 특정정당 또는 특정정치인에 대한 탄압이라는 연막술이다. 이런 구태는 지금 우리나라가 역사의 희망찬 순간을 맞아 공정사회라는 더 나은 미래를 기획하고 나아가는 데 반드시 척결하고 넘어가야 할 쓴 뿌리이다. 부패를 특권의식의 범주로 오해하고, 부패 척결을 정치탄압으로 치부하는 행태는 결코 나라의 미래를 책임 질 정치인이나 공당의 자세가 아니다. 부패에 관한 한, 동정심이 발붙일 수 있도록 해서는 안 된다. 부패척결이 공정사회로 가는 지름길이기 때문이다.

마침 G20 정상회담을 앞두고 우리는 지난 88 서울올림픽이나 2002 한일월드컵 때처럼 국격을 높일 수 있는 절호의 기회를 맞이했다. 국격은 청렴도 제고 없이 저절로 높여지지 않는다. 이 기회가 우리 삶의 안팎에 도사린 부패와 결별하는 계기가 되었으면 하는 바람이다.

— 문화일보 2010. 10. 29.

우린 지금 깨어 있는가

　　청년실업이 위험수위에 육박했다고 한다. 가계부채도 그 예외가 아니다. 찌푸린 미래를 바라보기가 힘겨워 많은 사람들은 자포자기상태에서 일부는 범죄의 길로 들어서고, 다른 일부는 자살을 꿈꾸고, 또 다른 일부는 환각에 빠져든다. 우리사회에서 소망의 지평은 현실의 지평과 융합할 수 있는 접점을 찾지 못한 채 표류하고 있는 실정이다.

　　개인주의와 자유주의는 서서히 신장하여 사회민주화를 촉진시켰다. 반면 개인주의와 자유주의는 사회민주화의 발전과 더불어 더욱더 신장해 왔다. 자유주의적 개인주의는 정치, 경제, 사회, 문화의 영역에서 자유의 범위를 확대시켰지만, 우리사회가 안고 있는 오늘의 난제를 촉발시킨 원인제공자이기도 하다.

　　사람들은 공동체의 일원으로 살아왔던 오랜 농경문화의 전통에서 벗어나 각자 자신의 개성 있는 결정과 선택에 따라 삶을 영위해 가는 데 익숙해졌다. 반면 우리 곁에 더불어 살아가고 있는 이웃에 대한 관심과 배려는 점점 약화되어가고 있다.

　　안타까운 노릇이지만 오늘날 이미 사회적인 문제거리로 대두된 이혼율 급증, 버림받는 노인문제, 성의 도구화·상품화 문제, 갈 곳 없는 아이들의 증가는 개인주의와 자유주의가 팽배하면서 낳은 부정적 측면들이다. 여기에서 더 나아가 허무주의와 이기주의가 생명경시풍조와 사회갈등을 점점 심화시키고 있다. 자살률이 이미 교통사고율을 능가하기 시작했다. 낙태는 사회에 만연해 있는 못된 풍조로서 부동의 자리를 차지하고 있다. 노사갈등이나 님비현상의 현장에는 공동체도 내일도 없는 극한대립과 폭력이 난무한다.

이 같은 사회적 퇴락의 원인은 지금까지 성장일변도의 국가주도 경제정책에서 더 근본적이고도 중요시해야 할 사회구성의 기본가치나 덕목에 대한 고려가 부족했던 데서 찾을 수 있다. 물질적 풍요 속에서도 행복을 잃어버린 인간군상들만 거리로 내몰아 방황하게 한다면 이와 같은 국가정책은 방향을 잘못 잡은 것이다.

뿐만 아니라 자유주의신장에 비해 각자 책임윤리의식에 따라 살아가는 삶의 자세가 결핍되었던 데서도 오늘날 사회적 일탈의 원인을 찾을 수 있다. 가정과 직장, 사회공동체 내에서 각자 자신의 역할과 위치에 대해 올바른 윤리적 가치관이 결여되어 있기 때문에, 보편적인 외부적 규범으로서 법이 제 구실을 하기 힘들게 되었다. 법률은 폭발적으로 증가하는데도 법 알기를 우습게 여기는 무법자들이 거리를 활보하는 사회란 결코 질서 잡힌 안정된 사회라 할 수 없다. 거기에서는 약육강식이라는 야만의 법칙이 통용될 수 있을 뿐이다.

또 하나의 원인으로는 개인주의의 신장에 비해 공동체의식, 공동체주의가 약화되었다는 점을 빼놓을 수 없을 것 같다. 나와 너가 각자 남남으로 갈라서 멀리 떨어져 있으면서도 우리라는 인격적 연대감을 유지할 수 있는 공동체의식이 없다면 사회는 군집생활하는 꿀벌이나 개미의 세계만큼도 마음 붙이고 살 만한 곳이 못될 것이다. 극단적인 개인주의가 팽배해 있는 곳에서 각자는 자기 소견에 좋을 대로 살아갈 수밖에 없다. 구약 사사기 시대의 암흑상은 이런 정신적 상황에서 언제든지 재연될 수 있다.

자, 문제는 교회와 그리스도인들의 책임과 역할이다. 우리는 점점 어두워져가는 현실을 피해 산으로 산으로만 도망할 수도 없는 노릇이다. 그렇다면 우리는 이 어두운 현실과 대면하여, 현실을 새롭게 변화시킬 수 있는 신선한 역풍을 일으켜야 한다.

이 사회 속에서 우리 그리스도인들이 기독교적 세계관과 윤리기준에 따라 사고하고 선택하고 결정하면서 살아갈 때, 우리는 기독교적 대안이 될 새로운 영역을 구축해 나갈 수 있을 것이다. 세상을 닮아 가는 것이 아니라 우리의 거룩한 선택과 결정의 방식과 열매를 세상 사람들이 닮아가도록 영향력을 행사하는 것이다. 우리는 각자 왕 같은 제사장으로 부름받았을 뿐만 아니라 문화의 제사장으로도 부름받은 사람들이다. 허물어져 내리는 윤리의식과 공동체 의식을 추스려야 할 책임이 우리들 각자 믿음의 어깨 위에 놓여 있다는 사실을 잊어서는 안 될 것이다.

사회가 불안하고 절망과 허무의 파도가 높을수록 그리스도인들의 등대지기 역할은 중요하다. 그러자면 먼저 우리는 이 시대의 타락상 앞에서 우리의 신분, 우리의 소명에 새롭게 깨어있어야 할 것이다. "그러므로 깨어 있으라. 집 주인이 언제 올는지 혹 저물 때엘는지, 밤중엘는지, 닭 울 때엘는지, 새벽엘는지 너희가 알지 못함이라"(막 13:35).

— 기독교보 2004. 1. 7.

소크라테스와 촛불시위

　　탄핵정국을 틈타 광화문에서는 밤마다 촛불시위가 열린다. 내로라 하는 시민단체, 시민운동가들은 그토록 평화롭고 질서 있는 촛불시위가 한낱 집시법 위반이란 오명을 뒤집어써야 하는 이유를 내심 동의하지 못하는 눈치다. 그래서 집시법이 적법한 야간행사로 규정한 문화행사의 무대를 꾸미고 그 안에서 정치색 짙은 시위를 계속해 나가고 있다. 하지만 법질서는 프로레슬링 심판처럼 그렇게 둔감하거나 위장된 불법을 눈감아 주지 않는다. 문제는 야간의 촛불시위가 자신만 태우고 빛을 밝히는 것이 아니라 법공동체의 규범의식을 태우고, 법 알기를 우습게 만드는 잿더미를 어딘가에 쌓아 놓는다는 점이다.

　　이 광화문 촛불시위는 외국의 시민운동가들도 와서 보고 간다고 한다. 어떤 이웃 나라 여성 시민운동가는 생동하는 열기에 감동하여 그만 눈물까지 흘리고 갔다는 얘기도 들린다. 그런 분위기를 이끌어 내기 위해 밤낮으로 애쓴 시민운동가들의 수고를 들어보면 수긍되는 면이 없지 않다. 그들의 이 평화로운 촛불시위가 없었더라면 탄핵정국의 흥분 속에서 분신자살과 방화, 테러까지 속출했을지 모른다는 변명도 그리 과장된 것으로 들리지 않는다.

　　그러나 작은 불법을 두려워하지 않는 그들의 배경에는 잘못된 역사적 상황 설정과 인식이 깔려 있음을 엿볼 수 있다. 오늘의 탄핵정국을 지난 세기 6월 항쟁 때 호헌 철회상황, 아니면 더 거슬러 올라가 긴급조치 9호에 저항하여 유신철폐를 외치던 상황으로 착각하는 인식이 문제다.

　　6·29 이후 우리나라의 민주화에 대한 평가는 만족할 수준이라든지 아니면 불만족스럽다든지 하는 견해 차이가 있을 수 있다. 하지만 헌법재판소에서 심리가 진행 중이고 노무현 대통령 쪽에서도 대리인단을 통해 법리적 논쟁을 전개하는 상황에서 탄핵 반대 촛불시위는 무엇인가. 그것은 단순한 집시법 위반 정치집회가 아니라 헌법질서를 무시하는 정치집회로 변질될 수 있다. 이는 우리 국민 모두 염원해 마지않는 민주주의와 법치주의 발전에 대한 적신호로 비쳐질 수 있다.

　　오늘 밤 촛불시위가 벌어질 광화문 네거리에 이웃 나라의 시민운동가처럼 고대 그리스의 철학자 소크라테스가 방문하여 참관한다면 어떤 지혜의 말로 우리들의 황폐해진 영혼을 일깨워줄까 궁금하다. 그는 법률의 권위가 흔들리는 곳에서도 인간 내면의 기준인 영혼의 고유 법칙은 남아 있으며, 이것이 우리 안에 있는 동물성을 이성으로 지배하게 명령한다고 가르쳤다. 그에게 영혼은 인간의 고유한 것, 신적인 것의 처소였기 때문이다.

　　하지만 그는 법과 법률, 정의와 법률을 동일시하되 법률을 문자적으로 씌어진 규정이라 정의했다. 물론 이 법률은 시민들의 공동체적 합의를 기초로 한 것이다. 이 명제는 당시 히피아스의 반론에 부닥쳤지만 소크라테스는 자신의 확신을 자신의 삶으로써 확증하고자 했다.

　　그는 30인 폭군이 법률에 반해 무고한 시민을 처형하기 위한 체포명령을 내렸을 때 폭군의 명령에 복종하기를 거절했다.

반면 불의한 재판에 의해 자신에게 내려진 사형선고도 법률에 불복종하는 것을 보여주지 않기 위해 친구들의 도망 요청까지 거절하고 그대로 받아들여 결국 독배를 들었다. 한 국가가 존속·유지되고 있으면서 국법이 불복종자들에 의해 무시된다면 어찌 국가가 존립할 수 있겠는지 생각해 보라는 것이다.

불의한 판결이나 법률에 복종하는 것이 법과 국가를 통합시킨다는 점 때문에 그는 악법에 대해서도 존중을 표한 것이지, 결코 악법을 옹호한 적은 없었다. 그렇게 함으로써 공동체의 법질서 전체를 보호하고자 했던 것이다.

법률에 대한 복종을 티 없는 영혼을 지닌 자신의 생명과 바꾸었던 소크라테스가 오늘 광화문 촛불시위를 주도하는 한국 시민운동가들의 변명을 듣는다면 말문이 막힐 것은 불을 보듯 뻔하다. 분명 한국의 정치 상황에서 부정의한 법률이 있었고 아직도 정의로운 법률만이 우리 삶을 인도한다고 단정할 수는 없다. 하지만 그 판단은 최종적으로 사법기관과 헌법재판소의 권위에 속한다.

그러므로 탄핵 반대·무효 선언을 한 시민운동가들은 물론 대한변협이나 의문사위, 전공노, 전교조 등 국가 또는 사회단체들도 자기 소견에 따라 법을 무시하거나 법치를 흔드는 경거망동을 해서는 안 된다. 오늘날 탄핵 소용돌이에 휩싸여 제자리를 벗어난 '촛불 군중'에게 소크라테스가 들려주고 싶은 한 마디 말은 바로 그 유명한 "너 자신을 알라"는 것이 아닐까. 자신의 집을 지킨다면서 자신의 집을 불태우는 일처럼 큰 어리석음은 없기 때문이다.

— 국민일보 2004. 3. 24.

집단광기 차단의 관건은 이성과 법치

2008년 여름 사회를 온통 광란의 도가니 속으로 몰고 갔던 미국산 쇠고기 수입반대 촛불집회의 불꽃이 사그라진 지 벌써 2년이 지났다. 바쁜 일상과 빠른 변화 속에 시민들은 이미 그때를 아련한 추억쯤으로 치부하는 경향도 없지 않아 보인다. 이런 상황에서 촛불시위에 대한 잊지 못할 기억을 간직했을 법한 이명박 대통령은 11일 국무회의에서 이 기회에 관련 부처가 사회적 책임의 관점에서 종합적인 백서를 펴내주기 바란다는 뜻을 밝혔다. 객관적이고 과학적인 자료집이 되도록 애써 달라는 당부와 함께 사회 발전을 위한 반성과 성찰의 계기가 마련돼야 한다는 취지도 곁들였다.

사실 2008년 5월 2일부터 시작해 100여 일 동안 서울광장과 광화문 네거리의 밤을 지배했던 수많은 시위 참여자들이 엮어낸 촛불시위는 최장기 집회이면서 72시간 릴레이 같은 마라톤시위, 철야시위, 횡단보도 놀이시위, 놀이문화화한 시위 양태, 이른바 촛불소녀로 상징되던 10대 여중·여고생과 유모차를 앞세운 주부들의 집단참여 등이 종전의 촛불시위와 비교할 수 없는 새로운 양상들이었다.

여기에 결정적인 기여를 했던 것이 MBC TV 'PD수첩'의 광

우병 위험 과장보도, 안티카페와 미친소닷넷 등 온라인 단체들의
온라인상 토론과 준비 그리고 동원, 대중 연예인들과 진보 지식
인들의 합세, 불교와 가톨릭 성직자들의 종교적 의식을 통한 참
여, 이러한 복합적인 동인들이 쇠고기 파동의 장기화와 국정 마
비를 가져왔던 원인이었다. 그 중에서도 여론을 주도했던 PD수
첩팀은 광우병 위험을 의도적으로 과장해 보도한 정황이 드러난
상태지만, 촛불의 열기 속에 제 세상을 만난 듯 흥분해서 무대에
올라섰던 일부 지식인들과 운동권, 정치인, 종교인, 전문가 계층
의 인사들이 지금 그때를 어떻게 되돌아보고 있는지 궁금하다.

　　2년 전 광우병 파동의 집단적 광기(狂氣)를 회고하면서 한국
사회의 선진화에 무엇보다 절실한 것은 이성과 합리주의라는 사
실을 확인한다. 근대사회의 거대 담론이었던 합리적 이성은 과학
적 실증주의의 영향으로 오늘날 도구적 이성으로 전락한 면이 없
지 않다. 근대적 이성의 쇠퇴를 틈타 후기 현대사회의 파편화된
이성의 조류 속에서 감성과 감각주의적 체험들이 국민의 일상을
지배하는 현상은 광우병 파동을 반성하면서 뼈아프게 짚어봐야
할 의식구조의 현주소인 셈이다. 합리적 이성의 지배가 없는 삶
의 세계는 그것이 정치·경제·사회·문화의 어느 지평이든 어
뢰정 수준의 괴담 한 방으로도 침몰할 수 있음을 유념해야 할 것
이다.

　　이번 기회에 정부 차원의 종합백서를 준비하기로 했으니, 차
분히 하되 결코 급조할 필요는 없다고 생각한다. 'PD수첩' 제작
진에 대한 제1심 무죄판결이 난 후 항소중이고, 최종 확정판결은
아직 상당한 시일이 걸려야 할 전망이다. 뿐만 아니라 각계의 다
양한 시각에서의 평가까지 종합할 필요가 있다. 그런데도 정부
차원의 일방적 자료만으로 종합백서를 서둘러 펴낸다면 역사적
교훈을 얻기 위한 당초의 취지가 감소될 수도 있기 때문이다.

무엇보다도 광우병 파동에 즈음해 이 정부 출범 후 초기 대응의 미숙, 시위가 격화일로를 치닫는데도 재협상 불가 방침만 고집해 국민과의 소통에 문제점을 드러냈던 당시의 정책적인 실패 원인도 냉정하게 되짚어봐야 반성적 백서로서의 의미가 살아날 것이다.

시민사회는 끊임없이 진화하고 있다. 시위문화의 상상력의 힘과 진화를 검·경에 의한 법치주의와 질서 유지 문화가 상호 소통이 가능한 거리까지 따라잡도록 애써야 한다. 그렇지 않으면 어느 때 또 어떤 괴담이 국민정서 속으로 파고 들어가 또 다른 촛불시위의 불꽃을 지필지 알 수 없기 때문이다.

— 문화일보 2010. 5. 13.

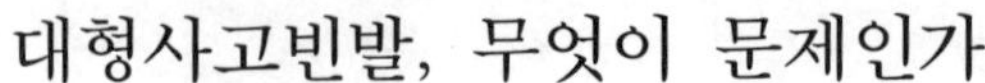

대형사고빈발, 무엇이 문제인가

　　대구지하철전동차방화참사로 무려 200여 명의 무고한 희생자가 나왔다. 전국민이 성금모금에 참여하면서 희생자가족들과 고통을 나누어 갖기를 원하지만, 아직까지 무엇 하나 속시원하게 해결된 것은 없어 보인다. 대구지하철공사 직원 몇 명이 구속되었고 정부는 재난관리청이라는 중앙조직을 하나 새롭게 만들어 앞으로 일어날지 모를 대형참사에 대비하겠다는 계획을 내놓은 것이 고작이다.

　　아직도 한 방화범에서 시작된 이 사건에 얼마나 많은 인재(人災)가 누적되어 가공할 참사를 빚어냈는지 원인규명조차 불투명한 실정이다. 대구지하철 중앙관제실 직원들이 1080호 전동차를 이미 불타고 있는 중앙역으로 진입시켜 정차토록 한 결정은 어떻게 된 시스템 때문에 그렇게 될 수밖에 없었는지 궁금하기 그지없다. 모니터시스템의 문제인가, 기관사나 중앙관제실 종사자의 상황판단실수 내지 근무태만인가, 의사소통장치의 결함 때문인가, 아니면 재난에 대비한 교육훈련의 부재 때문인가. 더욱 기막힌 것은 사고 직후 승객의 안전과 사고수습을 뒤로 한 채 관련당사자들이 책임회피를 위해 기록을 조작하고 증거인멸을 획책했을 뿐 아니라 말을 맞추는 예행연습에 더 열을 올렸다는 정황이다.

　빈발·재발하는 대형참사를 예방하기 위해서는 그 원인규명과 함께 효과적인 방재시스템을 새롭게 구축해야 한다는 점이다. 항시 행정당국은 대형참사가 일어나면 정신없이 호들갑을 떨다가도 시간이 지나면 과거의 그 자리로 돌아가는 타성에 깊이 젖어 있다. 이런 타성으로부터 벗어나기 위해서는 제도개혁을 통한 의식개혁이 함께 이루어져야 할 것으로 본다.

　오랜 개발독재와 권위주의통치시대로부터 민주화과정으로 전환한 지 10여 년이 지난 지금도 우리의 중앙정부의 정책마인드에는 온통 자유와 인권신장이 꽉 차 있다. 민주정치의 연륜이 짧은 우리나라에서 자유는 아직도 많은 부문에서 더 신장되어야 한다. 지난 국민의 정부에서 규제혁파를 내건 규제개혁위원회 등의 활동으로 그 동안 경제흐름과 시민생활의 불필요한 차단기 역할을 하던 많은 규제가 풀렸다. 시민자율의 영역이 그 대신 많이 넓어진 것도 사실이다.

　하지만 안전이라는 또 하나 원초적인 시민적 기본권이 소홀하게 다루어진 점은 유감스러운 일이 아닐 수 없다. 민주화 투쟁 시기에 「자유냐 안전이냐」를 묻는다면 누구나 자유의 피켓을 높이 들었을 것은 충분히 짐작이 가는 얘기다. 하지만 문민정부, 국민의 정부 그리고 참여정부의 시대에 이른 지금 우리는 「자유냐 안전이냐」는 질문 자체가 잘못 설정된 선택지문이라는 점을 인식해야 한다. 「자유와 안전」이 다같이 존중되고 보장되는 그런 법치국가에서 우리는 살아야 되고, 또 살고 싶기 때문이다.

　인간은 윤리적 존재이다. 비록 패륜과 불법의 일탈가능성으로부터 자유롭지 못해도 인간의 본성 속엔 기본적인 윤리적 의지와 잠재력이 싹트고 있기 때문이다. 그러므로 인간은 이 윤리적 본성을 계발하여 자신의 인격을 더 높은 단계로 완성시켜 나가야 할 처지에 놓여 있다.

인간의 윤리적 자기발전을 가능하게 해 줄 수 있는 조건이 자유이다. 타율과 억압, 착취로부터 자유로울 때 인간은 스스로 타고난 윤리적 본성의 싹을 발전시켜 자기발전과 자기실현의 단계로 성숙해 갈 수 있는 것이다. 바로 그렇기 때문에 인간은 각자 존엄한 인격주체이며, 인간의 존엄성은 그런 의미에서 인간의 잠재성일 뿐만 아니라 인간의 공적으로서의 가치를 지닌다.

반면 인간의 윤리적 자기보존을 가능하게 해 줄 수 있는 조건이 안전이다. 불안과 공포, 위험으로부터 안전할 때 인간은 스스로 타고난 윤리적 본성의 싹을 보존하여 자기실현과 자기완성의 단계로 자라갈 수 있는 것이다. 바로 그렇기 때문에 인간의 존엄성은 자유와 안전을 근원적인 인간의 실존조건으로 요구하고 있다. 법치국가가 인간을 위해 존재하는 것인 만큼 자유와 안전을 부여하여 인간의 존엄과 행복한 삶이 실현될 수 있게 하는 것은 한 가지도 소홀하게 다룰 수 없는 국가의 임무에 속한다.

전통적으로 법치국가는 자유에 비중을 두는 경향이 강했기 때문에 법치국가헌법의 기본권과 인권의 내용도 자유권에 경도되는 경향이 있다는 점을 부인하지 않겠다. 산업화 이전의 사회가 자연적 재해에 많이 시달려 왔지만 인위적 재해로부터는 비교적 시달림을 받지 않았던 데 기인한 것으로 보인다.

하지만 안전이 개인의 생존조건의 필요불가결한 요소라는 점은 이미 계몽주의 이래 법치국가이론과 법이론에서 빼놓을 수 없는 부분이었다. 특히 오늘날처럼 이미 고도산업사회를 넘어서 첨단과학기술이 지배하는 사회에 이르러서는 우리네 삶의 안전기반이 과거 산업화사회와 비교할 수 없을 만큼 취약해졌다. 후기현대에 접어든 탈산업화·정보화사회는 독일의 사회학자 벡크(Beck)가 정의한 대로 위험사회(Risikogesellschaft)로 변모했다. 근대화·

산업화가 스스로 자기기반을 뒤흔드는 위험까지 양산하였고, 원
자력위험, 화학위험, 생태학적 위험, 생명공학적 위험과 같은 새
로운 위험이 인류의 생존 자체를 위협하는 단계에 이르렀다. 작
은 실수가 큰 위험을 초래할 수 있고 이를 방지하려면 작은 실수
부터 금지시켜야 할 필요성도 대두되고 있고 위험사회에서 위험
예방은 작은 악의 싹부터 잘라내는 철저한 사전예방이어야 한다
는 것이다. 이 같은 새로운 위험에 대처하기 위해 형법적 보호를
확장하고 그 보호영역을 넓히는 경향도 나타난다. 이 같은 예방
책은 전통적인 자유위주의 법치국가형법을 사회적 안전국가의 신
축성 있는 조정기구로 재해석하도록 유도한다.

문제는 대구지하철참사 이전에도 사회적인 충격파를 던졌던
성수대교붕괴사건, 삼풍백화점붕괴사고 등은 아직도 위험사회에서
말하는 이른바 '새로운 위험'이 아니라 인재에서 비롯된 산업사
회의 전형적인 위험이라는 점이다. 우리 사회가 외형상으로는 후
기현대사회에 진입했으면서도 실제적으로는 아직 산업사회의 부
작용과 후유증에 시달리고 있다는 점은 아이러니가 아닐 수 없
다.

어쨌든 안전을 해치는 이 같은 재해를 효과적으로 방지하기
위해서는 전통적인 법치국가형법의 입법과 해석론에서도 좀더 위
험억제에 가까이 다가갈 수 있는 아이디어가 필요하다고 본다.
이미 성수대교붕괴사건에서 보았듯이 단독으로는 결과발생이 불
가능한 수개의 과실행위가 누적적 인과관계를 맺고 대형인명사상
의 결과를 야기한 경우 과실범의 공동정범을 인정한 판례와 이를
지지할 수밖에 없는 이론가들의 고육책을 이런 맥락에서 들여다
보면 이해가 된다. 그 밖에도 다수인이 과실로 잘못된 의사결정
을 내림으로써 대형사고가 발생한 경우 예컨대 일정장소에 도시
미관을 위해 안전조치를 취하지 않기로 한 행정당국의 잘못된 결

정으로 예방할 수 있었던 대량의 인명사고가 발발했다면 그 결정
과정에 참여한 다수의 사람들이 상호보충적·연대적 관계에 놓이
게 되고, 그 범위 안에서 이 사고에 대한 책임을 함께 지지 않을
수 없다. 현대사회에서는 집단에 의한 공동과실사례가 증가하고
있기 때문에 조직상의 무책임이 일어나는 현상을 방지하기 위해
서도 공동정범의 법리가 확대되는 경향이 있다.

　끝으로 사람의 생명·신체를 보호하기 위한 죄형법규의 체계
상 고의살상범죄와 과실사상범죄 사이의 법정형의 너무 과격한
불균형도 이 시점에서 재고해야 할 때가 아닌가 생각된다. 한 사
람의 생명을 살해한 고의범에게도 5년 이상, 무기 또는 사형이
과해지는 현행형법 체계에서 과실치사죄는 그 결과의 대량성과
천문학적 피해야기에도 불구하고 2년 이하의 금고 또는 700만원
이하의 벌금에 처하도록 돼 있다(형법 제267조).

　각종 특별법, 특가법에도 과실치사의 가중처벌은 고려대상조
차 안 되고 있다. 자유만을 눈여겨온 전통적인 법치국가형법의
겸손성이라는 미덕 때문이라고 치부하기에는 우리네 삶의 안전기
반이 너무 취약하고 우리 사회의 위기감과 불안감의 파고가 너무
높다는 사실을 이제 입법자들이 진지하게 다시 생각해 보아야 할
때라고 말하고 싶다. 아무리 과실범의 공동정범을 널리 인정하고,
과실의 인정범위를 인수책임이나 위구감을 빙자해 넓혀 본들 대
량의 인명사상이 한 명의 고의범피살자에게 비교가 될 수 없을
만큼 현격히 낮다면, 주의의무를 높이기 위한 형법의 경고기능은
이미 고장난 것이 아닐까 되짚어 보아야 할 것이다.

　위험과 불안을 묻어두고 자유를 키울 수 없다. 안전과 함께
자유도 자란다는 사실을 이제 우리가 다시 짚고 넘어가야 할 때
인 것은 분명해 보인다. 자유위주의 법치국가형법관을 자유와 안
전이 균형을 이루는 법치국가형법관으로 시각을 교정해야 할 때

가 아닌지 묻고 싶은 것은 대구지하철참사로 목숨을 잃은 무고한
대량의 희생자들에게 보내는 단순한 연민 때문이 아니다. 현재와
미래에 맞닿고 있는 우리네 삶의 더 나은 터전을 바라보기 때문
이다.

— 대한변협신문 2003. 3. 17.

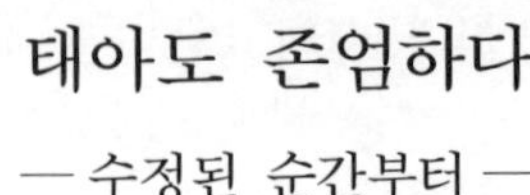

태아도 존엄하다
─ 수정된 순간부터 ─

　　낙태를 둘러싼 찬반논쟁은 세월이 가도 끊일 줄 모른다. 오히려 인간배아복제를 둘러싼 생명윤리논쟁이 활발해진 지금 낙태논쟁은 새로운 국면을 맞았다.

　　종래 낙태반대진영(pro life)은 "낙태가 살인"이라는 모토 아래, 국가가 느슨한 낙태허용규정을 통해 대량살상을 조장한다고 비난해 왔다. 이에 반해 낙태자유화진영(pro choice)은 "내 뱃속에 든 것은 내 마음대로"라는 모토 아래, 국가가 낙태를 전면 자유화하는 방향으로 나가기를 촉구해 왔다. 서방 선진국들의 낙태입법은 실제로 이 두 진영 사이에 엉거주춤 양 다리를 걸치고 있는 형국이다.

　　인간배아복제를 둘러싼 생명윤리논쟁에서 배아복제자유화를 주장하는 쪽은 이미 낙태까지도 일정한 시점과 일정한 적응사유가 갖추어지면 허용하는 판에, 착상이전의 배아를 불치병치료를 위한 실험도구로 삼는 게 무슨 큰 문제냐고 나선다. 이들 진영에서 착상 이전의 배아는 그것이 인공수정이건 자연적 수정이든 개구리알과 같은 세포덩어리에 불과하다는 극단적인 목소리도 나온다. 그들은 인간존재의 본질적인 부분이 무엇이며, 그것이 어디로부터 와서 어디로 가는지 전혀 알지 못 한다. 땅에 사는 생명체는 땅만 바라보는 존재자라는 점에서 아무 본질적 차이가 없다는 것이다.

인간복제나 배아복제의 심각성을 말하는 사람들 중에도 낙태의 심각성을 내놓고 말하는 이들은 많지 않다. 차마 어찌할 수 없는 불가피성을 낙태의 정당성으로 오인하기 때문이다. 원치 않는 임신이 산모의 자유로운 선택에 따라 낙태로 이어지는 현실을 받아들이려는 것이다.

하지만 우리가 알아야 할 것은 인간은 인간으로서 아주 특별한 존재, 존엄한 존재라는 사실이다. 사람도 짐승처럼 발로 땅을 딛고 살아가지만 땅을 흙으로만 알지 않는다. 사람만이 영혼을 간직하고 하늘을 바라보며 영원을 사모하는 마음을 지녔다. 창공을 높이 나르는 새들조차 땅에 연연하지만, 인간은 영원한 하나님의 나라를 사모할 수 있는 능력을 갖고 있다. 여기에 인간존재의 특이성과 존엄성의 근거가 깃들어 있다.

수정된 순간부터 인간은 인간으로서 특이하다. 인간의 몸, 인간의 실패, 인간의 고통, 인간의 배고픔까지도 동물의 그것과는 본질적으로 다르다. 태아도 사람이며 태아의 생명도 사람의 생명과 똑같이 존귀하다. 낙태도 하나님께 회개하고 용서받아야 할 엄연한 죄이다.

— 신앙계 2004. 6.

배아의 생명보호, 국가의 책임이다

내년 정초부터 「생명윤리 및 안전에 관한 법률」(약칭 생명윤리법)이 시행될 예정이다. 많은 사람들이 깨어 지켜보지 못한 사이에 어느덧 이 법률이 시행을 눈앞에 두고 있다. 하지만 따지고 보면 이 법률은 위헌결정을 받은 수도이전특별법보다 더 심각한 위헌요소를 안고 있는 법률이다.

이 법률의 목적은 두 가지다. 하나는 인간의 존엄과 가치 및 인체의 보호요, 또 하나는 국민의 건강과 삶의 질 향상이다. 전자의 목적을 실현하는 수단은 생명과학 기술분야에서 생명윤리 및 안전의 확보요, 후자의 목적을 실현하는 수단은 인간의 난치병예방 및 치료술의 개발이용이다. 이 두 가지 목적이 내용적으로 상충하는 모순임은 각국의 입법과정에서 이미 밝혀진 사실이다.

문제는 이처럼 모순되는 두 마리 토끼를 쫓으면서 생명윤리법은 실질적으로 국민의 건강과 삶의 질 향상에 비중을 두었다는 점이다. 이 법률은 생명가치와 인간의 존엄성보호에 우선순위를 두지 않고 생명과학기술을 통해 불치병 없는 사회의 지평을 지향하고 있기 때문이다. 이런 흠결을 안고서도 이름은 생명윤리법이라 표방하고 있으니, 국가가 인간존재의 존엄한 이름 앞에 간판 사기를 하고 있는 셈이다.

　　물론 이 법률은 인간개체복제를 금지하고, 이종(異種)간의 착상도 금지하고 있다. 이것은 분명 인간의 존엄성보호를 지향하는 것이어서, 그 한에서 생명윤리법으로서의 존재의미를 지닌다. 하지만 연구목적의 인간배아복제와 잉여배아처분의 길을 열어 놓은 것은 선진국의 입법례에서도 유례를 찾기 어려운 무모한 태도이다. 입법자는 이 법률 앞부분에서 이미 배아를 존엄성의 주체로 보지 않고, 하나의 세포덩어리로 보기 때문에 인공수정을 통한 불임시술 잔여배아와 체세포복제배아를 불치병치료목적으로 활용·처분하는 것을 당연시하고 있다. 그러나 배아복제는 인간복제와 명칭만 다를 뿐 기술적으로나 본질적으로 동일하다. 인간복제를 금지하면서 배아복제를 허용하는 이 법률은 인간존엄성을 최고의 가치로 꼽는 헌법의 가치질서와 어긋날 뿐 아니라 자체 내의 모순에 빠져 있는 셈이다. 이 같은 모순점은 정부 내 정책입안자들의 무지와 과학자들의 속임수 그리고 배후의 기술자본가들의 탐욕이 결탁하여 만들어낸 결과이다. 이 모순점을 극복하고 인류의 보편적인 양심으로 돌아가는 길은 생명윤리의 기본원칙에서 새롭게 출발하는 것이다. 생명윤리법이 생명과학기술의 정상궤도를 인도하는 방향타가 되어야지, 거꾸로 인간생명의 씨앗을 가지고 조물주 노릇하려는 과학기술자들의 불장난을 덮어주는 마술보자기 구실을 해서는 안 된다.

　　생명윤리법은 과학기술자들의 예상되는 불장난을 막기 위해 국가생명윤리심의위원회 및 기관생명윤리심의위원회를 안전판으로 내세웠다. 하지만 이 기구들이 생명윤리의 안전판이 되기를 기대하는 것은 나무 위에서 물고기를 잡으려는 것과 같다. 우선 국가생명윤리심의위원회는 정부부처장관 7명, 생명과학 또는 의과학분야 종사자 7명, 종교계 등의 대표자 7명해서 모두 21인이다. 국가경쟁력사고에 경도된 정부부처장관과 과학적 모험과 기술상품 사고에 경도된 생명과학·의과학 분야 종사자를 3분의 2 이상 되게 하고서도 생명윤리를 구현하겠다면 참을 수 없는 눈가림이 아닐 수 없다. 어느 외국의 입법례가 국가생명윤리심의위원회에 이해당사자인 과학자들을 대거 영입하고 있는지 필자는 알지 못한다.

생명윤리의 핵심은 배아도 인간이며, 배아의 생명도 국가가 법적으로 보호해야 할 객관적 의무를 진다는 데 있다. 물론 배아가 출생한 사람처럼 구체적이고 주관적인 인권의 주체가 될 수는 없다손 치더라도, 객관적인 질서로서 국가의 인권옹호의 보호막 속에 존재하고 있는 인간생명의 향유자임을 부인할 수 없다. 그의 권리는 잠재적이고, 장래의 것이라는 점에서 가장 약한 형태임에 틀림없다. 그렇지만 바로 그렇기 때문에 그의 잠재적인 권리상태에서도 태아처럼, 영아처럼 국가에 의한 특별한 보호를 필요로 한다. 기독교생명윤리위원회가 국회에 이 법률이 통과되기 전에 먼저 인간배아보호법률을 제정해달라고 입법청원했던 이유가 바로 여기에 있다.

오늘날 인간의 존엄성이라는 가치관과 모순 없이 불치병극복을 위해 추진되어야 할 바이오기술프로젝트는 황우석 교수의 체세포복제배아줄기세포연구가 아니라 강경선 교수의 성체줄기세포연구의 길밖에 없어 보인다. 인간배아를 살상하여 폐기물로 처분하는 전자의 소모적인 실험보다 더디더라도 후자의 연구가 훨씬 더 인간적이고 윤리적인 방향이기 때문이다.

— 국민일보 2004. 11. 4.

낙태목적 성감별 규제해야

최근 한 법률가가 태아의 성감별을 금지하는 현행 의료법규 정이 개인의 기본권을 침해한다는 이유로 헌법소원을 제기했다. 의료법은 의료인이 태아의 성감별을 목적으로 임산부를 진찰해서 는 안 되며, 같은 목적을 가진 다른 사람의 행위를 도와주어서도 안 되고, 임산부에 대한 진찰을 통해 알게 된 태아의 성별을 임 산부 본인이나 그 가족 또는 다른 사람에게 알려줘서도 안 된다 고 규정했다. 이에 위반하면 3년 이하의 징역 또는 1천만원 이하 의 벌금에 처해진다.

그 입법배경에는 태아성감별행위에 따른 여아낙태 남발로 자 연적인 성비의 균형이 깨어진 초등학교 교실의 현실과 그에 대한 예방책이 시급하다는 인식이 깔려 있었다. 성의 인위적 선택도 개인의 행복추구권에 속한다는 자유주의자들의 주장은 생명의료 기술의 발달과 그 남용의 일상화 그리고 생명윤리가 실종된 우리 의 현실에서는 그럴 듯하게 들린다. 하지만 이로 인해 낙태가 성 행하고 성의 자연적 균형이 깨어지게 되면, 성적 차별을 출생 이 전부터 심화시키는 꼴이 될 뿐만 아니라 낙태를 현격히 조장하는 결과를 낳는다. 인간의 출산을 위한 선한 목적으로 고안된 의료 기술이 오히려 파괴를 위한 도구로 전락한다면 공동체의 근원적인 생명적 연대감이 현저히 훼손될 수밖에 없다.

물론 태아의 성감별 자체가 반사회적이거나 비윤리적이라고 말할 수는 없다. 출산을 앞둔 가정의 본능적인 궁금증 해소라는 차원을 넘어 출산준비와 태교 등에도 유용하게 이용될 수 있기 때문이다. 문제는 태아성감별이 대개 낙태의 사전준비조치로 행해진다는 데 있다.

형법으로 금지할 수 있는 태아성감별행위는 바로 여아낙태목적으로 이루어지는 경우에 국한되어야 할 것이다. 형법은 반사회적인 법익침해행위가 아닌 단순한 비윤리적 일탈행동을 규율대상으로 삼을 수 없기 때문이다. 이렇게 보면 의료법상 태아성감별행위 자체를 무조건 금지한 조치는 법치국가형법의 원칙에 반할 수 있다. 그러므로 차제에 태아의 성감별행위가 태아의 생명·건강에 대한 위험과 직·간접적으로 연관되는 한도에서만 금지되도록 그 범위를 명확하게 다시 설정할 필요가 있다. 태아의 성감별이 최소한 낙태의 사전준비로 행하여진 경우에 한해 처벌대상으로 삼아야 한다. 일종의 낙태예비행위로서의 성격을 띤다고 할 수 있기 때문이다.

물론 낙태금지조항이 거의 사문화되다시피한 우리의 법현실에서 유독 여아낙태방지를 위한 태아성감별행위를 처벌대상으로 삼는 데 대해 반론도 있을 수 있다. 하지만 높은 낙태율에 낮은 출산율의 누적으로 이미 우리나라는 개발독재시대의 잘못된 인구억제 정책을 버리고 적극적인 인구증대정책을 펴지 않으면 안 될 시점에 이르렀다. 노인인구는 급증하고 저출산이 장기적으로 누적된다면 사회적 공동화현상은 불을 보듯 뻔하다. 따라서 출산장려정책 못지않게 중요한 것이 낙태 없는 사회의 지평을 열어 나가는 일이다. 우리나라가 낙태왕국이란 오명을 쓴 지는 이미 오랜 세월이 흘렀다. 지금이야말로 낙태를 방지하고 출산을 장려하는 데 국민적 지혜와 역량을 모아야 할 때이다.

그러려면 비록 형법상 낙태예비죄는 없지만, 적어도 낙태예비단계에 속한 성감별행위에 대한 형법적 규제는 필수적이라고 생각한다. 그런 의미에서 동일한 의료인이 성감별과 낙태를 연쇄적으로 실행한 경우, 적어도 낙태미수나 예비에 이른 경우, 성감별의료인이 성감별 후 낙태시술을 주선한 경우 등은 형법적 통제의 대상으로 삼아야 할 것으로 본다.

더 나아가 여아낙태를 목적으로 한 성감별행위의 경우, 의료인뿐만 아니라 임산부에 대한 통제도 가능하게 해야 한다. 형법상 낙태죄에는 자기낙태죄도 포함되는 점을 고려할 때 임산부의 낙태목적 성감별행위를 규제대상으로 하는 데 별문제가 없어 보인다. 다만 임산부에 대해서는 현행 의료법상의 벌칙보다 더 가벼운 처벌이 가능하도록 해야 할 것이다. 즉, 벌금형 하나만의 처벌규정만으로도 임산부에 대한 통제는 충분해 보이기 때문이다.

끝으로 법적 통제와 함께 고려해야 할 중요사항은 성감별과 여아낙태로 갈 수밖에 없는 고통스러운 임산부가정에 대한 사회보장책 측면에서의 예방프로그램 개발이다. 국가적 차원의 실효성 있는 지원책 없이는 낙태의 유혹에서 벗어나기 힘들기 때문이다.

— 국민일보 2005. 1. 27.

낙태·자살에 비친 생명문화의 위기

　　세상에서 가치 있는 것 가운데 인간생명보다 더 귀한 것은 없다. 그런 이유로 사람의 생명은 신성하다고도 말한다. 이 생명은 창조주로부터 부여받은 각 사람의 고유한 몫일 뿐만 아니라 공동체라는 생명의 숲을 형성하는 보편적인 법익이기도 하다. 그래서 인간의 생명은 법과 윤리 그 밖의 사회제도 속에서 최대한 존중되고 우선적으로 보호되어야 한다. 모든 제도의 윤리적 정당성은 인간의 생명을 다른 목적을 위한 수단으로 삼지 않고 목적 그 자체로서 존중하는 데 있다. 각인의 생명은 그 자체로서 고유한 존재가치가 있고 그것을 포기하려는 개인의 자의적이고 주관적인 처분행위에 의해 좌우될 성질의 것이 아니기 때문이다. 비록 인간이기를 포기하고 싶어 인간의 정상적인 머리로는 상상하기 어려운 극악한 일을 저지른 사람에게도 헌법을 포함한 전체 법질서는 그 역시 한 인간이며, 그도 고유한 인간의 존엄과 가치의 향유주체임을 승인해 주고 있다.

　　또한 각 사람의 생명은 상하귀천의 차등이 있을 수 없고 타인의 생명과 비교교량의 대상도 될 수 없다. 이른바 '생존가치 없는 생명', '보호가치 없는 생명'의 박탈이 일정한 사회정책이나 법정책의 동기가 되어서는 안 된다. 마찬가지 이유에서 원칙적으로 인간의 생명은 분만으로 인해 세상 밖으로 나왔느냐 아직 모체 속에 자리 잡고 있느냐 하는 시간과 상황, 자리매김 등에 따라 차등취급 되어서도 안 된다.

그리스도교회는 전통적으로 수정되는 순간부터 인간의 생명이 시작되는 것으로 보고 있다. 교황 요한 바오로 2세도 1995년 발표한 「생명의 복음」에서 "난자가 수정된 순간부터 생명은 시작되고, 그것은 아버지나 어머니의 것도 아닌 자신의 성장력을 지닌 한 새로운 인간의 생명이다. … 인간은 수정되는 순간부터 한 개체로서 존중되고 정중히 다루어져야 한다"고 말했다. 19세기 이후 죽임과 살림의 문화에 대한 인식이 깊어지면서 교회뿐만 아니라 영국법과 미국법도 수태 후 인간생명이 시작된다는 전제에서 출발하는 궤도수정을 했고, 1948년 스위스 제네바에서 열린 세계의사협회에서 현대식으로 새롭게 다듬어진 히포크라테스 선서에서도 "나는 수태순간부터 인간생명을 최대한 존중하겠습니다"라는 문구가 포함되어 있다.

태아가 되기 전, 즉 초기배아를 보호하기 위한 입법이 여러 선진국에서는 일찍부터 마련되어 있지만 우리나라는 아직 이를 위한 법적 보호장치가 없는 실정이다. 더욱이 심각한 문제는 아무 양심의 갈등이나 두려움도 없이 자행되는 대량의 낙태관행이다.

낙태 못지않게 소리 없이 번져가는 자살도 심각한 생명파괴 행위이다. 산업화 이후 인간의 생명은 종전의 자연재해보다 더 큰 위험에 노출되어 왔다. 끊임없는 산업재해, 교통사고, 살상범죄 등으로 도처에서 인간생명은 희생되어 왔다. 이른바 위험사회론에서 말하는 '새로운 위험'의 확산으로 이제 인류는 생존의 기반 자체마저 위협받는 형편에 처했다. 인간의 무분별·무사려와 탐욕이 만들어 낸 자업자득이라고 해야 옳겠지만, 우리는 이제 이러한 갖가지 생명파괴와 생명에 대한 위험 앞에서 늦었지만 생명문화의 돌파구를 찾아야 할 과제를 떠안게 되었다. 생명존중의 새로운 가치관, 새로운 의식, 새로운 삶의 자세가 무엇인지를 숙고해 보아야 할 막다른 시점에 이르렀기 때문이다.

각 나라의 형법은 원칙적으로 낙태를 금지하고 있다. 우리나라도 그 예외가 아니다. 하지만 형법상 금지된 낙태죄가 일말의 양심의 가책도 없이 자행되어 왔다. 1970년대 개발독재시대에 입안된 「모자보건법」이 인공임신중절수술이라는 미명아래 낙태시술에 대해 광범위한 합법성의 출구를 열어 준 뒤 공권력이 앞장서서 낙태에 관한 동기유발을 조장함으로써 비공식적으로 한때 연간 150만 건에 달하는 낙태가 이 땅에서 자행되기도 했다.

오늘날 자유화된 성풍속과 성개방, 가정과 전통윤리의 해체로 우리나라의 낙태율은 낙태자유화와 합법화가 일반화된 국가들보다 심각한 정도에까지 이르렀다. 더욱이 모자보건법이 낙태를 허용하는 합법성의 문을 열어 놓자마자 예외적 성격에 머물러야 할 모자보건법상 낙태허용규정이 점점 그 문을 넓혀 원칙적인 낙태허용의 그릇된 인상을 심어 주었다. 거기다가 국가의 산아제한 정책이 출산율조절이라는 신중한 예방조치보다 낙태를 조장하는 쪽으로 흘렀고, 여기에다 성개방과 성문란, 이로 인한 원치 않는 임신의 문제를 해결하는 손쉬운 방편이 낙태라는 그릇된 관념을 심어 놓았다.

더욱 나쁜 상황은 사법종사자들의 소극적 대응이었다. 대부분의 낙태가 불법적인 낙태에 해당함에도 불구하고 이에 대해 우리나라 사법종사자들은 낙태에 대한 처벌에 미온적으로 대처하거나 전혀 손을 놓고서 뒷짐만 진 채 방관해 왔다. 1970년대를 지나면서 우리의 사법종사자들은 춘계대청소운동처럼, 도범 강조기간을 두어 좀도둑까지 잡아들이는 데 혈안이 되었으면서도 불법낙태에 대해서는 무관심 일변도로 흘러갔다. 그 결과 생명존중의 규범력과 규범의식은 점점 약해진 채 독버섯이나 잡초처럼 온갖 인명경시적인 살상범죄와 가정파괴범 등이 급증했다. 이 점이 국가정책에 참여하는 일꾼들과 사회지도적인 인사들 모두 깊이 반성해 보아야 할 대목이다.

두말 할 것도 없이 낙태는 가장 약한 생명을 강한 자들이 자의와 편의에 따라 살해하는 행위이다. 강한 자들의 임의적인 기준에 따라 가장 약한 자들을 밟아 제거하는 것이 가능해지면, 그 다음 단계로 점차 덜 약한 자들에게까지도 악영향을 미쳐, 영아살해와 유기, 아동학대, 노인학대와 유기 등의 증가를 가져올 수밖에 없다.

그러므로 다수의 경제적 풍요를 누리기 위한 방편으로 자행해 온 임신중절이나 아들·딸을 선호해서 선별적으로 행해지는 낙태는 법률로 엄격히 금지해야 한다. 강간 또는 근친상간에 의한 임신이라는 이유나 유전적·우생학적·전염성 병인을 이유로 한 낙태는 이를 법적으로 허용하기보다 이를 치료하기 위한 의료기술의 개발과 그로 인한 한 가족의 고통과 무거운 짐을 나누어 지기 위한 사회복지제도의 확충에 국가적·사회적 공동노력과 재원이 투입되어야 할 것이다. 그리고 이들 사유가 있을 때 임신한 날로부터 28주까지 임신중절수술을 허용한 현행 모자보건법 제15조 1항은 적어도 의료기구의 도움만 있으면 생존·성장능력 있는 20주 내지 22주 이후의 태아를 사람과 동일시할 수 있다는 전제에서 출발하는 한 위헌소지가 아주 높은 규정이다. 지금까지 낙태자유화에 기여해 온 모자보건법 제14조의 각종 임신중절허용규정은 대폭 손질하여 그 적용범위를 좁히고, 부가적인 허용가능기간도 임신 20주 이내로 제한할 필요가 있다.

국가는 생명윤리의 도덕성 기준에 반하여 합법성을 창출할 권한이 없음을 알아야 한다. 비록 잘못된 국가시책 때문에 법률

로 정해진 합법적 조치라도 도덕성차원에서 심각한 의문에 직면
할 수밖에 없는 조치라면 폐지되어야 마땅하다. 생명을 경시하고
파괴하는 낙태허용 규정을 홍보하면서 생명보호를 강조하는 국가
정책은 그 자체가 바리새적인 것이다. 낙태허용 규정은 모성을
보호하고 공동체의 삶의 질을 높이는 것이 아니라 그것을 더욱
황폐하게 만든다는 사실을 유의해야 할 것이다. 비록 준비 없이
맞이해야 할 생명이라도 또는 원하지 않는 생명이라도 그 생명은
독자적인 고유 가치를 지닌 하나뿐인 생명이며, 그렇기 때문에
그 생명에 관계된 당사자들과 공동체는 그 생명의 선물을 품에
안고 사랑과 희생의 대가를 치를 책임이 있다는 점을 잊어서는
안 된다.

　낙태문제의 비교법적 연구로 유명한 독일 Freiburg의 Max-
planck 외국형법 및 국제형법연구소가 최근 내놓은 연구결과에
따르면 전통 윤리적·종교적 관점에서 이미 태어난 사람의 생명
과 아직 태어나지 않은 태아의 생명을 동등한 가치로 인식해 온
폭넓은 일반인의 의식은 태아가 모체 안에 있었느냐 밖에 있었느
냐에 따라 낙태와 살인을 구별해 온 18세기 이래의 근세형법 추
세가 사회적 가치현실 인식에 반하는 입법자들의 독단이었음을
잘 지적해 주고 있다. 태아들의 생명을 건져내고 보호하기 위해
모자보건법의 폭거에 항거하여 법적 소동을 피우는 건강한 목소
리가 우리나라의 낙태반대운동연합과 같은 NGO활동 차원을 넘
어 한국교회와 한국기독교인들의 의식과 삶 속에서도 울려 퍼져
나왔으면 하는 소망이 간절하다.

　최근 우리나라의 자살률이 교통사고사망률을 능가했다는 보
도가 잇따르고 있다. 지금까지 우리나라의 자살률은 세계 여러
나라의 실태에 비해 비교적 낮은 편이었다. 하지만 최근 들어 장
기적인 경제불황으로 생활고와 실직, 신용불량으로 인한 자살, 가

정폭력과 갈등으로 인한 자살, 우울증으로 삶의 의미를 상실한 자살, 청소년들의 진로문제와 성적저하로 인한 자살 등 자살이 광범위하게 빈번히 벌어지고 있는 실정이다. 지난해 수능시험에서는 한 수험고교생이 시험도중 시험장을 뛰쳐나와 인근 아파트 옥상에서 뛰어내려 자살하는 사건으로 그 충격을 더해 주었다.

경찰청 통계연감(2003)에 의하면 우리나라는 2002년 한 해 동안 13,055명이 자살을 하고 하루 36명, 1시간에 1.5명이 자살하는 것으로 나타났다. 이 수치는 10년 전인 1993년 7,608명에 비해 약 1.7배나 증가한 것이다. 노령화사회로 접어들면서 60대 이상 노인들의 자살률도 지난 1999년에 비해 2.2배 증가했다고 한다. 미래의 주인공인 청소년들의 자살률도 지난 10여 년간 전체자살자 중 평균 20.5%에 달해, 청소년 자살률이 심각한 문제인 것으로 드러났다. 심지어는 인터넷 사이트에 자살동호회가 우후죽순처럼 돋아나 자살을 부추기고, 자살방법을 가르쳐 주면서 실행에까지 이르러, 그야말로 이제 우리나라도 '자살 권하는 사회'에 진입한 듯한 느낌마저 든다.

자살 자체는 개인적 충동에 이끌린 개인적 행동이지만, 그것이 생명의 신성성과 존귀성에 대한 파괴행위임은 두말 할 것도 없다. 그것은 개인적 비극으로 끝나는 것이 아니라 가족과 공동체에 상실과 절망의 고통을 더해 준다. 결국에 이르러 생명적인 연대 속에 이루어질 사회통합을 저해하고 말 것이다. 그렇다면 자살을 권하는 사회상태를 방치하지 말고 자살을 예방하는 국가와 사회 차원의 다양한 노력이 경주되어야 할 때임이 분명하다.

고대 희랍에서는 영예로운 동기에 의한 자살은 칭송되었던 적이 있었다. 고대 로마에서도 자살이 널리 인정되었으나 로마법에서는 예외적으로 병사와 노예의 자살을 처벌했다. 게르만법에서는 초기에 처벌을 모면하기 위한 죄수의 자살에 대해 치욕적인

시체형으로 다스렸고, 후기에는 자살을 마귀와 결부시켜 자살자
의 시체를 불태우거나 늪 속에 빠뜨려 버림으로써 대응했다.

　　중세에 접어들어 기독교의 영향 아래 자살은 살인죄의 일종
으로 다루어졌다. 17·18세기경에는 자살기수는 불명예로운 매장
에 의해, 그 미수는 법정형으로 처벌했다. 그러나 18세기 중엽부
터 계몽주의의 영향으로 자살에 대한 처벌금지운동이 일어났다.
19세기 들어서 유럽대륙에서 자살은 더 이상 형사처벌의 대상이
아니었다. 이와 대조적으로 영미법계에서는 자살미수를 최근까지
도 처벌하는 입장이었으나 1961년 영국의 자살법 제정으로 비범
죄화되었다. 우리나라도 자살의 기수와 미수는 불가벌이지만 남
의 자살을 부추기거나 원조하는 행위는 형법상 금지되어 있다.

　　자살의 비범죄화로 오늘날 개인의 자유는 더욱 존중되고 공
동체의 이익은 후퇴했지만 이러한 자살의 비범죄화가 자살의 자
유화와 자신의 생명을 처분할 수 있는 권리(right to die)까지 승
인한 것은 아니다. 각 사람은 공동체에 대해 자기 자신의 생명에
대해서도 생명보호의 의무를 진다는 점을 부인할 수 없기 때문
이다. 자살을 통해 공동체로부터 스스로 절연하는 것은 자의적
인 연대성파괴 외에 아무것도 아니다. 그것은 마치 수형자가 자
살을 통해 탈옥을 시도하는 것과 마찬가지로 허용될 수 없는 일
이다.

　　최근 우리나라에서도 자살예방을 위한 시민단체가 결성되어
국가적, 사회보건상의 대책을 제안하는 등 활동에 들어간 일은
다행스러운 일이나 의료적인 측면에서 자살충동은 정신과적 치료
를 받아야 할 대상이며, 장기적인 심리치료를 받아야 할 대상이
기도 하다. 이 같은 상황에서 한국교회와 기독교인들도 자살의
유혹에 빠져 있는 고단하고 지친 영혼들에게 다가가는 노력에 더
욱 힘써야 할 일이다. 우리가 살고 있는 공동체에서 자살자가 속

출한다면 그와 더불어 살아가고 있던 우리들에게 돌봄과 관심이
부족했다고 고백하지 않을 수 없을 것이다. 우리가 주님 앞에서
그 일에 대해 죄 없다고 말할 수는 없는 노릇이라면, 늦기 전에
깨달은 마음으로 그리스도 안에서 풍성한 생명의 연대를 이루어
나가는 데 배전의 노력을 기울여야 할 것이다.

— 신앙세계 2004. 2.

형법의 관점에서 본 존엄사 논쟁

― 의심스러울 때는 생명에 유리하게 ―

　　최근 연세대 신촌 세브란스병원을 상대로 김 모 할머니(75세)의 가족들이 모든 연명치료시술을 중단해 달라는 소송을 제기했고, 서울서부지방법원은 이 가족들의 일부요구를 받아들였다. 즉, 영양 및 수분공급을 위한 의료기기는 그대로 두되, 인공호흡기는 제거하라는 판결이었다. 이를 두고, 지금 우리 사회의 각종 언론은 법원이 최초로 존엄사를 인정한 것이라는 속단 아래, 그 정당성의 근거와 절차 등에 관해 불꽃 튀기는 논쟁을 이끌어가고 있다. 마침 세브란스병원측은 항소를 거치지 않고 대법원의 최종심 판단을 받아보기 위해 비약적 상고를 시도했지만, 당사자간에 합의가 이루어지지 않아 서울고등법원에 항소를 제기한 상태이다. 앞으로 법원의 판결이 어떤 방향으로 진행될지 관심거리가 아닐 수 없다. 이 문제에 관한 높은 사회적 관심을 반영해 국회의원 중에도 이른바 존엄사 입법준비를 위해 토론회를 개최하는 이가 있는가 하면, 시민단체인 경실련도 자체적으로 마련한 존엄사법률을 입법청원할 태세를 갖추고 있다는 것이다.

　　문제는 이 같은 논쟁과 입법준비작업에 앞서 아직 우리 사회에 안락사, 존엄사, 연명치료중단조치 등에 관한 개념조차 제대로 정립되어 있지 않다는 사실이다. 이번 서울서부지방법원의 판결을 두고서도 존엄사를 인정한 첫 판례라는 시각, 소극적 안락사를 인정한 첫 판례라는 시각, 무의미한 치료조치의 중단을 인정한 첫 판례라는 시각 등이 대두한 것을 볼 때, 이들 용어들에 대한 개념정립이나 최소한의 의미공감대조차 형성된 것이 아니라는 생각을 갖게 한다. 아닌 게 아니라 생명의료윤리전문가들, 신학자들, 형법학자들 사이에서도 그 개념의 다양성 내지 혼돈이 실재하고 있으며, 외국의 입법례나 학설에서도 다양성과 변형의 폭이 크게 나타나고 있음을 확인할 수 있다.

소극적 안락사는 사기(死期)가 임박한 불치·난치의 환자에게 의사가 죽음의 진행을 일시 저지시키거나 지연시킬 수 있는 의료적인 조치를 취하지 않고 치료를 중단하여 환자가 자연적인 과정에 따라 죽음에 이르도록 하는 것을 말한다. 이 소극적 안락사를 존엄사와 동일시하는 견해, 존엄사를 소극적 안락사의 한 유형으로 보는 견해도 있다. 그러나 소극적 안락사에서 중요한 점은 의사가 노약자 또는 말기환자 등의 수명연장을 위한 수술이나 심폐소생술, 그 밖의 연명치료장치 등의 부착을 행하지 않는다는 사실이다. 따라서 형법적 관점에서 보면 소극적 안락사는 부작위에 의한 안락사 내지 부작위에 의한 살인의 문제이다.

여기에서 의사가 환자의 의지에 따라 연명조치를 취하지 않은 경우는 형법적으로 크게 문제될 것이 없다. 당사자의 의사에 반하여 치료술을 강행할 수는 없는 이치이기 때문이다. 이에 반해 환자나 환자 가족이 연명치료를 원할 경우 이를 거절하거나 부작위로 나아가면 부작위에 의한 살인이 문제될 수 있다.

환자가 의식이 없거나 분명한 의사표시를 할 수 없는 상태에 처한 경우는 어떤가? 환자에게 불가역적인 뇌기능소실이 있거나 (이른바 뇌사상태), 환자가 고도의 의식불능상태 또는 불가역적인

의식상실상태에 빠져 있어, 의식회복의 가능성이 기대되기 심히
어려운 조건하에서, 환자의 추정적 의사나 생명연장조치의 무의
미성에 기초하여, 환자가 자연적인 죽음의 과정에 이르도록 특단
의 연명조치를 취하지 않아도 형법적으로 정당화될 수 있다. 무
의미한 치료가 고통의 연장이라는 결과를 낳게 해서는 안 되기
때문이다.

죽음의 고통과 사투를 벌이는 환자에게서 이미 부착된 생명
연장기기를 떼어내는, 이른바 연명치료중단행위는 앞서 본 소극
적 안락사와 유사하지만 같은 것이 아니다. 이 경우는 작위와 부
작위가 함께 얽혀 있기 때문이다. 예컨대 인공심폐기를 부착했던
의료진이 전원을 차단하는 행위는 작위이지만 치료의 계속을 중
단한다는 점에서 부작위이다. 즉 작위행위에서 시작하여 부작위
적인 사망결과에 이르는 행위인 셈이다.

만약 의료진 이외의 제3자가 이 같은 차단행위를 한다면 물
론 작위적인 살인이 된다. 그러나 이미 심한 혼수상태에 빠져 자
기결정을 할 수 없는 환자에게 가족이나 의료진의 합의로 이미
시작된 연명치료조치를 중단시키는 경우는 어떻게 될까? 그 행위
를 작위로 보아 적극적인 살인행위로 간주하는 견해, 그 행위를
부작위로 보아 의료진에게 무의미한 치료를 계속해야 할 의무가
없기 때문에 죄가 되지 않는다는 견해, 살해금지규범의 보호목적
을 고려하여 이 경우는 그 보호목적 밖에 있으므로 생명연장장치
의 제거가 허용된다는 견해 등이 있다. 현재 다수의 지지를 받는
견해가 보증인의무가 없는 부작위행위로서 죄가 성립되지 않는다
는 견해이다. 하지만 여기에서 중요한 점은 언제, 어떤 기준으로
써, 누가 치료무의미성을 판단하고 결정할 수 있느냐 하는 점이
다. 이 난제를 풀기 위해서는 법원의 개별적인 판단에 의탁할 것
이 아니라, 국민의 지배적인 생사관 등을 고려하여, 입법적인 조

치가 선행되어야 하리라는 생각이다. 2002년 제정된 의협윤리규정에도 의학적으로 회복가능성이 없는 환자나 가족 등의 대리인이 생명유지치료중단을 문서로 요구할 때 이를 받아들이도록 하고 있으나 현행 응급의료에 관한 법률 등은 여전히 원칙적으로 인공호흡기 등의 제거를 금하고 있는 실정이다.

  마지막으로 존엄사 문제를 짚어보고자 한다. 존엄사는 존엄한 죽음 내지 품위 있는 죽음을 요구할 수 있는 권리도 법적·윤리적으로 허용될 수 있느냐의 문제와 관련되어 있기 때문에 그 개념의 폭이 일정하지 않다. 존엄사를 소극적 안락사와 동일시하는 견해가 다수이지만, 존엄사는 소극적 안락사, 연명치료중단을 포함하여 넓게는 적극적인 안락사의 영역에까지 확대될 수 있는 문제이다. 외국의 법제와 안락사 논쟁을 들여다보면, 실제 존엄사는 적극적 안락사의 일부영역에 국한되고 있다. 이미 소극적 안락사와 연명치료중단의 범주가 확립되어 있어서, 품위있는 죽음을 원하는 환자와 그 가족들의 요구를 받아들여 의료진이 적극적인 안락사시술을, 어느 정도까지 할 수 있느냐에 논점이 집중되어 있기 때문이다.

  1994. 11 미국 오리건주 존엄사법(일명 오리건 자살방조법), 1995. 5 오스트레일리아 북부지방에서 통과된 자살방조법은 존엄사를 Aids 혹은 말기환자와 같은 불치환자가 생존을 위한 싸움을 포기하고 차라리 품위 있게 죽기를 원하는 경우에 치명적인 의약품을 제공함으로써 환자 스스로 자살에 이를 수 있도록 그것을 방조하는 경우에 국한시킴으로써 타살적인 적극적 안락사와 구별하고 있다. 오리건 존엄사법률은 ① 최소한 2인 이상의 의사가 불치병의 말기환자라는 진단을 하고, ② 환자 스스로 죽음을 선택할 수 있을 만큼의 정신상태를 가진 상태에서, ③ 환자가 자살을 요구하는 의사표시를 문서로 하고, ④ 두 사람의 증인이 이

문서에 서명을 하고, ⑤ 48시간이 지난 후라는 조건하에서, ⑥ 의사나 약사는 치명적인 의약품을 건네어 줄 수 있다는 내용을 담고 있다.

물론 이 같은 법률은 윤리적 문제점이 있을 뿐 아니라 남용의 소지도 있어서, 아직은 널리 시행되지 않고 있다. 이 같은 법률이 없는 우리나라에서는 그것이 자살관여죄에 해당하여, 비록 품위있는 죽음에 대한 의지와 시행자의 동정심이 결합한 결과라고 하더라도 형법상 살해금지규범과 충돌을 면할 수 없다.

나는 생명단축을 가져오는 적극적인 안락사, 존엄사 내지 자살방조는 허용될 수 없다는 입장이다. 존엄사 찬성론자들은 존엄한 생명권과 죽음의 권리를 동가치선상에 놓음으로써 원칙과 예외를 혼동하거나 "의심스러울 때는 생명에 유리하게"(in dubio pro vita)라는 절차법상의 원칙까지 무너뜨릴 위험이 있기 때문이다. 또한 거기에는 남용과 자의가 개입될 소지가 크다.

결론적으로 이들 문제에 있어 중요한 점은 ① 회복불가능한 환자인가, ② 무의미한 치료인가, ③ 본인의 의사가 전제되었는가라는 점이다. 어쨌거나 본인의 치료중단의사가 추정될 수 있는 범위는 최소·최후의 영역으로 국한되어야 한다. 그것은 애당초 존엄사 문제라기보다 소극적 안락사 내지 무의미한 연명치료중단의 문제라는 점을 다시 한번 강조해 두고 싶다. 존엄사가 불러올 개념의 혼동을 막기 위해서다.

— 신앙세계 2009. 1.

안락사의 법적·윤리적 문제

네덜란드 의회가 세계 최초로 적극적 안락사를 합법화했다. 말기 환자가 품위 있게 죽기를 바랄 때 의사가 생명을 단축시키는 조치를 취할 수 있게 한 것이다. 이로써 인간은 이제 전통 깊은 살 권리와 함께 새롭게 죽을 권리까지 획득하게 된 셈이다. 환자의 죽을 권리는 현대의료형법에서 개발한 '설명을 듣고 난 동의(informed consent)' 내지 '환자의 사망 유언서(living will)'의 다른 이면이었다. 특히 미국의 의료형법은 환자의 이 같은 자율적인 사망결정에 대해 몇 가지 국가적인 관심사를 이유로 제한해 왔다. 이를테면 모든 생명의 거룩성을 보존하는 일, 자살을 저지하는 일, 한 사람의 죽음으로 곤궁에 처할 죄 없는 제3자를 보호하는 일, 의사 신분의 완전성을 보호하는 일 등이 국가적 이익이기 때문에 이와 충돌하는 환자의 죽을 권리는 제한되어야 한다는 것이다.

네덜란드의 안락사 합법화는 1995년 5월의 오스트레일리아 노던 테리토리(northern territory)에서 통과된 자살방조법이나 1997년 10월 14일 미연방 대법원에 의해 비로소 합헌판결이 내려진 1994년 11월의 오리건주 존엄사법의 조치를 한 단계 뛰어넘는 모험을 감행한 셈이다. 이제 네덜란드에서는 환자의 의사에 따라

사망에 이르도록 적극적인 조치를 취한 의사는 법적으로 더 이상
책임을 지지 않는다.

　EU국가 중 네덜란드만큼 진보적 법정책을 펼쳐나가는 나라
는 없다. 마약 자유화와 대체마약 제공, 낙태 자유화로 명성을 얻
은 이 나라는 부족한 의료인력을 메우기 위해 아시아·아프리카
국가들의 의료인들을 수입해 낙태시술에 투입하고 있다. 게다가
안락사 합법화까지 밀고 나갔다. 남아공의 과거 혐오할 만한 아
파르트헤이트(Apartheid) 정책도 네덜란드인 후예들이 주도했다는
사실에 비추어 보면 그들의 진보적 모험심은 자유주의 이념의 발
로라기보다 인간 모독적 성향의 발로가 아닌가 추측된다.

　이제 암묵적으로 안락사를 용인해 온 인근의 벨기에와 스위
스는 물론 남미의 콜롬비아도 안락사 합법화에 가세할 전망이다.
이에 뒤질세라 대한의사협회도 회복 불가능한 환자의 경우 환자
나 그 가족의 요구 또는 의사의 판단에 따라 치료를 중단하고 죽
음에 이를 수 있도록 하는 이른바 소극적 안락사를 허용하는 취
지의 의사윤리지침을 내놓았다. 이 애드벌룬이 일반 여론의 저항
을 비켜나가기만 하면 대한의협은 십중팔구 안락사 합법화 조치
를 관철하려 할 것이다.

　소극적 안락사, 즉 불치·난치의 환자가 더 이상 생명연장을
위한 적극적 조치를 분명히 거부한 때는 의사가 가능한 생명연장
조치를 포기하고 부작위로 나아갔더라도 촉탁·승낙살인죄의 구
성요건에 해당하지 않는다. 환자의 의사에 반하여 치료를 강요할
수는 없는 노릇이기 때문이다. 문제는 환자가 생명연장이나 단축
등의 의사표시를 할 수 없는 단계에 놓인 경우 의사 단독으로 또
는 가족들만의 요구로 사망시기를 결정할 수 있는가 하는 것이다.

　독일의 다수설은 이러한 기구에 의한 연명이 환자에게 더 이
상 의미가 없고 환자의 의식회복 기대가 완전 소멸되었으며 따라

서 기구의 제거가 환자의 추정적 승낙에 합치한다고 보여줄 수 있는 경우 의사가 생명연장기구의 작동을 중지시킬 수 있다는 방향이다.

그러나 환자가 의사의 치료에 의해 의식을 회복할 가능성이 남아 있는 한, 비록 의식회복 후 얼마간 연명하지 못할 것이라는 확실한 예측과 과다한 진료비 부담이 든다 하더라도 의사는 그 기구작동을 중지시킬 수 없다. 문제는 회생의 가능성 여부에 관한 객관적 기준을 설정하기 어렵고 의사와 환자가족들의 주관적인 처분의사가 환자의 생사여탈을 좌우할 위험이 높다는 점이다.

만약 소극적 안락사의 길이 제도적으로 열리면 생명경시금지의 타부가 깨지기 시작하고, 뒤이어 적극적 안락사 조치를 취하는 건 시간문제일 것으로 보인다. 모자보건법에 의한 낙태 합법화 이후 불법낙태의 봇물이 터지기 시작한 쓰라린 사례를 우리의 법정책에서 체험하고 있기 때문이다.

안락사는 헌법상 인간존엄성의 존중요구와 형법상의 생명보호 극대화 요구에 의해 제한될 수밖에 없다. 예외적으로 간접적 안락사나 소극적 안락사가 취해질 수밖에 없는 상황에서도 위법성 조각사유에 의한 구체적인 정당화 여부를 검토해야만 한다. 죽음과 삶의 갈림길은 타인의 손에 전적으로 내맡겨질 수 없다. "의심스러울 때는 생명에 유리하게(in dubio pro vita)"라는 기본원칙이 무너져서는 안 되기 때문이다.

— 국민일보 2001. 4. 16.

자살풍조를 막아야 한다

　　자살이 유행처럼 번지고 있다. 삶의 의욕을 잃고 자살하는 예는 옛날에도 종종 있었다. 그런데 복지사회의 문턱에 들어선 오늘날에도 생활고를 비관해 자살을 선택하는 사람들이 부쩍 늘어나고 있다. 생활고로 말한다면 서울역 앞 지하통로 등지에서 쉽게 만날 수 있는 집나온 사람들 처지보다 더 참담할 수 있을까. 어떤 이들은 인생의 한계상황에서도 자신의 생명을 이어가려고 안간힘을 다 쓰는데, 이들은 왜 자살이라는 극단을 선택할까.

　　이미 우리나라의 자살풍속도는 신빈곤층의 범주를 벗어나 지명도가 높은 유명인사들의 자리까지 파고 들어갔다. 부산시장, 전남지사, 파주시장이 그 길로 갔고, 현대그룹 회장과 대우건설 사장도 그 길로 떠났다. 인터넷에서는 자살사이트가 뱀처럼 날렵한 혀를 흔들며 젊은이들을 유혹하고 있다. 누적된 청년실업과 카드빚 등으로 삶의 희망을 잃어버린 젊은이들이 떼를 지어 죽음의 골짜기로 달려가는 풍조가 어느 새 우리의 현실이 되어 버렸다.

　　한 개인의 비극적인 자살에는 반드시 사연이 있게 마련이다. 하물며 사회적으로 범람하는 자살풍조에 어찌 원인이 없겠는가. 권력의 충돌과 정치적인 충격파, 장기적인 경기침체와 불황의 늪, 사회적인 혼란과 불안의 증폭, 기존의 지위로부터 추락하는 상실

감, 상대적인 빈곤과 박탈감, 생명의 가치와 삶의 긍정적 의미에
대한 사색의 빈곤 등 그 정신의학적·사회심리적 원인은 일일이
열거하기에도 지면이 모자랄 정도다. 하지만 모든 자살자들에게
공통되는 원인 한 가지를 들라면 현실에서는 더 이상 잡을 만한
희망의 끈이 보이지 않는다는 절대상실감이라고 할 수 있다. 이
세상에서 절대고독이나 절대상실의 기회를 만난 어떤 이들은 신
적인 자아로 거듭나는 놀라운 은혜를 누리는데, 왜 어떤 이들은
자살이라는 극한 속에 매몰되는가. 잘못된 착각, 잘못된 생각에서
비롯된 잘못된 선택이라고 밖에는 말할 수 없다.

아우슈비츠의 생존자 중 한 사람이던 프랑스 문필가 장 아메
리가 노년에 자살을 선택했을 때, 사람들은 강제수용소라는 한계
상황에서 여러 번 꿈꾸었을 자살충동이 순간적으로 발동했으리라
는 추측을 내 놓기도 했다. 일본의 노벨문학상 수상자 가와바타
야스나리가 자살을 선택했을 때 사람들은 그의 소설세계 「설국」
의 배경을 떠올리기도 했다.

중세는 자살을 살인죄의 일종으로 다루었다. 카롤리나 형법
전은 자살에 대해 불명예스러운 매장에 처할 형으로써 다스리는
범죄로까지 규정했다. 18세기 중엽부터 계몽주의 영향으로 자살
에 대한 처벌금지운동이 일어났지만 영국법은 1961년 자살법제정
으로 자살이 비범죄화 되기까지 자살미수를 처벌하기도 했다. 이
러한 자살의 비범죄화가 자살의 자유화와 죽음의 권리까지 승인
한 것은 아니다. 각 사람은 공동체에 대해 자기 자신의 생명에
대해서도 윤리적으로 타인의 생명 못지않게 존중과 보호의 의무
를 지고 있다. 그렇지 않고서는 공동체의 생명적인 연합과 연대
성은 파괴되고 말 것이기 때문이다. 유럽 인권선언 제2조는 법익
향유자가 자신의 생명권을 포기할지라도 국가는 그 생명을 기본
권으로 보호해 주어야 할 의무가 있다고까지 규정하고 있다.

오늘날 우리는 자살을 부추기는 열악한 사회문화적 환경 속에 살아가기 때문에 각자가 생명가치에 대한 각별한 존중의식이 없으면 이 자살풍조를 막기 어려울 것이다. 무엇보다 정부가 모든 정책에서 사회적 안전망구축에 우선순위를 두었으면 한다. 시민들이 잠시 낙심할 수 있어도 아예 절망하지 않도록 배려할 책임이 정부에게 있기 때문이다. 정치·경제·사회·문화의 모든 영역에서 지도적인 인사들이 희망의 공감대 형성에 적극 협력하고 나섰으면 좋겠다.

섬세한 부분이지만 강한 힘을 지닌 국가기관일수록 금도를 지키며 예의바르게 권력을 행사해야 한다. 수사기관들이 언행에서부터 과거의 관행에 잘못이 없는지 점검해 보기 바란다. 피의자들에게는 육체적인 고문 못지않게 인격적인 모욕이 큰 절망감을 안겨다 준다는 사실을 유념하기 바란다. 자살풍조를 막는 일은 이 시대, 우리들 모두에게 주어진 절박한 과제이다.

— 국민일보 2004. 6. 17.

배아복제기술의 명암

− 시험관 속에서 키우는 원자폭탄 −

　　최근 우리 언론과 정부는 황우석 교수의 배아복제기술 찬사에 조금도 지칠 줄 모른다. 심지어 과학기술부가 앞장서서 황우석 교수 노벨상수상 추진위원회를 결성하겠다고 하니 황 교수는 과학자로서 일종의 대박을 터트린 셈이다.

　　BT산업으로 국가경쟁력을 높여야 한다는 사람들의 눈에는 인간배아복제기술이 황금 알을 낳는 거위로 비칠 것이다. 인간배아를 복제하여 줄기세포를 대량으로 얻게 된다면, 지금까지 불치의 장애나 질병으로 고통당하던 이웃들에게 근본적인 치료의 길이 열릴 것이고, 이러한 치료술은 막대한 국부를 쌓아 올릴 수 있는 원천이 된다는 것이다.

　　과학기술이 갖고 있는 마력과 불행에 처한 이웃들의 고통을 덜어 줄 수 있다는 공리주의가 유전자기술, 인간배아복제기술이 갖고 올 장래의 위험에 의한 염려를 묵살시키거나 압도해 버린다.

　　하지만 복제된 배아도 인간의 생명체이다. 만능의 줄기세포를 얻기 위해 복제된 배아를 실험대상으로 삼아 찢고, 자르고 나중에는 폐기처분해 버리는 일이 과연 국가경쟁력 제고나 공리주의 사고만으로 정당화될 수 있을까? 인간배아복제술이 인간복제까지 나아갈 위험성을 진지하게 염려하지 않아도 좋을까? 현재 살고 있는 사람들의 고통을 극복하기 위해서라면 걷잡을 수 없는 미래의 혼돈과 위험을 염려할 필요는 없는 것일까? 신을 몰아내고 과학자가 그 자리를 차지한 창조의 빈터에서 시작될 '제8의 창조', '시험관 속에서 키우는 원자폭탄'이라는 위험경고메시지는 정녕 신경과민 탓으로 돌릴 일인가?

'사슬 풀린 프로메테우스', '열린 판도라의 상자'라는 경고의 메시지는 현재의 생명·유전공학적 기술의 장밋빛 환상에 대해서 과학의 자기절제와 한계인식을 강조하는 시대의 목소리이다. 과학혁명의 자기과신 앞에 근대사회는 그 위험성을 경고하는 자기비판을 게을리했던 게 사실이다. 지금까지 과학기술의 눈부신 발전으로 풍요로운 삶을 영위할 수 있었지만, 생태계의 파괴, 오존층의 파괴, 지구온난화, 해수면의 급상승 등 이미 인류의 생존기반 자체를 위협하는 갖가지 징후들이 코앞에 다다랐다.

과학자들은 이러한 위험신호를 은폐한 채, BT산업 자본가들의 손에 고용된 지식 기능사로 전락하여 인류의 존립기반을 허무는 데 골몰하고 있지는 않은가. 깨어 있는 세계의 지성인들은 근심어린 눈빛으로 한국과학자의 거침없는 행보에 놀라는데, 우리는 진정 무엇이 위험인지조차도 모른 채, 꿈에 취해 있다. 이것이 큰 부끄러움이다.

— 신앙계 2004. 4.

소리나는 땅을 옥토로

2003년 한 해가 서산에 해지듯 뉘엿뉘엿 저물어 간다. 노을 진 언덕에 서면 헤겔의 법철학 서문 마지막 부분에 나오는 미네르바의 부엉이 생각이 난다. "미네르바의 부엉이는 황혼이 깃들 무렵에야 비로소 날기 시작한다." 이 짧은 구절이 유토피아를 꿈꾸는 사람들에게는 논쟁을 거듭하게 만드는 이정표인 셈이다. 추상적 유토피아 사상가들은 대낮에 부엉이가 날아야 한다고 말한다. 하지만 부엉이는 숲에 도달하기도 전에 추락하고 말 것이 틀림없다. 보수주의적 관념론자들은 황혼이 깃들 무렵에 날기 시작하는 부엉이의 날갯짓의 무모함에 전율을 느낀다. 아직은 너무 이른 시간이라는 것이다. 하지만 구체적 유토피아 사상가들은 깊은 어둠이 대지를 뒤덮은 밤이 이르기까지 부엉이가 날갯짓을 망설인다면 시기를 놓칠 것이라고 생각한다. 그래서 아직 어둠이 깔리지는 않았지만 타는 듯 찬란한 황혼 속에 묻어나는 어두움을 감지하고, 그 때 비로소 날기 시작해야 한다는 것이다. 저 생명의 숲에 도달할 때가 되면 이미 부엉이가 지혜를 토해 낼 밤은 당도해 있으리라는 예감 때문이다.

기독교윤리실천운동(기윤실) 사람들은 더 나은 내일을 향해 오늘을 탈출하는 사람들이다. 우리들이 힘찬 날갯짓을 펼쳐야 할 때는 새 아침이나 광명한 대낮이 아니라 바로 어둠이 땅에 짙게 깔린 때일 것이다. 그러나 언제 우리는 날갯짓을 시작해야 할 것인가. 우리들이 몽상가나 현실에 안주하는 자들이 아니라면 저녁놀이 깃들 무렵에는 날기 시작해야 할 것이다. 이것이 구체적 유토피아를 꿈꾸는 사람들의 행보이다. 내일이면 이루어질 일들을 오늘저녁, 저녁놀이 깃들기 시작할 무렵이면 시작하는 사람들이다. 이것이 창조적인 사람들의 정신이기도 하다.

이런 분위기는 하이데거가 「시에 있어서 언어」라는 글에서 천착한 트라클의 「영혼의 봄」이라는 시의 한 구절, "영혼은 지상에서는 낯선 나그네이다"라는 언어가 말해 주는 의미와도 흡사한 것이다. 하이데거의 말을 그대로 옮긴다면 "영혼은 저녁의 나라를 향하여 방랑해 가고 있다. 이 저녁나라는 세상에서 멀리 떨어져 있는 그윽한 곳에 깃들여 있는 정신에 의해 지배되고 있고, 이 정신에 어울리게 저녁 나라는 신비롭고, 정신적이다"라는 것이다.

진실로 오늘 우리 기윤실 사람들이 조우하는 세상은 요동하는 정욕의 불길과 거센 탐욕의 파도가 넘실거리는 부패한 땅이다. 거기 어느 한 구석에도 완전한 거룩성의 빛은 빛나지 않는다. 거센 죽음과 증오가 점점 고조되어 가는 곳이다.

일찍이 이사야 선지자가 보았던 세상처럼 그 곳은 "슬프다 구스의 강 건너편 날개치는 소리나는 땅"(사 18:1)과도 흡사하다. 거기에는 진실이 사라지고 허위가 폭군처럼 지배하는 곳이다. 이 대지를 파고 그리스도의 생명의 씨앗을 뿌리도록 우리는 부름받은 형제들이다. 이 묵은 대지를 갈아엎어서 그 위에 공의와 사랑이 조화된 새로운 세계, 하나님의 나라를 세우도록 부름받은 형제들이다. 이 일은 영적·정신적 투쟁이며, 투쟁 속에서 새 생명은 자라날 것이다.

"네가 땅에 뿌린 종자에 주께서 비를 주사 땅 소산의 곡식으로 살찌고 풍성케 하실 것이며 그 날에 너의 가축이 광활한 목장에서 먹을 것이요 밭가는 소와 어린 나귀도 키와 육지창으로 까부르고 맛있게 한 먹이를 먹을 것이며 크게 살육하는 날 망대가 무너질 때에 각 고산, 각 준령에 개울과 시냇물이 흐를 것이며 여호와께서 그 백성의 상처를 싸매시며 그들의 맞은 자리를 고치시는 날에는 달빛은 햇빛 같겠고 햇빛은 칠 배가 되어 일곱 날의 빛과 같으리라"(사 30:23~26).

2004년 새해가 밝아 온다. 긴 어둠을 지나 대지 위에 세워진 새로운 세계처럼 은혜로운 새해가 밝아 오고 있다. 각처에 흩어져 살아가고 있는 우리 기윤실 가족 모두의 마음 속에 새해가 희망처럼 든든히 자리잡기를 기원한다. 고실업과 갖가지 갈등으로 고단했던 우리네 삶의 터전에 새로운 희망의 싹이 돋아나 우리들의 영혼 속에 봄기운이 벌써 완연해졌으면 하는 바람이다.

지난해 어려운 역경 속에서도 기윤실을 함께 엮어 온 크고 작은 손길들과 마음과 마음의 정성들, 땀 흘려 일한 모든 일꾼들에게 진심으로 깊은 감사를 드린다. 새해에는 더욱 아름다운 작품을 엮어 우리 주님 발 앞에 주님의 영광으로 돌려 드렸으면 좋겠다. 주님 안에서 깨끗하게 자라가는 우리나라, 우리 경제, 우리 문화, 우리 교회, 우리 살림이 되기를 소망하면서 글을 맺고자 한다.

— 기독교윤리실천운동 2004. 1.

제 2 부

다시 사법정의를 위하여

법과 사랑

「레 미제라블」은 내 마음과 영혼속의 고전이다. 소년문고로부터 접한 「레 미제라블」은 영화나 연극, 최근에는 뮤지컬 형태로 거듭 만나게 되지만, 감동의 눈물을 자아내게 하는 극적인 대목들은 예나 지금이나 한결같다. 법학자인 내가 이 소설에서 다시 얻는 감동은 아마도 사랑의 힘이 법보다 강하다는 점을 일깨우는 대문호의 사상 때문일 것이다.

깊고 어두운 감옥에서 19년의 세월을 보내고 가석방으로 풀려 난 장 발장은 자신의 과거를 다시 정죄하는 세상 속에서 발붙일 곳을 찾지 못한다. 한 친절한 주교만이 그에게 은혜를 베푼다. 하지만 장 발장은 강퍅한 마음에 주교의 은집기를 훔침으로써 선을 악으로 갚는다. 경찰에 붙잡힌 장 발장은 자비로운 주교가 그를 구해주기 위해 당국에 거짓말까지 하는 행위에 깊이 놀란다. 그 주교는 가련한 장 발장을 용서해 주었을 뿐 아니라 그에게 더 큰 사랑을 베풀고 귀중한 은촛대 두 개를 준다. 그 사랑과 은혜에 감복한 장 발장은 다시는 전과 같은 배은망덕자가 되지 않으리라고 다짐한다.

장 발장의 결심을 집요하게 시험하는 경찰관 자베르의 냉혹한 율법주의 앞에서도 장 발장은 겸손한 마음으로 복수를 거부한

다. 그는 자신의 과거에 근접한 가난한 이들을 위해 자신의 목숨
을 두려워하지 않는 용기로 희생과 사랑을 실천해 보인다. 그는
따뜻한 사랑으로 어린 코제트를 양녀로 삼고, 후에 코제트의 약
혼자를 위해 목숨을 바친다. 그는 자신의 잊을 수 없는 영적 스
승인 주교의 하나님을 바라보았고, 하나님의 가이없는 사랑을 감
히 본받으려고 한 것이다.

　현대인의 삶속에서 우리는 주교의 은혜 베풀기보다는 자베르
의 감시에 어느덧 더 친숙해져 있는지도 모른다. 작은 불법을 사
랑으로 이해하고 인도하면 바른 길에 이를 수 있는데도, 우리는
가차 없는 처벌과 감시에 너무 손쉽게 경도되는 경향이 있다. 교
육현장에서도 마찬가지다. 시험부정행위의 처리를 놓고서도 단호
한 처벌론과 너그러운 처벌이면 족하겠다는 견해가 갈린다. 그리
고 대개는 강경론이 우위를 점하기 쉽다.

　범죄문제를 다루어 오면서 인류사회는 어느 시대, 어느 문화
권에서나 사회공동체적 비난과 낙인, 사회로부터의 고립과 추방
또는 배제를 일삼아 왔다. 이것이 처벌의 변함없는 속성이다. 구
약성서에 나오는 문둥병자들에 대한 사회공동체적 대응을 보면
죄에 대한 반작용으로서 형벌의 이 같은 속성이 잘 드러난다. 여
기에서는 신성한 공동체를 죄로 오염시킨 범죄자를 공동체와 분
리된 타자로 취급하려는 의도가 분명하다. 그렇게 함으로써 공동
체의 신성성의 근원인 하나님과의 화해를 유지할 수 있다고 믿었
기 때문이다.

　중방과 서방에서 행해졌던 이 같은 죄와 처벌관에 일대 전기
를 마련한 이가 바로 예수이다. 그는 죄를 타인의 몫으로 분리시
켜 죄인에게 전담시키는 응보적 사고에 반기를 들고, 남의 죄를
자신의 몫으로 받아들여 죄에 대한 처벌의 고통을 홀로 지고 감
으로써 죄로부터 해방된 사회의 새 지평을 열어 주었기 때문이

다. 죄를 지을 수밖에 없는 것이 인간의 굴레인 줄 알았던 예수
는 죄의 문제를 진노와 대립·단절의 문제로 풀지 않고, 사랑과
화해·연대의 관계회복 문제로 풀었다.

오늘날 교회법에서 회개하지 않는 죄인을 신실한 자들의 공
동체로부터 배제시키는 가장 극단적인 징계인 출교조차도 보복과
절교라는 의미에서 이루어져서는 안 된다는 것이 정설이다. 출교
를 포함한 모든 징계과정은 회개하지 않은 사람을 다시 교제권
안으로 끌어들이기 위한 거룩한 목적 아래 놓여 있기 때문이다.
물론 출교하는 시점에서 죄를 회개치 않는 자는 사탄에게 넘겨진
다. 하지만 출교의 목적은 단절과 배타적 보복에 있지 않고, 그의
죄를 회개하고 다시 돌아오게 하여, 궁극적으로는 그를 회복하여
얻고자 함에 있다.

오늘날 형법학의 범죄론과 형벌론에서 뿌리 깊은 단죄론과
응보론에 맞서 공동책임론과 화목론을 전개하려는 입장은 비교적
새로운 시도요, 그렇기 때문에 소수의견에 불과하지만, 예수의 처
벌관에 비추어 보면 만시지탄이라는 느낌이 든다.

요즘 교직원 감금사건의 책임을 물어 중징계한 일의 상처가
쉽게 아물어들지 않아 보인다. 징계처분을 받은 당사자들에게 자
숙하고 뉘우치는 기회가 되었으면 한다. 비극적이고 공격적인 증
오를 확대재생산하지 말았으면 좋겠다. 비록 발붙일 곳이 없는
극단적인 출교조치이긴 하나, 희망의 등불이 아주 사라진 것은
아니라고 본다. 자비로운 정의와 정의로운 사랑의 이념이 절망의
파고를 넘어 우리를 희망의 창구로 인도할 것이다.

— 고대신문 2006.5.22.

사랑의 형법

　　최근 서울지검 특별조사실에서 일어난 고문치사사건을 접하고 일반국민들이 받은 충격은 대단했으리라 짐작이 간다. 법무부장관과 임기제 검찰총장까지 자리를 뜨게 만든 이 사건을 접하고 필자도 참담한 심정이었다. 법을 연구하고, 특히 형법을 가르치면서 30여 년을 지내온 필자로서는, 혹시 우리의 법학, 특히 형법학 교육에 무엇인가 본질적인 내용 하나가 빠진 것이 아닌가 하는 자기반성의 시간을 갖게 해준 계기가 되기도 했다.

　　법은 인간을 위해 존재한다. 더 정확히 말해 인간의 근본상황을 위해 존재한다. 인간의 근본상황이란 한 사람이 다른 사람과 더불어 살 수 있는 평화로운 공존관계를 주로 의미하지만, 더 나아가 인간의 삶을 가능하게 해주는 자연과도 조화를 이루고, 궁극적으로는 인간이 神과 화목을 누리는 관계상황을 의미한다.

　　이 근본상황은 인간의 탐욕과 이기심, 인간의 타락과 무지로 인해 깨어지기 쉽다. 근본상황이 스스로의 평온을 유지할 수 없을 정도로 깨어져, 인간이 타인과 적대와 반목으로 돌아서고, 자연이 그 자정력을 잃어버릴 만큼 환경이 파괴되고, 신이 인간본성의 외침에 귀를 막고 돌아설 때의 상황을 한계상황이라 칭한다. 한계상황에서는 인간이 스스로 자기 자신을 보존하거나 발전시키기가 힘들다. 거기에는 약육강식과 같은 정글의 법칙이 지배하기 때문이다. 만인의 만인에 대한 투쟁상태라고 부를 수밖에 없는 사회적 혼란이나 전쟁상태에서 인간이 윤리적으로 자기 자신을 발전시킬 수 있는 가능성은 제로에 가깝다.

그러므로 법은 인간의 근본상황이 깨어져 한계상황에 빠지지 않도록 이를 유지·존속·발전시킬 임무를 갖고 있다. 만에 하나 근본상황이 깨어져 한계상황에 처했을 때라도 한계상황을 종식시키고 다시 근본상황이 회복되도록 물길을 잡는 역할이 법의 기능에 속한다. 이념적으로 법에서 말하는 정의(正義)는 바로 인간의 한계상황을 주목하고 근본상황을 회복·유지·발전시키는 과제라고 말할 수 있다.

법에서 추구하는 근본상황은 한 마디로 말해서 인간이 살 만한 가치를 지닌 인간관계라고 단정할 수 있다. 인간이 주위의 다른 사람과 공존할 수 있는 관계, 인간이 주위환경과 조화롭게 살아갈 수 있는 관계, 인간이 자기 자신의 내면세계와 모순 없이 살아갈 수 있는 관계가 바로 그것이다. 인간관계가 정상성을 유지하고 있는 근본상황이란 신뢰와 사랑이 생동하고 있는 상황을 말한다.

관념적으로 들릴지 모르나 지하철이나 시내버스에 함께 몸을 싣고 출퇴근하는 승객들에게도 신뢰와 사랑이 있기에 그러한 상황적인 삶이 가능한 것이다. 대중교통수단의 안전성과 운전자들이 목적지까지 편안하게 실어다 줄 것이라는 신뢰가 없으면 누구도 그 대중교통수단에 몸을 싣지 않을 것이다. 더 나아가 승객과 승객 사이에도 내가 먼저 저 사람을 이웃으로 믿고 대접하는 만큼 저 사람도 나를 이웃으로 믿고 대접하리라는 기대와 신뢰가 없다면 누구도 그 지하철이나 버스에 몸을 싣지 않을 것이다. 서로를 아련한 간격의 이웃으로 감지하고 신뢰하는 그 가운데 우리는 함께 타고 가는 승객으로 어깨를 나란히 하고 있으며 호흡을 나누고 있는 것이다.

이것을 사랑의 관계라고 얘기한다면 너무 관념적이라고 탓할지 모르지만, 이것을 사랑의 관계가 아니라고 얘기한다면 너무 비현실적이라는 비난에 직면하게 될 것이다. 사랑의 농도는 부부나 가족관계, 신앙공동체나 향리공동체관계, 학교나 직장의 동료관계 등등에 따라 다를 수 있지만, 인간이 더불어 함께 걸어가고 있는 정상적인 인간관계 속엔 다양한 농도의 사랑이 그물망의 고리처럼 또는 아교질처럼 역할을 하고 있기 때문이다.

우리들에게도 널리 알려진 미국 시인 오딘의 "법은 사랑처럼"을 떠올리지 않더라도 법에서 정의라는 이념은 사랑이라는 가치와 손잡지 않고는 강물처럼 제대로 흘러갈 수 없다. 일찍이 토마스 아퀴나스가 말했던 것처럼 그래서 사랑 없는 정의는 폭력이요, 정의 없는 사랑은 맹목이라는 격언은 법률가들이 깊이 성찰해 보아야 할 법언이기도 한 것이다.

문제는 형법과 사랑이 어떻게 어울릴 수 있느냐이다. 형법은 고문을 부추기는 속성을 가질 만큼 칼과 쇠뭉치의 이미지를 갖고 있는 게 아닌가라는 생각을 보통사람들은 하기 때문이다. 내 친구들 중에도 내가 형법을 전공하는 교수라는 사실을 못마땅해 하는 경우를 종종 본다. 왜 온화한 사람이 하필이면 무서운 형법에 깊이 빠져 있는지 잘 이해하기 어렵다는 표정들이다. 아마도 필자가 추측하기에는 가까운 친구들조차도 형법에 대한 나쁜 이미지와 편견을 갖고 있는 것이 아닌가 싶다. 그것은 2천여 년 넘게 형법이 걸어온 발자취를 더듬어볼 때 형법 실무가들과 연구가들이 빚어낸 잘못된 유산에 기인한다고 말할 수 있다. 그런 의미에서 형법에 대해 소박하게 갖고 있는 편견은 보통사람들의 무지라 탓할 수 없고, 오히려 형법 하는 이들의 자업자득이라고 말해도 좋을 것이다.

　하지만 세상에 변하지 않는 것은 별로 없다. 영원한 절대자 한 분 외에는 모든 것이 변한다. 어떤 것은 더디게, 어떤 것은 빨리 변할 뿐이다. 따라서 형법도 변해 왔고 지금도 변하고 있고 또 변해야만 한다. 따라서 편견에 사로잡혀 있는 것은 현실에 적합하지 못하다. 그래서 필자는 변해야 할 형법의 모습을 이야기해보고 싶고, 그것을 통해 혹시 형법에 대한 편견을 지닌 분들에게 다시 생각할 수 있는 계기를 마련해드리고 싶다.

　형법의 세계에 입문하려는 사람은 누구나 죄와 벌이라는 두 기둥 사이에 놓인 관문을 열고 들어가지 않으면 안 된다. 인간의 세계에서 죄는 비극적인 암흑면이다. 그러나 죄는 인간만이 저지를 수 있다. 즉 인간의 세계에서만 발생하는 현상이다. 죄의 뿌리는 깊으며 인간들이 사는 어느 곳에서나 편만하여 있다. 죄 없는 사람·범죄 없는 마을이란 무릉도원과 같은 이상세계에서나 찾아봄직한 것이다.

　형법을 필생의 과제로 연구하는 나도 죄인이요, 형법 이야기를 듣는 미지의 독자들도 죄에 노출되어 있다는 사실을 부인하기 어려울 것이다. 인격적으로 성숙한 인간은 누구나 자신의 무의식 속에 죄의 본성이 자리잡고 있으며 어떤 갈등상황에 처하게 되면 자신도 모르게 행동 속에 죄의 모양이 나타난다는 사실에 놀랄 것이다. 아마 자가용 운전을 하는 사람이라면 길거리운전에서 조급하여 비록 상대방 면전에서는 아닐지라도 수없이 욕설을 퍼붓고 다닌 경험을 부인하기 어려울 것으로 짐작된다. 그래서 1년에 한 번쯤, 나뭇잎이 떨어져 그 뿌리로 돌아가는 가을, 고즈넉한 오솔길을 걸으면 누구나 죄책감에 괴로워질 때도 있을 것이다. 사람들 대부분은 세상에 알려지지 않았지만 자기만 아는 죄의 비밀을 간직한 채 살아간다.

우리는 매일 신문기사나 방송을 통해 죄를 지은 사람들의 얽히고설킨 이야기를 보고 듣는다. 그 중에는 이름을 알 수 없는 보통사람이 있는가 하면 저명한 예술가, 위력 있는 정치가, 당당했던 세도가, 재벌그룹의 총수들도 끼어 있다. 어떤 사람이든 죄의 혐의를 받고 죄인으로 쫓기다 보면 자신이 지금까지 쌓아왔던 삶의 소중한 부분들을 송두리째 잃어버리기 쉽다. 극단적인 경우에는 범죄자로 낙인찍혀 사회로부터 철저히 소외당하거나 고립무원의 처지에 놓인다. 그들은 함께 더불어 살아갈 수 없는 운명을 지닌 이단자들처럼 취급되고 만다.

원시시대의 죄는 금기(禁忌)와 구별되지 않았다. 사회의 금기를 깨트리는 것이 곧 죄였기 때문이다. 이 금기를 깨트리면 공동사회의 질서가 무너진다는 점에서 금기와 죄는 오늘날에도 다같이 사람들이 함부로 범접치 못할 속성을 갖고 있다. 다같이 '큰일'에 속하며 그럼에도 불구하고 큰일을 내고야 만 사람들에게는 그 값을 묻지 않을 수 없다.

건강에 유해한 담배와 독한 술은 금지하지 않으면서 대마초나 필로폰 같은 마약류는 엄격히 금지하는 이유가 무엇일까. 술과 담배는 아직 사회적 금기의 대상이 아닌 기호품에 불과하지만 마약류는 사회적 금기의 대상이기 때문이다. 역사적으로 금기의 근본적인 속성은 그것을 깨트리는 자에게 커다란 재앙이 닥친다는 것이다. 하늘의 노여움을 사서 언젠가는 재앙을 만나 죽는다는 것이 공통된 생각이었다. 호랑이가 물어간다는 옛날얘기도 바로 금기의 준수를 담보하는 하늘 재앙의 일종이었다. 어쨌거나 그 노여움은 때때로 너무 가혹해서 한 사람의 죄 때문에 사회 전체가 재앙에 시달려야 했고, 심지어 범죄 있는 땅과 자연환경까지 저주를 받아 그 땅에 함께 어우러져 살던 동식물까지도 목말라 죽음에 내몰리는 처량한 신세가 된다.

이런 이유로 금기를 대하는 사회적인 대응도 다양했다. 공동사회가 금기를 깨트린 자를 사회로부터 추방하는 것은 그를 영원히 사회와 단절시킴으로써 진노한 神과 화해를 하는 작업이었다. 금기를 범한 자에게 공동사회가 일정한 형태의 의식(儀式)을 통해 혹독하게 죄 값을 물림으로써 신과 화해를 추구했던 고대사회의 금기율은 실로 원시공동사회의 질서와 안정을 유지하기 위한 현실적인 필요성의 산물이었다. 그럼에도 불구하고 죄는 그것을 저지른 사람에게 마치 사망신고와 같이 사회적 매장을 초래하는 무섭고 치 떨리는 미움의 상징으로 오랫동안 우리 곁에 있어 왔다.

인류의 문화와 문명의 발달과 함께 죄 값을 묻는 공동사회의 의식률은 점차 형벌로 제도화하기 시작했다. 죄 값을 묻는 공동사회의 제도는 가혹해서 죄의 역사보다 형벌의 역사가 훨씬 잔인했다는 기록을 갖고 있을 정도다. 인간의 정신문화가 점점 진보하면서 형벌의 역사도 점차 인간의 얼굴을 띠기 시작했고, 차차 합리화되기 시작했다. 이를테면 집단적인 보복에서 동해보복(同害報復)으로, 동해보복에서 속죄형으로, 속죄형에서 국가의 공형벌로 형벌제도가 발전하였다.

근대 계몽기에 접어들면서 국가형벌권은 점차 관용을 중시했으며, 범죄인의 처지와 또한 죄를 저지를 수밖에 없었던 딱한 형편에 대해서도 공동관심과 공동책임을 느끼기 시작했다. 이제 국가형벌권은 공동사회와 개인 사이의 이해관계를 조절하는 수단이라는 인식이 싹트기 시작했다. 이 시대를 지나면서 범죄의 사회적 원인에 관한 물음을 바탕으로 사회적으로 해로운 행위를 범죄로 설정하고, 범죄와 형벌 사이의 합리적인 균형, 형벌 완화, 중형의 최대한 자제 등을 모토로 하는 이성적인 형법관이 확립되었다.

그러나 형벌이 갖는 의미와 기능은 고대사회의 의식률이 보여주었던 관념에서 본질적으로 벗어나지는 못했다. 언제나 형벌은 죄 값을 치루는 가혹한 채찍으로서 두려움의 상징이었다. 오늘날까지도 사람들의 뇌리에 죄 값을 치루는 형벌은 '혼난다'는 속성을 지닌 것으로 새겨져 있다. 죄가 뭐길래 이처럼 인생에 무서움과 미움의 상징이 되고, 벌이 뭐길래 이처럼 두려움의 상징이 되고 있는가? 형법은 바로 이 문제를 놓고 씨름하는 법분야이다.

후기현대사회에 들어와 형법학의 임무는 낡은 형법의 고정관념들을 허물고 인간의 삶에 봉사하는 인간의 얼굴을 지닌 형법을 만들어 가는 데서 발견된다. 일찍이 헤겔(Hegel)은 죄란 법의 부정이요, 형벌이란 법의 부정의 부정이라 칭했다. 물론 헤겔의 이같은 형벌관은 응보형론에 입각한 것이어서 오늘날 우리시대의 정신에 비추어볼 때 그대로 수용하기 어려운 면이 있지만, 죄와 벌의 상관관계에 관한 그의 변증론은 그 때나 지금이나 달라진 게 없다. 만약 그의 변증론을 우리의 새로운 형법 이해에 적용해 본다면, 죄란 근본상황의 부정, 즉 사랑의 부정이요, 형벌이란 이 부정의 부정, 즉 사랑의 회복을 의미한다.

그렇게 볼 때 형법은 본질적으로 사랑의 형법이라고 말할 수 있다. 범죄란 사랑에 대한 비극적이고 공격적인 악용 내지 거부이다. 인간은 사랑 안에서 사랑받기 위해 태어난 존재이다. 신은 인간이 서로를 사랑하고 또 신을 사랑하도록 하기 위한 거룩한 목적에서 인간을 만드셨다.

이런 관점에서 출발할 때 죄가 아무리 추악하고 더러워도 인간의 작품, 인간의 솜씨라는 점을 잊어서는 안 된다. 죄의 주체는 바로 인간이다. 죄가 바로 인간의 인격의 표현으로 만들어진 인간의 작품이다. 한 작품이 그 작가의 모든 면을 대신할 수 없듯이 죄가 한 사람의 인격을 다 대변할 수 없다. 그러므로 아무리 극악한 범죄인이라 할지라도 그의 가슴 속 한 구석엔 여전히 사랑의 가능성, 사랑받고 싶은 마음이 남아 있다. 그의 가슴 속엔 여전히 선을 사모하는 마음, 이웃과 더불어 살아갈 수 있는 여지가 남아 있다는 사실을 외면해서는 안 된다. 이 점을 외면하면 죄만 보고 죄를 만든 인간을 보지 못하는 잘못을 저지를 수밖에 없다. 흔히 범죄혐의자에게 가해지는 고문이나 인격 모독은 모두 이 같은 잘못된 시각이 빚어낸 또 다른 범죄일 뿐이다.

벌이 아무리 가혹하고 중하다 해도 벌의 주체도 인간이라는 사실을 잊어서는 안 된다. 벌이 일면으로는 인간의 죄악된 본성에 맹렬한 분노를 쏟아 붓지만 분노 그 자체가 벌의 목적일 수 없다. 오히려 죄로 얼룩진 인간본성의 찌끼를 벗기면서 감추어진 사랑의 잠재력을 북돋우어 일깨우는 일을 형벌이 담당한다. 벌을 통해서 인간이 인격적으로 거듭날 수 있다는 믿음을 우리는 저버려서는 안 된다. 그리하여 죄의 무서움과 형벌의 두려움이 보여주었던 강제와 공포의 형법을 사랑과 희망의 형법으로 변화시켜야 한다. 이것이 형법의 미래음악이다. 증오의 채찍 대신 사랑의 매가 담겨 있는 것, 강철로 된 수갑 대신 사랑의 수갑이 채워져 있는 것 그것이 바로 사랑의 형법이다.

형법은 이제 죄와 벌의 무거운 짐을 인간의 어깨에 덧씌우는 장치가 아니라 그것을 벗겨주는 장치로 이해되어야 한다. 형법 속에서도 인간을 해방시키고 인간을 인간답게 만드는 새로운 지평을 바라보아야 한다. 그것이 인류가 오늘날까지도 그 완성도에 이르지 못한 인도주의정신이기도 하다. 교육을 하든 처벌을 하든 인간을 인간으로 바라보는 눈을 지녀야 한다는 독일 문호 괴테(Goethe)의 말은 우리 형법 실무가들과 연구가들이 먼저 귀담아들어야 할 경구로 보인다.

— 전기저널 2002. 12.

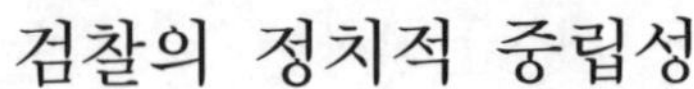

검찰의 정치적 중립성

　　의회의 대통령에 대한 탄핵소추로 온 나라가 어수선하다. 생각해 보면, 야당이 탄핵안 발의와 소추의결까지 간 데는 직접적으로는 총선정국을 겨냥한 계산이 깔려 있지만, 그 실마리는 검찰의 대선불법자금수사에서 비롯되었다. 야권 후보 진영의 천문학적 불법선거자금을 밝혀냄으로써, 이른바 차떼기정당이라는 오명까지 덧씌우게 했으니, 거대야당은 임박한 총선을 앞두고 안팎으로 공격을 받아 침몰직전까지 이르게 된 셈이다. 긴장과 신경과민이 자연스럽게 터져 나올 법해 보인다. 여기에 노무현 대통령의 신중치 못한 언행이 막무가내에 이르자 의회의 다수를 점한 야권이 탄핵발의와 소추가결에 이른 것으로 보인다.

　　지금 다시 1987년도의 6월 항쟁을 보는 듯한 이 극한적인 갈등상황의 연출에 검찰의 대선불법자금수사가 단초를 제공했다면, 검찰수사의 정치적 파장은 실로 막대한 것이었다. 그래서 검찰권에 대한 국민의 찬사가 하늘까지 치솟았다. 하지만 검찰권의 편파성에 대한 비난의 목소리도 높다. 이회창 후보 진영과 노무현 후보 진영의 지난 대선불법자금은 급기야 노 대통령의 10분의 1이라는 정치적 승부수에 맞물려 더욱 복잡한 함수관계에 말려들었기 때문이다. 당사자인 이회창 후보가 대 국민 사과성명에서 직접 검찰수사의 불공정을 제기하고 나섰다. 800억 원대와 100억 원대의 자금규모는 그렇다손 치고, 차떼기로 야권 후보 진영에서 긁어모은 불법자금이 7백억 원대인 데 비해 노무현 후보 진영이 긁어모은 불법자금이 고작 30억 원대라면 선뜻 납득이 되지 않는 구석이 많다.

부패정치청산이라는 거대한 프로젝트 속에서 1992년 이태리 검찰의 마니풀리테 작전과 비교되던 대선자금수사는 총선을 앞둔 시점에서 총선 이후로 미루어짐으로써 십중팔구 유야무야되어 버릴 공산이 커 보인다. 결국 한쪽에 회복하기 어려운 집중타를 먹인 뒤 다른 한쪽에 비치는 비리의 옷자락을 총선 이후까지 묻어두겠다는 검찰의 셈법은 편파성시비에서 벗어나기 어렵게 돼 버렸다. 게다가 당사자인 이회창 후보 스스로 모든 책임이 자신에게 있고, 감옥에 가야 할 사람도 자신이라고 공언한 마당에, 이를 못 들은 체 서둘러 덮어두려는 검찰의 속셈은 필시 다른 당사자인 노 대통령의 곤경을 계산한 것이라는 의혹을 불러일으키기에 충분해 보인다.

근본적인 문제는 역시 검찰의 정치적 중립성이다. 검찰수뇌부는 이 명제가 던지는 시대적 의미를 아직 제대로 헤아리지 못하고 있는 게 아닌가하는 생각이 든다. 강한 자에게 강한 것, 다시 말해 정치적 강자보다 더 강한 검찰권확립이 검찰의 정치적 중립성의 요체다. 약자의 불법에 손대는 일은 굳이 검찰이 아니라 경찰력으로도 충분히 다스릴 수 있다. 검찰이 정치적 강자에게도 진실의 메스를 가하는 일은 바로 그렇게 함으로써만 법치주의가 확립될 수 있기 때문이다. 권력의 정상에 법치가 있음을 보여주자면 권력의 정상이 저지른 불법에 대해서도 수사는 공평하게 미쳐야 한다. 면책특권으로 소추가 불가능하다 할지라도 총선을 앞둔 시점에서 권력적 불법의 규모는 공평하게 파헤쳐야 국민의 검찰로 신뢰받을 수 있을 것이다. 깨끗한 손(마니풀리테)의 디 피에트로 검사와 같은 검사를 우리는 어찌하여 볼 수 없단 말인가? 법치가 정치에 우선하고, 법의 정의처럼 정치정의가 이 땅 위에 뿌리내리려면, 검찰의 정치적 중립성과 독립성부터 확보돼야 한다. 두말 할 것도 없이 이 과제는 검찰 스스로의 투쟁의 몫이다.

— 고시계 2004. 4.

대통령과 검찰

제이유 사건 수사에서 불거진 어느 검사의 허위진술강요는 검찰개혁의 시계를 거꾸로 돌린 듯한 인상을 주기에 충분했다. 마치 밀실 속의 소왕국을 연상케 하는 회유와 협박 등의 수사행태는 시민사회의 민주발전에 현저히 역행하는 처사이다. 제이유 사건은 검찰의 총수마저 희대의 사기사건으로 예단할 만큼 세인의 관심도 컸다. 그 수사선상에서 청와대 비서관의 친인척의 이름도 등장했고, 권력을 배경으로 한 모종의 대형사기극이 벌어진 것이 아닌가하는 의구심을 불러일으켰던 것이 사실이다. 수사진의 불법수사가 폭로되면서, 권력층으로 향하던 수사의 도화선도 문제가 된 전 청와대 사정비서관에 대한 무혐의 처분으로 사그라지고 말았다.

해당 검사와 수사지휘 라인에 대한 징계절차가 진행되고 있고, 법무부는 부패범죄 특별수사본부를 새로 설립하였다. 앞으로는 권력형 부패사건일지라도 불법적인 수사방식으로 진실을 캐지 말고, 더디 가더라도 적법절차에 따라 실체적 진실에 접근하겠다는 의지의 표명인 것이다. 보기에도 거북스러운 수사검사의 일탈행동으로 검찰 전체의 신뢰가 무너져 내리는 것을 더 이상 용인하지 않겠다는 안간힘으로 보인다.

그런데 문제는 여기에서 끝나지 않았다. 최근 국무회의 석상에서 유시민 장관이 법무부장관에게 "시중에는 요즘 검찰내부에 청와대를 공격하면 영웅이 된다는 말이 있다는데 사실이냐"고 따져 물었고, 만약 그런 기미가 있다면 이는 국가기강의 문제가 아닌가라고 몰아 붙였다는 것이다.

노무현 대통령은 그 자리에서 "이 정도로 끝내자, 괘씸죄로 다루진 않겠다"면서 "정권과 대통령을 겨냥하는 것도 좋지만 불법수사는 안 된다"고 거듭 강조했다는 것이다. 노 대통령은 지난해 공직비리수사처를 만들려다가 검찰의 반대로 계획이 무산된 것이 더욱 아쉽다는 뜻을 이 사건에 잇대어 언급했고, 현재 국회에 계류 중인 형사소송법 개정안 등 이른바 사법개혁입법의 지지부진에 대한 아쉬움도 함께 피력했다고 한다.

우리는 다소 도발적으로 들리는 유시민 장관의 일침을 진정시키고 수사의 적법절차준수를 강조한 노 대통령의 언급은 지극히 타당한 것으로 이해한다. 노 대통령의 이런 언급을 단순히 원론적인 차원에서 순수하게 이해할 수 있었으면 얼마나 좋겠는가? 무슨 속내라도 있는 듯이 삐딱하게 반추하는 언론들의 태도에 아마 노 대통령 자신도 기분이 상할 수 있으리라는 예감이 든다.

하지만 언론의 그러한 속내 추론은 노 대통령 자신이 지금껏 취해 온 일련의 검찰관련 발언 선상에서 비추어 보면 결코 빗나간 것이 아니라고 말할 수 있다. 취임 초반 노 대통령의 공세적 검찰관은 그 후 검경수사권 조정 및 공직부패수사처 신설시도, 검찰이 갖고 있는 제도 이상의 권력, 모종의 견제가 필요한 검찰권력 등의 발언을 통해 항상 대립각으로 비쳐졌기 때문이다. 대통령은 아무 속뜻 없이 그저 원론적인 언급을 했다손 치더라도, 해당기관이나 당사자들은 과민하게 되새겨 듣지 않을 수 없는 현실을 헤아려 보아야 할 것이다.

그래서 더 큰 문제는 검찰이 기왕에 저지른 치명적인 신뢰실추 때문에, 앞으로 권력상층부의 부패에 대해서는 아예 맡겨진 정의의 칼도 뽑아들지 않는 소극적인 자세로 지나쳐 버리지 않을까하는 점이다. 불법·탈법·편법 수사와 같은 전근대적인 행태들은 검찰의 사전에서 사라져야 한다. 권력의 정상에서 저질러진 부패의 척결이라 할지라도 일체의 불법수사관행은 정당화될 수 없다. 하지만 권력의 정상에도 불법은 통할 수 없다는 사실을 검찰은 날카로운 사정의 검으로써 보여주어야 할 책무를 안고 있음을 잊어서는 안 된다.

— 문화일보 2007. 3. 16.

공권력이 매 맞고 무기력해진다면

　　폭력경찰이라는 소리 듣느니 차라리 시위대에 몇 대 맞는 게 속 편한 일이라는 한 지방경찰의 자학적인 실상을 보도한 지난 18일자 문화일보 1면 머리기사는 가히 충격이 아닐 수 없다. 불법시위대에 적나라한 폭행을 당했으면서도 피해 경찰은 물론 상급 경찰지휘부조차 사건을 쉬쉬하며 덮어 버리는 데 안간힘을 썼다니 쉽게 믿어지지 않는다.

　　지난 15일 경남 창원에서 비정규직 노조원 150여 명이 해고 근로자 복직 등을 요구하며 불법시위를 벌이다 이를 제지하는 전경 2명을 폭행하고 이를 말리던 경관 4명에게도 몰매를 가했다는 것이다. 부상한 경관은 가족들에게 길가다 넘어져 다쳤다고 둘러대고, 아픈 몸을 이끌고 아무 일도 없었다는 듯 출근해 업무를 보고, 지휘부도 노조원들을 자극하지 않았다는 명분으로 사건을 덮어 버리려 했다는 것이다.

　　어처구니없는 일이 벌어졌지만, 이것이 우리 국민의 안전과 자유를 보호해야 할 책무를 담당하고 있는 공권력의 현주소가 아닌가 생각된다. 법 집행기관이 도리어 불법 시위대 앞에서 유약하고 왜소하게 취급되어서야 법의 명예와 권위가 어떻게 설 수 있겠는가. 불편하고 손해를 보더라도 법을 지키는 것이 선한 삶이라고 믿고 지내는 대다수 선량한 법 공동체 시민들이 어이 없는 현실을 어떻게 받아들일는지 염려된다.

　폭력이 법보다 강하다는 나쁜 인상을 남기지 않기 위해, 지금까지 경찰력은 욕을 먹거나 때로는 물리적 충돌 앞에 생명과 신체의 위험을 무릅쓰면서도 불법을 진압하는 데 안간힘을 써 왔다. 이런 경찰력이 최근 들어 이상한 풍조에 휩쓸리면서 불법을 묵인하고 진압을 회피하는 듯한 인상을 심어주는 것은 유감천만이다.

　물론 이런 분위기는 어제오늘의 일이 아니다. 문민정부 출범 후 우리 사법부가 1966년 미국 연방대법원의 '미란다 원칙'을 모방하여 강제수사에서 경찰의 모든 적법절차 위반을 형법적으로 보호 가치가 없는 위법한 공무집행으로 취급함으로써 공권력 약화의 위험이 싹텄다. 원래 미란다 원칙은 피의자의 각종 권리에 대한 사전고지를 증거법 원리로 끌어들임으로써 수사절차의 적법성을 확보하려는 것이지, 수사기관의 적법절차 위반에 대해 수사활동의 직무집행 성격을 부인함으로써 신병확보 절차의 적법성을 확립하려는 게 아니었다.

　지난 1990년대 우리 대법원의 미란다 원칙이 그동안 누적된 불법·탈법·편법 수사의 관행을 깨뜨리는 데 크게 기여한 것은 사실이다. 하지만 공무집행의 적법성 확보가 그 본래 취지가 아님에도, 사소한 절차를 위반한 공무집행에 대해서도 범인들이 현장에서 폭력으로 대항할 수 있는 소지를 마련해 준 셈이다. 그 결과 수사기관으로 하여금 범죄 수사의 위험하고 막중한 책무를 회피하게 할 심리적인 구실을 제공해 주었다. 다급해진 법 집행 경찰과 난폭한 범인의 대결이 체포 현장에서 빈발하게 되고, 폭력으로부터 법적으로 보호받지 못하는 신세가 된 공권력의 위축은 일찍 예견된 결과다.

　문제는 법 집행기관의 이 같은 위축은 결과적으로 법에 대한 일반 국민의 존경심, 법의 공평성, 법의 신성한 힘에 대한 신뢰성 그리고 국민의 진지하고 건강한 법감정과 정의감을 좀먹게 한다는 점이다. 최근 대학생들의 의식조사에서도 공동체성이 줄어들고 개인적 관심사가 지배적이라는 사실이 확인됐다. 법감정과 정의감정이 쇠락하면 독도를 지키기 위해 목숨을 걸고 나설 사람들도 사라질 것이다.

　법질서 수호자와 감시자들이 직분의식과 명예감정을 가지고 봉사할 수 있도록 우리의 현주소를 다시 살펴봐야 할 때다. 그들의 의기소침 때문에 우리 사회 길거리의 안전이 무너져 내리는 일은 없어야 한다.

— 문화일보 2006. 4. 21.

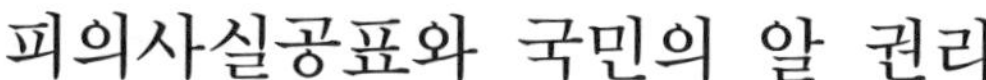

피의사실공표와 국민의 알 권리

인권우호적인 수사관행 확립을 위해 법무부와 대검찰청이 최근 기울여 온 노력은 긍정적으로 평가받아 마땅하다. 제도개선 못지않게 수사에 종사하는 모든 이들이 범죄혐의자들을 사회의 적으로 보지 말고, 실족한 이웃으로 보는 마음의 자세를 가다듬어 가야 할 필요성은 어느 때보다 높다. 최근 들어 사회적 지명도가 높은 피의자들이 수사기관의 조사를 받는 중 자살하는 사례가 속출하고 있기 때문이다. 지나친 수사의욕, 피의자를 고립무원의 상태로 몰아가는 강압적인 분위기 등이 그 원인의 일단이 아닌지 짚어 봐야 할 시기이다.

넓은 틀에서 보면 피의사실공표도 피의자의 명예와 인권과 관련된 사항이다. 그러나 자세히 들여다보면 이 문제는 국민의 알 권리 및 언론보도의 자유와 충돌하는 주제이다.

옛날의 유지파동, 포르말린파동이나 최근 불량만두파동을 보면 국민의 알 권리 차원에서 신속한 보도의 필요성이 인정되는 반면, 경찰·식약청의 성급한 피의사실공표가 일파만파로 번져 정직한 기업들까지도 무차별 타격을 입는 사태를 가져왔다. 수사과정에서 국민의 알 권리 충족을 위한 언론보도의 자유는 존중되어야 하지만 피의자 및 그 가족들의 프라이버시와 명예의 손상문제를 소홀히해서는 안 된다. 며칠 전에도 안풍사건 항소심에서 강삼재·김기섭 씨에게 무죄판결이 내려졌다. 수사과정에서부터 감추어진 진실을 묻어둔 채 이들은 마치 국고를 축낸 공공의 적인 양 언론에 노출되었다. 아직 최종심이 남아 있긴 하지만, 그들은 그 동안 범죄자로서 세인들의 뇌리에 낙인찍히고 말았다. 오죽했으면 열 번도 넘게 한강에 뛰어들 생각을 했다는 것일까. 사회적 지명도가 높은 사람일수록 검찰청사 출입문 앞 포토라인을 통과하기가 죽을 맛이라고 하소연한다.

개인의 인권과 자유를 최고의 가치로 신봉하는 성숙한 민주시민사회라면 언론에 의한 이 같은 피의자사냥을 두고만 볼 수는 없을 것이다. 그래서 대검도 금년 4월부터 수사사건공보에 관한 업무처리지침을 마련·시행하면서 피의자의 명예와 인권을 위해 피의사실공표를 최소화하려고 애쓰고 있다.

아무리 사회적 강자로 군림해 왔더라도 일단 수사기관의 조사를 받는 처지가 되면 사회적 약자의 자리로 내려앉는다는 사실을 유념할 필요가 있다. 유능한 변호인을 줄줄이 대동한다 하더라도 그 위치에 근본적인 변화가 생기지는 않는다.

보도자유를 강조하는 이들은 언론보도로 적극적 일반예방효과가 기대되고, 수사의 밀행주의를 통제하여 국가형벌권남용을 억지하는 효과가 있다고 한다. 물론 국민적 관심사인 범죄사실을 국가가 인권이익을 내세워 앞장서서 은폐하는 듯한 인상을 주어서는 안 된다. 문제는 적정한 한계가 어디인가이다.

먼저 수사기관의 홍보창구를 통해 절제된 범위 안에서 보도자료를 배포하는 관행을 정착시켜야 한다. 취재의 자유가 피의자의 의사에 반하여 직접 피의자에게 질문공세를 퍼붓는 단계까지 미치게 해서는 안 될 것이다. 현행 포토라인은 폐지해야 한다. 대신 피의자의 신변이 직접 노출되지 않는 일정거리를 두고 사진촬

영을 하게 하는 새로운 제도를 도입해야 한다. 재판을 받고 있는 형사피고인에 대해서는 법정의 권위를 위해서도 직접 촬영을 허용해서는 안 된다.

다음 단계로서 범죄사실과 범인에 관한 언론보도의 축은 현재의 검찰수사에서 법원의 확정판결 뒤로 그 중심이 이동되어야 한다. 무죄추정을 받는 피의자의 입장에서 보면 억울하기 그지없는 노릇이다. 수사의 밀행으로 야기될 인권침해는 무차별적인 언론보도가 아니라 국가인권위원회나 헌법재판소 같은 법적 제도를 통해 구제되도록 하는 것이 정도이다.

물론 보도관행도 관행인 만큼, 당장 쉽게 고쳐지기 힘든 관성이 있을 것이다. 그러므로 법원·검찰·헌재·변협 그리고 법조출입기자단이 보도자유와 피의자인권 사이의 갈등을 풀기 위한 대화마당을 조속히 정례화하길 바란다.

— 중앙일보 2004. 7. 8.

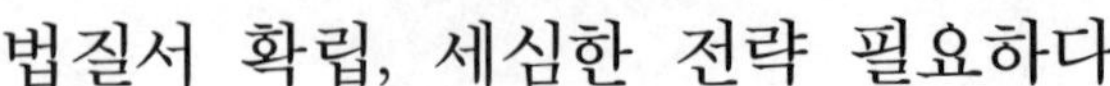

법질서 확립, 세심한 전략 필요하다

　　19일 이명박 대통령에게 행한 법무부 업무보고에서 법질서 확립이 주요 과제로 떠올랐다. 법무부는 앞으로 법질서 파괴행위에 대해 사태가 종료된 뒤에도 끝까지 책임을 묻는 무관용 원칙을 고수하고, 불법·폭력 집회와 정치파업의 주도자 및 배후 조종자까지 추적해 처벌하는 엄단원칙을 적용할 뜻을 비쳤다. 종전의 온정주의에서 벗어나 '떼법'이 더 이상 발을 붙이지 못하게 하겠다는 것이다.

　　이 자리에서 이 대통령도 정권의 검찰권 악용은 절대 없을 것이라는 말과 함께 법질서만 제대로 지켜도 국내총생산(GDP)을 1%포인트 올릴 수 있다고 언급했다. 또한 이 대통령은 "경제살리기와 선진국가는 법과 질서가 지켜지는 바탕 위에서 만들 수 있다"며 "정치적·이념적 목적의 불법파업은 국민의 공감대를 얻기 힘들 것"이라고 했다.

　　법질서 확립이 새삼스러운 주제로 떠오른 것은 지난 정부가 불법파업이나 폭력시위에 대해서까지 온정주의로 나아가 국민의 법준수 의식이 해이해졌다는 현실 인식을 토대로 한 것으로 보인다. 쇠파이프나 죽창이 시위 도구로 난무하고, 이를 제지해야 할 공권력이 무력하게 수세에 내몰리는 광경은 시민들의 사회 안전에 대한 불안감을 증대시키고, 법 준수보다는 폭력적인 집단행동을 조장하는 악영향을 낳게 한 게 사실이다.

두말 할 것도 없이 법질서 확립은 국가의 고유한 임무 가운데 하나이고, 그것은 통치이념에 따라 좌우될 성질의 것은 아니다. 아마도 지난 김대중 정부나 노무현 정부에서도 법무부가 법질서 확립에 맥을 놓고 있었다고는 보기 어렵다. 오히려 온정주의를 통해서도 법질서를 확립할 수만 있다면, 그보다 더 법치주의 이념에 합당한 정책은 없을 것이다.

문제는 법치에서 강벌주의냐 온정주의냐의 택일이 아니라 어느 방향이 법치주의 정착에 더 현명한 정책이 될 수 있느냐이다. 산업화 시대의 개발독재와 제5공화국, 제6공화국의 초기 문민화 시대를 거쳐 오면서, 우리는 아직도 극복하지 못한 법치의 오류와 남용이라는 취약점을 안고 있다. 법이 정치권력이나 사회적 강자의 선취특권을 유지하는 데 골몰한 나머지, 시민적 자유와 인권을 존중하기는커녕 억압하는 데 오용된 부끄러운 발자취를 아직도 우리는 기억하고 있다.

이명박 정부의 법무행정이라고 해서 이 부끄러운 우리의 정신적 유산에서 완전히 자유로워진 것은 아니라는 점을 솔직히 인정하지 않으면 안 된다. 아직도 진실과 화해를 위한 과거사 정리 작업이 계속되고 있다는 사실도 그 점을 일깨워준다.

법치 확립이 이 정부의 큰 통치철학, 다시 말해서 '국민을 섬기는 정부'의 선한 이미지를 잘못 덧칠하지 않도록 현명하고 세심한 전략이 필요하다. 엄벌주의를 통한 법치 확립은 온정주의를 통한 법치 확립보다 단기적으로는 성과를 얻기 쉬운 전략이다. 그러나 진정한 법치 이념은 이 손쉬운 넓은 길보다 온정을 통한 사회통합적 질서 의식의 내면화라는 좁은 길을 통해 도달할 수 있음을 유념해야 한다.

그러기 위해서는 사회 정의가 살아 숨쉬는 좋은 법, 좋은 제도가 더 완비되어야 한다. 법을 준수하는 것이 우리 모두에게 유익하다는 사실이 말이나 이론 수준이 아니라 실제적인 삶의 경험으로 체득되게 해야 한다. 무엇보다도 중요한 것은 사회 지도층의 특권의식 포기와 솔선수범의 자세다. 이들이 겸손히 법 속에서 살아갈 때, 법 의식은 저변의 국민의식 속으로 스며들 것이다. 법치 확립이 단지 경제살리기의 수단쯤이 아니라 품위 있는 국민적 삶의 질을 높이는 문화와 품격의 문제라는 사실도 유의하기 바란다.

— 문화일보 2008. 3. 21.

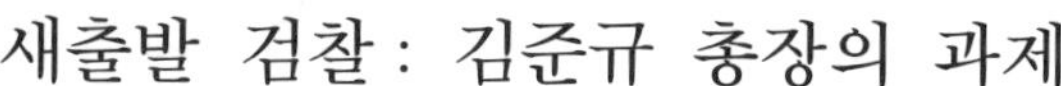

새출발 검찰 : 김준규 총장의 과제

노무현 전 대통령의 충격적인 서거, 임채진 전 검찰총장의 임기중 사퇴, 그 후 천성관 검찰총장 내정자의 파격적인 발탁과 함께 검찰 수뇌부의 대거 자진 사퇴, 천 후보자의 인사청문회 파동으로 인한 낙마성 자진 사퇴 등으로 검찰 조직은 꽤 오랜 기간 사상 유례 없는 지휘부 공백상태를 겪었다.

20일 김준규 검찰총장 체제가 출범했다. 염려와 기대가 교차한다. 검찰총장 내정자들에 대한 두 번의 인사청문회를 지켜보면서 많은 국민은 무슨 생각을 했을까? 특히 법치 이념의 실현에 제1차적 책무를 맡은 검찰 권력의 도덕적 해이가 심각한 수준이라는 인상을 받지 않았을까 염려된다. 지난 정권 시절에도 우리는 위장전입 때문에 총리와 장관 후보에서 낙마했던 인사들을 기억하고 있다. 김 검찰총장의 4번에 걸친 위장전입 사건은 동정의 여지는 있을지 몰라도 심각한 권위 실추임에 틀림없다. 앞으로 검찰권력의 총수로서 법치와 법질서 준수 정책을 어떻게 선도해 나갈지 솔직히 우리의 마음은 무겁다.

우선은 소명의식을 갖고 바르게 살아가려 애쓰는 많은 검찰 구성원들에게 좋지 않은 선례가 되면 어쩌나 하는 걱정이 앞선다. 또한 노블레스 오블리주를 떠올리지 않더라도 이를 계기로 공직사회를 지탱해 온 기강조차 냉소적 분위기에 휩쓸려 버리면 어쩌나 하는 염려도 없지 않다. 무엇보다 중요한 점은 법과 정의를 추구하는 검찰권 행사 앞에서 국민은 오히려 위선이나 이중 모럴에 의한 박탈감을 떠올리지 않을까 하는 염려다. 만약 이 같은 냉소주의가 팽배한다면 규범의 호소를 내면화해 규범을 안정시키고 사회 통합을 이끌어내야 할 형사정책의 근간마저 무너뜨릴 위험이 있다는 점이다.

그래서 그는 누구보다 국민 앞에 겸손할 수밖에 없다. 완전한 사람은 세상에 없다. 청문회를 전후해 그가 고백했듯이 이를 자신의 불찰로 여긴다면, 그 무거운 법치주의 실현의 임무에 앞서 늘 스스로도 죄인 중 한 사람임을 잊지 말기 바란다. 이 의식을 가슴에 간직할 때 국민은 검찰권에 의한 정의의 실현에서도 비로소 섬기는 리더십, 인격주의적 사법의 향기를 감지할 수 있게 될 것이다.

우리나라에서 법치주의의 성패는 제도의 문제라기보다 가치의식, 철학과 문화의 문제라는 측면이 강조돼야 할 시점이다. 법치주의 실현을 위한 형사사법 제도는 그 자체로서 선진국에 비해 그다지 손색이 없어 보인다. 다만 그 제도의 고유한 의미, 진정한 가치를 일상적인 형사사법의 현장에서 구현하는 데 아직 한계를 뛰어넘지 못하고 있을 뿐이다.

검찰권력이 법질서 확립에서 유념해야 할 사항은 예방이 처벌보다 훨씬 경제적이고 효과적이라는 점, 강벌주의는 범죄 투쟁에 특별히 적합한 수단이 되지 못한다는 점, 그래서 이를 대체할 수 있는 사회적으로 건설적인 대안적 수단, 예컨대 대체형벌, 회복적 사법, 형사조정 같은 새로운 제도들에 의해 현행 형사제재가 보완돼야 한다는 점이다. 물론 오늘날 늘어난 살인 범죄와 성폭력 범죄 등은 사회 안전에 대한 국민의 불안감을 키우고 있는 게 사실이다. 따라서 비디오 감시체계를 확충하는 안전망 구축이 강벌주의로 치닫는 규범 인플레이션보다 훨씬 현명하다는 점을 유의했으면 한다.

아무쪼록 김준규 검찰총장 체제의 출범을 맞아 검찰 조직이 하루속히 안정을 되찾기 바란다. 마음 무거운 선례를 반면교사로 삼아 검찰의 정신적·도덕적 기풍이 새롭게 진작되는 계기로 삼았으면 한다. 어떤 공직자는 선하게 출발해서 악한 오명으로 자리를 마감한 예를 우리는 보았거니와 비록 부끄러움을 안고 출발했지만 선한 문화적 씨앗을 뿌리고 임기를 마친 검찰총장으로 기억될 수 있기를 바란다.

— 문화일보 2009. 8. 21.

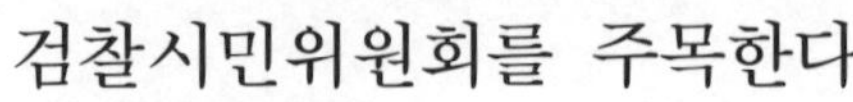

검찰시민위원회를 주목한다
― 檢, 검찰시민위원회 정착 도와야 ―

　　최근 창원지방검찰청의 검찰시민위원회가 어느 절도사건 피의자에 대하여 불기소결정을 내렸다. 검사는 애당초 기소할 계획이었지만, 이 시민위원회의 결정에 승복하였다고 해서 세인의 관심거리가 되었다. '스폰서 검사 사건'이 터지자, 일부 비판론자들은 수사의 주재자이자 공소권을 독점하고 있는 검찰의 막강한 권력이 이 같은 비리와 유혹의 온상이라는 전제 아래, 검찰권 통제의 수단으로 상설특검, 고위공직자비리수사처 등의 방안을 제시하기도 했다. 특히 기소독점권과 기소편의주의를 견제하기 위해서는 기소법정주의를 도입해야 한다는 전문가 의견도 있었다.

　　이 와중에서 검찰은 자체 개혁방안으로 내부감찰기구의 강화·내실화 외에, 특히 국민적 관심이 높은 사건의 경우 검찰시민위원회를 도입하여 검사의 기소독점과 기소재량을 견제하는 획기적인 안을 내놓았다. 이는 미국식 '기소 대배심'에 준하는 제도일 뿐만 아니라, 일본의 검찰심사회제도와도 궤를 같이하는 것이라고 할 수 있다. 물론 시민 차원의 민주적 통제라는 점에서 보면, 일본식 전문가 통제보다 미국식 대배심의 이념에 가깝다.

　　종전 검찰 내에 검찰권행사를 보완하는 여러 심의기구들이 있었지만 위원회구성이 검찰에 우호적인 전문가들로 채워진다는 비판의 소리가 있었다. 만약 검찰시민위원회도 그런 성격을 띤 기구라면, 기소권을 어떻게 실효성 있게 통제할 수 있겠느냐는 의문도 없지 않았다.

하지만 당초 우려와는 달리 검찰청 관내 거주 일반시민들 중에서 위원을 공모하고 지원자 중에서 위원을 모신 까닭에 검찰시민위원의 상당수가 가정주부, 시장상인, 택시기사, 농업인, 근로자 등으로 채워졌다고 한다. 건전한 시민의식을 지닌 이 같은 일반인들이 검찰시민위원으로 적극 나섰다는 것은 의미심장한 일이다. 국민참여재판에서처럼 검찰의 사실판단과 법적용 및 기소여부 결정에, 살아있는 법감정과 법의식을 지닌 일반시민들이 참여함으로써, 그 동안 검찰의 정의감정과 일반의 법의식 사이에 가로 놓여 있던 현격한 격차를 줄여 줄 것으로 기대되기 때문이다. 이 같은 시민적 견제와 보완을 통해 결국 검찰권 행사의 공정성을 더욱 높이는 계기가 될 것이고, 또한 검찰권력이 국민의 검찰로 거듭나는 결과를 낳을 것으로 기대된다.

앞으로 검찰시민위원회의 활동을 통해 고위공직자의 뇌물, 권력형 비리, 혹은 지역사회의 이목이 집중되는 사건에 국민들의 의사가 직접 반영된다면, 수사결과의 공정성을 놓고 종종 벌어졌던 불편한 진실논란은 점차 자취를 감출 것으로 예견된다.

물론 어떤 제도라도 처음부터 완벽할 수는 없다. 약간의 시행착오와 부작용은 피할 수 없는 대목이다. 따라서 검찰권에 대한 국민의 민주적 통제장치로 이 제도가 정착하려면, 깨어 있는 시민들의 적극적인 참여와 노력, 더 나아가 국민적인 관심과 애정도 필요하다. 그러나 이 제도의 성공을 위해 무엇보다 중요한 것은 검찰의 의지와 서비스정신이다. 시민위원들이 사건을 정확하게 판단할 수 있도록 수사결과를 있는 그대로 설명해주는 일,

국민참여재판에서 배심원들이 갖는 높은 확실성의 심증과 기소단계에서 그보다 낮은 개연성의 심증 사이의 차등성을 조심스럽게 교시하는 일들은 검찰이 우선적으로 섬겨야 할 몫이다.

　여기에서 특히 유념할 점은 수사단계에서 이미 가열된 정치적 논란과 언론보도의 선정성에 휩싸이지 않고 사건의 실체에 편견 없이 접근할 수 있는 방도를 어떻게 확립하느냐이다. 그러려면 검찰 스스로 정치적 중립성과 공정성, 불편부당성의 자세를 일관되게 견지해야 할 것이다. 정치인들의 당파적 발언과 언론의 추측성 보도 등이 소박한 시민위원들의 판단을 혼란시킬 염려가 현실적으로 크기 때문이다. 아무쪼록 검찰시민위원회가 공정한 검찰권 행사의 미래를 담보하는 장치로 발전하기를 기원한다.

— 동아일보 2010. 10. 1.

이적행위에 관용 베풀 수는 없다

한상렬 목사가 불법으로 북한에 넘어가 꼭두각시놀음을 한 작태는 자기 정체성을 잃어버린 삼손의 비극을 보는 듯하다. 그가 상임고문으로 있는 한국진보연대의 한충목 공동대표도 북한 통일전선부 소속 공작원에 포섭된 후 북한 지령에 따라 이적(利敵)행위를 일삼은 혐의로 17일 구속기소됐다.

이 단체는 수년간 반미투쟁에 앞장서서 맥아더 동상철거, 한미동맹 해체와 주한미군 철수, 국가보안법 철폐 등의 구호를 내걸고 대중 선동과 집회를 주도해온 것으로 드러났다. 그들이 인터넷 홈페이지를 통해 북한체제 찬양을 노골적으로 선전·선동해온 것도 어제오늘의 일이 아니다. 이미 역사적 심판이 끝난 좌파 이데올로기를 이처럼 신봉하고 추종하는 종북·친북(從北親北) 세력들은 사상의 자유, 집회와 결사의 자유를 내세워 그것을 보장해 준 자유민주적 기본질서를 넘어뜨리려 한다.

7월 23일 대법원 전원합의체는 '6·15 남북공동선언실천연대'가 이적단체라는 판결을 내렸다. 이 단체는 2005년 사회단체로 등록한 뒤 정부로부터 6000여만원의 활동비를 지원받고서, 2006년 6·10성명에서는 "살인·방화·강간·악마 미군을 몰아내라", 2008년 촛불시위 때는 "청와대로 진격, 사회를 마비시켜야 한다”는 등의 악의적 선동을 감행했다는 것이다. 진보연대와 실천연대 외에 통일연대, 범민련 등 친북 단체들도 대한민국헌법이 우선시하는 정치적 자유를 백분 활용, 자유민주주의 체제를 전복하려는 북한 세력에 연민을 품고 있다.

그들은 해군 46용사의 목숨을 앗아간 북한의 어뢰 공격을 대한민국의 자작극으로 치부하는가 하면 이명박 대통령에게 그 희생에 대한 책임이 있다고 서슴없이 떠들어댄다. 북한의 억지쓰기를 그대로 따라하는 셈이다. 이 같이 북한의 나팔수 노릇하는 작태들을 보노라면 웃음보다 비애가 앞선다.

이적단체들의 이적활동과 대담한 헌법질서 파괴행위가 자행될 수 있었던 데는 지난 10여 년간 좌파정부의 친북 성향에 힘입은 바 크다. 문제는 그 사이 헌법적 가치와 헌법의 기본질서를 유린하는 이적행위들을 사법적으로 통제하는 헌법수호 국가기관들의 활동이 크게 위축되거나 약해졌다는 사실이다. 대한민국의 자유민주적 헌법질서 속에 살면서 이를 적대하는 반국가적 행동들을 용인 내지 묵인하는 행태들은 국가가 가장 경계하고 두려워해야 할 근본 악덕과 부패라고 해야 할 것이다.

지금은 입법·사법·행정 등 국가기관들도 관용적 민주주의에서 전투적 민주주의로 발상의 전환을 해야 할 때다. 자유민주주의는 자신을 전복시키려는 세력에 대해서까지도 관용을 베풀어서는 안 된다. 정치적 자유를 빙자해 이적행위를 일삼는 범법자들은 실은 자유의 남용자·파괴자들이며 그들이야말로 진정한 의미에서 공공의 적이다. 국가의 헌법 수호적 기품이 바로 설 때 선량한 국민 대중도 이들 범법자들을 동정하거나 편드는 서글픈 현실에서 돌아설 수 있을 것이다.

물론 과거 독재정권에서 빈발했던 공안정국·공안한파로 회귀해서는 안 된다. 오히려 그것은 건전한 국민의 안보의식과 법감정을 해치는 일이 될 터이기 때문이다. 하지만 대한민국의 정체성을 부인하는 친북·종북 세력의 반국가적 이적행위에 대해서는 날카로운 사법적 통제가 살아나야 한다. 더 나아가 사법부의 최종 판단에 의해 한번 이적단체로 확정된 경우에는 다시 암약적인 활동조차 기도할 수 없도록 강제해산 명령과 그 실효성을 담보하기 위한 법적 제재 조치가 시급히 완비돼야 할 것이다.

평화·통일·민족이란 개념은 결코 환상이 아니다. 현실 부정적인 호전적 적대세력을 용인하고서도 이를 노래한다면 거짓 아니면 무지다.

— 문화일보 2010. 8. 20.

사이버 수사대 강화하자

남의 인격을 모독하거나 비방과 중상으로 얼룩진 글을 인터넷상에 올려 남을 공격하는 행위에 대해 법원도 책임의 범위를 확대하기 시작했다. 가해자와 피해자 사이의 손해배상을 넘어 인터넷사업 운영자에게도 피해자에 대한 배상책임을 물린 것이다.

'불법의 바다' 된 인터넷

지금까지 우리나라는 비방성이나 사행성, 음란·폭력성을 지닌 온라인상의 불법행위에 대해 신중하고 소극적으로 대처하는 경향이 있었다. 그 결과 인터넷 게시판은 '정보의 바다'에서 저질스러운 '불법의 바다'로 일탈한 게 사실이다.

정상적인 사회일지라도 어느 정도의 일탈과 불법은 있기 마련이다. 그것은 인간성의 양면처럼, 사회의 밝은 면에 따라 붙는 그림자 같은 것이다. 사회의 밝은 면이 정상성을 유지할 수 있는 한 그에 수반되는 어둠은 자율적인 조절에 맡기는 것이 상책이다. 그러나 정도를 넘어 묵과할 수 없는 수준에 이르렀을 때에는 통제를 통해 개선하지 않으면 안 된다. 이 개선의 과제 앞에 법과 윤리는 만날 수밖에 없다.

온라인상의 인터넷 문화에 대해서도 같은 말을 할 수 있을 것이다. 정보의 새로운 정원에 돋아난 어느 정도의 일탈은 잘 가꾸어진 정원에도 어김없이 돋아나는 잡초에 비유할 수 있으리라. 그러나 그 잡초가 위세를 떨쳐 정원의 생태계를 교란할 지경에까지 이른다면 정원사가 적극적인 손길로 돌보아야 한다.

오늘날 우리의 인터넷문화는 어느 지경까지 왔는가. 안티사이트는 말할 것도 없고 이익집단의 몇몇 사이트도 무례를 넘어 무법에 이른 듯한 인상을 준다. 자유게시판은 건전한 토론과 의사소통의 장이 아니라 욕설과 인신공격 등 언어폭력으로 뒤범벅이 되고 있다. 더 이상 정보의 바다나 가상의 정원이라 부를 수 없을 정도이다. 마치 쓰레기하치장 같은 무질서가 판치고 있다. "만물보다 거짓되고 심히 부패한 것이 마음"이라는 말처럼 그런 마음에서 뿜어내는 공격성이 여과 없이 표출되는 가상의 공간을 그대로 방치할 수는 없는 노릇이다.

자율조절의 측면에서 PC통신 약관 등에는 인터넷사업운영자가 "제3자를 비방, 중상모략으로 명예를 훼손하는 경우 이용자에게 사전통지 없이 게시물을 삭제할 수 있다"는 규정을 두고 있다. 더 나아가 정보통신윤리위원회 심의규정도 윤리위원회가 불건전 정보에 대한 심의를 거쳐 해당 전기통신사업자에게 이용자에 대한 경고나 해당 정보의 삭제, 6개월 이내의 이용 정지, 이용 해지 및 재계약 제한 등의 시정요구를 할 수 있는 제도를 두었다. 최소한의 윤리만으로 규율할 수 없는 유해한 불법행위에 대해서는 오프라인에서와 마찬가지로 온라인상의 행위일지라도 피해자는 손해배상을 청구할 수 있다.

27일 서울지법의 판결을 계기로 가해 당사자뿐만 아니라 비방하는 글을 제때에 자율적으로 규제하지 않고 방치한 인터넷사업 운영자도 피해자에게 불법행위 손해배상책임을 지게 되었다.

아직 대법원의 최종판결이 남아 있지만 묵과할 수 없는 사이버문
화의 역기능을 감안한다면 앞으로 인터넷 운영자에게도 책임의
폭을 넓게 인정해야 하리라고 본다.

　　최악의 경우에는 오프라인상의 반사회적 행위와 마찬가지로
온라인상의 반사회적 법익침해 행위에 대해서도 최후 수단으로
형사 제재가 고려되어야 할 것이다. 이를 위해서는 이미 가동중
인 경찰·검찰의 사이버범죄수사대의 전문인력을 더욱 확충하고
그 역량을 강화할 필요가 있다고 생각한다.

인간의 공격성은 문화의 산물

　　일찍이 인간의 공격성은 문화의 산물이며, 그 근원을 청소년
에 대한 잘못된 교육에서 찾는 목소리가 있었다. 마르쿠제도 「일
차원적 사회」에서 병든 사회는 그 뿌리가 병들었기 때문이라고
진단했다. 기술의 발달로 인해 공격성과 애정 사이에는 운하가
열렸으며, 우리는 공격성을 스스로 통제할 수 없는 상태에 놓여
있다는 것이다. 각성하여 우리가 오염된 사회에 길들여지지 않게
하는 것, 그 유혹으로부터 면역력을 얻게 하는 것, 그것이 뿌리까
지 병든 사회로부터 우리의 건강성을 회복하는 길이라는 것이다.

　　개인의 무의식 저변에 있는 공격성을 사랑의 힘으로 조절함
으로써 이성적인 인격으로 성숙해 갈 수 있듯이, 사회의 심연 저
변에 깔린 사이버 세계의 공격성도 이웃사랑의 힘으로 순화되도
록 관심을 기울여야 할 때이다.

— 동아일보 2001. 5. 2.

설익은 아동 성범죄 대책

조두순·김길태 사건의 충격이 채 가라앉기 전에 초등학생을 대낮에 학교에서 납치해 성폭행한 김수철 사건이 터졌다. 당국은 이번에도 설익은 뒷북 대책을 쏟아내고 있다. 하지만 이제는 그 실효성을 진솔하게 생각해 볼 때이다.

성폭력사범 관리·치료 강화를

가장 눈에 띄는 것은 '성폭력 출소자에 대한 우범자 관리강화 방안'이다. 경찰은 김길태 사건 당시 성폭력 전과자 1만 2000명을 집중 관리하겠다고 발표했다. 여기에 이번 사건을 계기로 관리대상에서 누락된 장기복역 출소자 모두를 추가하겠다고 밝혔다. 그러나 경찰의 예방적 우범자 관리는 뚜렷한 법적 근거가 없어 법치주의 원칙에 위배될 소지가 있다. 그 방식도 주소 변경을 확인하는 정도에 그쳐 실효성이 의문스럽다.

선진국에서는 형기 종료 후 보호관찰 제도를 통해 사회 내 범죄자 관리감독 전문가인 보호관찰관에게 맡기고 있다. 보호관찰관은 출소 후 대상자를 수시 면담하고 취업 알선, 상담서비스 등을 제공한다. 또 대상자가 재범 징후를 보일 경우 강력한 사전

예방 조치를 취한다.

정부가 아동 성범죄자 관리정책을 추진하는 데 명심해야 할 사항들이 있다. 대다수 성폭력사범은 다시 사회로 돌아온다. 단순 감시만으로 재범을 단절시킬 수는 없다. 모든 성폭력사범의 위험성은 서로 다르다. 이런 점들을 고려한 보다 체계적인 성범죄자 관리 모델을 마련할 필요가 있다.

첫째, 사회로 돌아오는 대다수 성폭력사범의 위험성을 효율적으로 관리할 대안이다. 다행히 전자발찌 제도가 성범죄자 사회 내 관리의 대안으로 시행 중이므로, 지속적 자원 투입을 통해 발전시켜야 한다. 또 현행법상 전자발찌 부착 대상에서 제외된 성폭력 초범 중 반인륜 사범, 성폭력사범으로 돌변할 수 있는 주거침입 강도범 등도 전자발찌를 부착할 수 있도록 법률을 개정해야 한다.

둘째, 교정시설에 수감된 성폭력사범은 전문가 치료를 의무화하고, 출소 후 전자발찌 착용 중에도 지속적으로 치료 프로그램을 시행해야 한다. 성범죄자 치료에서 교도소·치료감호소·보호관찰소의 역할을 명확히 하고, 내실 있는 치료를 위한 전문가 양성과 프로그램 개발·평가에 힘써야 한다.

셋째, 중증 성기호증 환자는 약물 투여를 통한 '화학적 거세'를 신중히 검토할 필요가 있다. 최근 중증 성기호 환자에 대한 약물 투약은 효과가 높고 부작용은 별로 없다고 한다. 다만 1인당 연간 500만 원에 이르는 약값 등 관리비용을 평생 동안 누가 부담할지 문제될 수 있다. 미국 등 선진국에서는 수익자 부담 원칙에 따라 본인이 치료비를 부담한다.

포괄적 정책 마련해야

마지막으로, 재범 위험성이 조기 치료되었거나 경미한 성폭력 사범은 조기 가석방을 하되 사회 안전이 담보되도록 가석방 초기에는 24시간 가택 구금, 중기에는 전자발찌 착용과 외출 허용, 최종 단계에는 전자발찌 해제 후 단순 보호관찰 등의 단계적 처우 모델을 도입하는 것이 필요하다.

아동 성폭력 사건이 재발할 때마다 관계 부처는 국민적 공분을 진정시킬 극약처방을 경쟁적으로 내놓으려고 한다. 그러나 진정 국민을 위해 정부가 할 일은 장기적 관점에서 현행 정책의 성과를 냉철히 분석하고, 새로운 정책의 실현 가능성과 그 기대효과를 국민에게 알리는 것이다. 이번 김수철 사건을 계기로 정부의 균형 있고 포괄적인 정책 점검을 기대한다.

— 한국일보 2010. 6. 16.

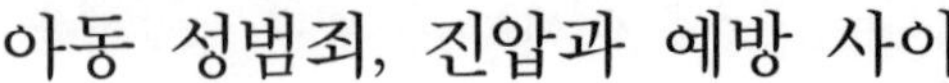

아동 성범죄, 진압과 예방 사이

조두순사건 판결 이후 아동 성범죄의 형량을 높여야 한다는 여론이 비등하다. 만취 상태에서 저항할 힘이 없는 아동을 성폭행했고, 객관적으로는 필설로 옮기기 어려울 정도의 신체적 상해를 피해자에게 입혔던 것이지만, 그로 인해 피해 아동이 입었을 그리고 앞으로 입게 될 마음의 상처까지 보탠다면 합리적 양형 판단이라고 강변할지라도 12년형에 만족할 사람은 별로 없어 보인다. 일반인들이 이해하지 못할 대목은 음주 범행에 대한 책임 감경이란 법원의 양형 관행이다. 이 판결에 대한 네티즌들의 비난이 봇물을 이뤘던 것은 소박한 법감정에 비춰볼 때 충분히 이해가 가는 대목이다.

법과 현실 사이에 괴리가 생기면 법 적용에서 법률가들의 자의적인 해석이나 법적 기교가 생겨날 수밖에 없다. 따라서 입법자는 그 같은 괴리를 최소화하는 데 항상 깨어 있어야 한다. 때에 맞춰 법률을 개정·폐기함으로써 그와 같은 간극을 메워야 한다. 판결과 현실 사이에 간극이 크면 일반인은 법생활에서 방향타를 잃기 십상이다. 무엇이 정의인지 무엇이 불의인지에 관한 이해의 기초가 무너지기 쉽고, 그것이 빈발하면 사람들은 판결에 의지하기보다 자기 소견에 의지하며, 심지어 스스로 법의 집행자가 될 수도 있다. 물론 이 같은 상황은 법치주의의 위기라고 말해야 옳을 것이다.

법률과 판례 모두 그 기반인 현실과의 거리줍히기가 필요하지만 먼저는 법률이다. 법률이 현실에 가깝도록 거리를 줍히는 일은 현명한 입법자의 몫일 수밖에 없다. 마침 정부·여당이 아동 성범죄에 대한 현실과의 거리줍히기에 나섰다. 50여 년 전 형법 제정 당시 유기징역 상한선을 15년으로 하고 가중할 경우 25년까지로 정한 것은 오늘날처럼 극악한 범죄의 빈도가 높은 현실에서는 유용한 진압책이라 볼 수 없다. 게다가 실질적인 사형 폐지국에 진입한 우리의 현실에서 유기징역 상한선의 상향 조정은 불가피해 보인다. 정부·여당은 그래서 유기징역 상한선을 30년으로 하고 가중처벌할 때 50년까지 확장할 수 있게 한다는 것이다.

그 밖에도 주취감경 관행을 법으로써 봉쇄하고 공소시효를 폐지하며 판결 확정 전이라도 범죄자의 신상 공개를 가능케 하고 전담재판부도 신설하기로 했다는 것이다. 또한 수사단계에서 허위진술을 했을 경우에도 '사법방해죄'로 처벌할 수 있고, 피해자의 동의 없이도 기소할 수 있도록 기존 반의사 불벌조항을 삭제한다는 것이다. 최근 들어 아동 성범죄자 연령이 낮아진 현실을 감안하여 절대적 책임 무능력자로 간주하는 형사미성년자 연령을 만 14세에서 만 13세 미만으로 낮추겠다는 것이다.

이 같은 개정 방향은 현행 성폭력특별법상의 조치보다 훨씬 강경한 진압책이라 할 수 있다. 하지만 형사정책에서 강경책은 현명한 방책이라 할 수 없을 뿐만 아니라, 장기적으로 볼 때 오히려 규범 준수의식을 뒤흔들어 질서 안정에 역효과를 가져올 수 있다는 우려의 목소리도 높다. 여론과 피해자 그룹은 소박한 법감정에 의존해 강경책을 호소하는 경향이 있는 반면, 입법자들이 선호하는 강경책은 자주 포퓰리즘의 도구로 이용되는 경향이 있

다. 후자의 경우라면 입법자들 스스로 한 템포 느리게 심사숙고
해 볼 필요가 있다.

　　강경 일변도가 초래할 규범 인플레이션을 피하는 길은 진압
책보다 예방책에 중점을 두는 것이다. 이미 도입된 전자발찌 부
착제도를 넓혀 재범 위험성을 줄이고, 위험원에 대한 사전 예고
를 넓혀 주민의 경계의식을 높여야 한다. 또한 우범지대에 대한
폐쇄회로(CC) TV 설치를 지금보다 더 확대할 필요가 있다. 범인
은 100% 잡힌다는 인식의 공유가 유용한 예방책이기 때문이다.
예방책이 튼튼하면 강경진압책의 수준을 낮추어도 좋다.

— 문화일보 2009. 12. 5.

전자발찌 소급입법, 위헌소지 크다

　　김길태 사건 이후 언론과 시민은 아동 성범죄 예방과 처벌을 위한 특단의 대책을 주문하고 있다. 급기야 여야는 성범죄자들과 미성년자 유괴범에게 부착해 온 전자발찌를 모든 성범죄 전과자들에게 소급하여 적용하는 입법안을 염두에 두고 곧 국회 법사위를 소집할 모양이다. 특별한 이변이 없으면 2008년 10월부터 시행해 온 전자발찌 부착에 관한 법률은 이 법 시행 전의 전과자들에게도 동일한 조치가 적용될 소급(遡及) 입법 형식으로 개정될 가능성이 크다.

　　문제는 이 같은 소급 입법이 법치국가 형법의 헌법적 제약(制約) 원리인 죄형법정원칙에 반하여 위헌의 소지가 크다는 점이다. 죄형법정원칙에서 파생한 소급효금지의 요구는 사후(事後) 입법에 의해 범죄와 처벌을 범인에게 불리하게 소급 적용해서는 안 된다는 내용이다.

　　예나 지금이나 형사(刑事) 입법자(立法者)는 사회적 충격이 큰 사건이 터지면 사후에 소급적으로 죄를 정하거나 더 무거운 제재를 가하는 방법으로 대중의 반향에 영합하려는 경향이 있다. 이런 현상은 정치적 격동기나 혁명적 변혁기에 자주 발생하지만, 일상적인 법 생활 속에서도 특정 범죄군에 대한 시민들, 특히 피

해자단체의 보복 요구, 안전장치 미비에 대한 여론의 질타, 선거
철을 앞둔 시점에서 유권자들의 압력에 못 이겨 입법자들은 이성
적인 법 정책을 버리고 소급 입법에 의한 문제해결의 유혹에 빠
지기 쉽다.

감성적으로 엮어진 소급 입법으로 침해되는 것은 바로 잠재
적으로 범인이 될 수 있는 개인의 자유와 안전 그리고 법적 안정
성과 신뢰성이다. 법치국가의 시민들은 행위시 예상하지 못했던
죄목으로 처벌받거나 더 가중해서 처벌받지 않는다는 신뢰와 예
측가능성을 가질 때 안정된 시민생활을 영위할 수 있다.

전자발찌 부착은 법관의 판결선고를 통해 부착 명령을 내림
으로써 집행에 이르는 것이지만, 그 성격은 전통적인 형벌이 아
니라 보안처분의 일종에 속한다. 죄형법정원칙은 형벌을 대상으
로 삼기 때문에 보안처분에는 형벌불소급이 적용되지 않는다는
주장도 그래서 가능하다. 우리 대법원 판례 중에도 그렇게 판시
한 예가 있고, 독일 형법도 법률에 달리 규정되어 있지 않으면
보안처분에는 소급적용이 가능하다는 입장을 취한다.

하지만 정상적인 법치국가의 법질서에서 소급효금지의 원칙
은 범죄자에게 불리하게 작용하는 한, 형벌과 보안처분 모두에
미친다고 보아야 한다. 형벌과 보안처분은 법익보호와 범인의 사
회복귀를 제재 목적으로 삼는다는 점에서 같고, 그를 통하여 범
인이 당하는 부자유와 고통 또한 유사하다.

단지 형벌은 책임 원칙, 보안처분은 비례성의 원칙에 의해
제한된다는 점이 다를 뿐이다. 이런 관점에서 스위스와 오스트리
아 형법은 보안처분도 죄형법정원칙 내지 소급효금지 원칙 아래
두고 있다. 그렇다면 개인의 인간으로서의 존엄을 최상위 법익으
로 삼는 법치국가 질서는 보안처분을 소급효금지의 예외로 삼아
서는 안 된다. 합리적인 법정책은 물길을 따라 굽이쳐 흐를지언

정, 극약처방이나 홍수와 같은 범람을 꾀하지 않는다. 손쉽게 소급입법으로 나아가면 선진 법치의 후퇴라는 오명을 얻을 수 있다. 전자발찌도 신상공개도 필요하지만, 소급 입법은 안 된다.

— 조선일보 2010. 3. 18.

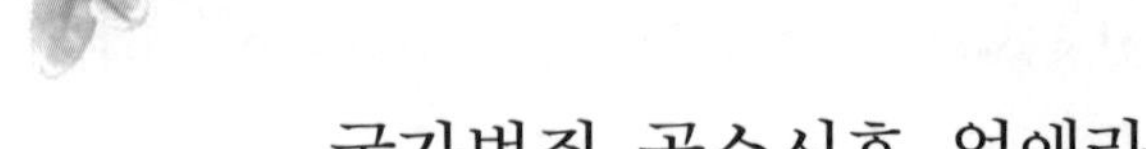

국가범죄 공소시효 없애라

　　고 최종길 교수의 타살의혹과 수지 김 피살사건 및 그 후 이 사건을 둘러싼 국가 권력기관의 조직적 은폐조작의 진상이 점차 모습을 드러내고 있다. 충격과 격분이 교차하면서 이제 우리는 국가권력에 의한 반인권적 범죄들을 어떻게 청산해야 좋을지를 놓고 고심하지 않을 수 없게 되었다. 1987년 홍콩에서 일어난 단순한 살인사건이 이처럼 오랫동안 대공사건으로 은폐 조작된 데는 당시 안기부와 외무부 일부 실세들의 빗나간 정권 안보관과 부도덕성에 그 원인이 있었다. 지난해 언론에 의해 이 사건을 둘러싼 의혹이 제기되고 경찰수사가 진행되었으나 국정원 간부와 경찰청장의 공모로 수사 중단사태에 이르기도 했다. 거대한 국가권력의 비호를 받은 수지 김 사건은 몇 번의 우여곡절을 거쳐 15년이 지나서야 사건의 실체에 다가갈 수 있었다. 김승일 전 국정원 간부와 이무영 전 경찰청장은 이 일로 이미 구속 기소된 상태다.

反인권적 행위 용서 안돼

　　하지만 정작 수지 김 살해사건의 은폐조작을 주도한 것으로 밝혀진 장세동 전 안기부장은 범인도피나 직무유기죄의 공소시효 7년을 훨씬 넘겨 자신의 죗값을 치르지 않아도 좋게 되었다. 간첩 가족의 누명을 쓰고 15년 동안 애달픈 삶을 살아온 유족들로서는 참으로 원통한 일이 아닐 수 없다. 그래서 이들은 장세동 전 안기부장에 대한 처벌을 촉구하는 서명운동에 나서기로 했다고 한다. '세월이 흘러도 용서할 수 없는' 범죄가 있으며, 권력기관이 개입한 이런 종류의 은폐범죄가 바로 그 일례라는 것이다. 민주당 함승희 의원도 이런 유의 반인륜·반사회 범죄에 대한 공소시효배제특별법안을 마련하기 위해 국회의원 서명 작업을 준비 중이라고 한다.

정권은 변해도 과거 권력의 불법은 남는다. 이 과거의 불법을 청산해야 법과 질서를 새롭게 세울 수 있다. 그런 의미에서 우리나라에 묻혀진 과거 권력적 범죄들의 실체를 캐내어 인권과 '바른 법'을 세우는 일은 현재의 우리 삶뿐만 아니라 미래의 공동체 삶을 위해서도 중요한 과제다.

문제는 세월은 빨리 흐르는데 진상규명은 생각대로 빨리 진행될 수 없다는 데 있다. 세월이 지날수록 과거의 불법은 땅속으로 점점 가라앉고, 그 은폐된 땅 위에 공동체적 삶이 무성하게 어우러진다는 점이다. 땅 속에 감춰진 진실을 캐기 위해 땅 위에 세워진 고층건물을 해체하기란 그리 쉬운 일이 아니다. 그래서 법질서는 일찍이 법적 안정성이라는 이념을 내세워 공소시효 제도를 마련했고, 실제 15년이 지나면 사형에 해당할 범죄라도 소추할 수 없게 된다. 속상한 일이지만 정상적인 사회는 공소시효의 기대이익을 수사망을 피해 도주한 범법자들에게 돌려주는 것이 상례이다.

문제는 법 감정을 격분시키는 극도의 권력적 불법에 대해서도 법적 안정성을 빌미로 공소시효의 보호막을 인정해야 하느냐다. 법적 안정성과 정의 사이의 모순이 극심한데도 불구하고 권력적 불법을 통해 체계적으로 인권을 유린한 범법자들의 기대이익과 신뢰를 보호해야 옳은가. 참을 수 없는 부정의의 결과를 어떻게 해야 피할 수 있을 것인가.

獨·佛선 공소시효 적용 안해

일찍이 이런 모순에 직면했던 독일에서는 나치 과거청산의 초기, 망명에서 돌아온 저명한 법철학자 구스타프 라드브루흐의 "실정법의 정의에 대한 위반이 참을 수 없는 정도에 이르렀을 때, 이 부정의한 내용의 법률은 정의에 그 자리를 양보해야 한다"는 공식으로써 돌파구를 열었다. 1990년대 독일 통일 후 구동독의 국가범죄에 대한 과거청산에서도 이 공식은 판례에 의해 활력을 되찾았다. 공소시효 때문에 극단적인 부정의를 가져오는 예외적인 반인권 범죄에 대해서는 비록 공소시효가 만료되었을지라도 법률로써 공소시효를 배제하거나 새로운 정지사유를 부가하는 것이 전적으로 가능하다. 심지어 프랑스 판례는 "시효는 유효하게 소추될 수 없는 사람에게는 진행하지 않는다"는 원칙을 통해 법률의 명문 유무와 관계없이 사실상·해석상의 장애사유까지 정지사유로 널리 인정하고 있다.

왜곡된 진실을 땅에 묻어두고, 억울한 이들의 한숨이 하늘에 사무치는 곳에서 공동체의 행복과 번영을 기대할 수는 없다. 권력에 의한 중대한 인권침해 범죄를 청산하기 위해서라도 억울한 죽음들의 하소연에 귀 기울여야 할 때이다.

— 동아일보 2002. 1. 10.

사법서비스, 발상의 전환을

사법도 서비스라는 구호가 이 땅에서 제창되기는 벌써 10여 년 전쯤으로 거슬러 올라간다. 지난 YS 정부의 세계화추진위원회가 사법 개혁을 세계화의 중점 과제 중 하나로 선정했다. 소위원회에서 법률 서비스 및 법학교육의 세계화를 위한 계획을 수립하여 대통령에게 보고하면서 사법 개혁이 본격 추진되기 시작했다. 당시에 사법시험 제도 폐지, 변호사 2000명 배출, 로스쿨 제도 도입과 같은 굵직한 테마에 논의가 쏠리면서 구체적인 성과를 거두지 못한 채, 1000명 수준의 사시 합격자 배출을 목표로 정하는 선에서 마무리되고 말았다. 약 5년 전 DJ 정부 시절에도 대전 법조 비리 사건의 여파 속에서 사법개혁추진위원회가 1년여 활동 끝에 민주사회를 위한 사법 개혁이란 묵직한 프로젝트를 대통령에게 제출했다. 이 프로젝트는 오늘날에도 사법 개혁을 논의하는 자리라면 눈여겨볼 대목들을 담고 있지만, 그 제안의 대부분은 아직도 미완인 채 남아 있다.

현재의 참여정부에서 사법 개혁 논의가 다시 새로운 전기를 맞고 있다. 우선 사법 개혁 논의의 중심에 대법원이 서 있다는 점에서 큰 변화라고 할 수 있겠다. 과거에도 논의에 논의를 거듭했던 사법시험 제도 개폐와 로스쿨 제도 도입은 물론, 국민 참여적인 사법 개혁 모델들도 심도 있게 논의되는 줄 안다.

　법학교육의 개선책은 어제오늘의 과제가 아니다. 일찍이 개화기의 선각자 설태희는 "슬프다. 백성이 우매에 젖어 타성에 길들여졌고 정치가 압제로 흘러 공리를 잃으니 다스리는 자의 위세는 천신과 같고, 다스림을 받는 자의 열세는 노예 지경에 이르렀다. 이는 백성이 법학에 어두워 천부의 성정을 계발하지 못한 연고라. 그런즉 애국심이 자멸하는 것은 자연스러운 추세니 어찌 반드시 그 원인을 따져보지 않을 수 있으리오"라고 말해, 법학교육의 중요성을 일깨운 바 있었다.

　이 시대 우리가 짚고 넘어가야 할 요점은 법학교육이 단지 전문 법조인 양성의 기술적인 관문으로만 이해되어서는 안 된다는 점이다. 아직 우리 사회의 민주주의와 법치주의의 성숙도는 빈약하다. 법학교육은 법 공동체적 삶에서 이것을 실천할 인물들을 배양하는 것이다. 그러려면 경쟁력 있는 전문 법률가 외에도 사회 요처에 공정한 판단력을 지닌 건전한 상식인을 양성해 보내 주어야 한다. 그런 점에서 보면 서울의 세칭 일류 법대뿐 아니라 지방의 군소 법학교육기관도 그 역할의 중요성에서 차이가 있을 수 없다. 자칫 법학교육 제도 개혁이 지방의 군소 법학교육기관을 초토화하는 부작용을 낳지 않도록 세심한 주의를 기울여 줄 것을 부탁한다.

　또 하나 짚어야 할 점은 국민을 위한 사법 서비스의 질 향상이다. 법원과 검찰의 문은 아직도 충분히 국민 곁으로 다가서지 못한 실정이다. 이런 측면에서 검찰과 법원의 법적 판단에 일반인이 함께 참여할 수 있는 제도를 모색하는 작업은 매우 적절해 보인다.

　문제는 발상의 전환이다. 국민에 대한 사법이 아니라 국민을 위한, 국민의 사법이 되기 위해 이제는 좀더 구체적인 개선안들을 심도 있게 다루어야 할 때가 아닌가 생각한다.

이와 관련하여 현재 논의 중인 법원·검찰청 구치시설 병설 추진 방안에 관해 언급하고 싶다. 지금까지 법원과 검찰청은 업무 관련성과 편의 등의 이유로 병설 추진되어 왔으나 구치시설은 외곽지역에 멀리 떨어져 있었다. 그로 인해 피의자·피고인의 손실은 말할 것도 없고, 이들을 지켜봐야 하는 가족·친지들에게도 불편을 초래했다. 거리와 그에 따른 시간 소요는 자연히 법원·검찰의 원활한 업무 수행에도 지장을 초래했다. 피의자·피고인으로서는 인권이익의 상실이요, 가족들의 입장에서는 국민의 편의를 생각지 않는 권위적인 사법이란 인상을 주기에 충분했다. 제한된 교도관 인력으로 법원·검찰의 업무 수요를 충족시키는 데는 한계가 있게 마련이다.

이를 극복하는 길은 법원·검찰청 주변 가까이에 구치시설을 병설하여 삼자 간의 업무를 원활하게 연계하는 것이다. 법원은 최근 무죄와 집행유예 선고자에 대해 선고 즉시 석방하는 제도를 실시하고 있지만, 구치시설이 원거리에 있는 관계로 이 제도가 실제로는 겉돌 수밖에 없다. 인권적 시각에서 보면 보석과 적부심에서 풀려나는 피구금자에게도 즉시 석방이 실현되어야 마땅하지만, 제한된 인력과 장비로써 원거리를 극복하는 데는 한계가 있다. 집중심리제와 밤샘수사 금지 등 개선책을 마련하려면 원거리부터 개선해야 한다. 구치시설을 포함한 법조타운 건설은 양질의 사법 서비스를 위한 발상의 전환에 해당한다.

— 국민일보 2004. 7. 8.

사법부 과거청산, 기대와 우려

이용훈 대법원장 취임과 함께 사법부도 과거청산작업을 어떤 형식으로든 정리하고 넘어갈 것으로 보인다. 유신독재와 제5공화국 통치기간에 우리나라에는 실정법으로 통용되던 무수한 악법들이 산재했었다. 6·29 선언 후 많은 악법이 정비되긴 했지만, 악법이 통용되던 10여 년 동안 우리나라 사법은 어두운 권력의 폭압에서 박해받던 시민의 자유와 생명, 재산을 보호해주는 최후 보루로서의 막중한 사명을 다했다고 보기 어렵다. 물론 그 같은 암울한 시대상황 속에서 양심으로 저항한 법관들도 있었을 것이다. 많은 법관은 내심으로 권력의 폭력화에 동의하지 않으면서 주어진 사법의 권한범위 안에서 개인의 자유를 위한 고뇌어린 작업에 골몰했으리라 짐작된다. 그리고 더러는 권력의 폭력화에 사법적인 일조를 했던 인사도 있었을 것이다. 이것이 사법부의 어두운 과거사를 엮어온 발자취들이다. 사법부의 과거사 청산은 바로 이 복잡 미묘한 난제들과 대면하지 않을 수 없다는 데서 우리 모두를 긴장시키는 국면이 있다.

물론 과거사 청산작업은 과거의 부끄러웠던 판결들을 한데 모아 재평가하는 방식으로 수행될 수 있을 것이다. 이것 또한 사법부의 발전을 위해 적지 않게 중요한 의미를 갖는다. 과거의 어두운 장을 정리하여 반면교사로 삼는다면 현재와 장래의 사법을 옳은 데로 돌아가게 하는 데 틀림없이 좋은 영향을 끼칠 터이기 때문이다.

더 나아가 나쁜 판결에 임했던 인사들을 재평가하고, 일종의 인적 청산작업을 벌이는 방식으로 과거사 청산작업을 수행할 수도 있을 것이다. 왜곡된 사법의 역사를 바로잡기 위해 전후 법갱신운동을 벌였던 독일과 프랑스의 과거청산작업에서 이 같은 선례를 찾아볼수 있다.

끝으로 당시 왜곡된 사법으로 인해 생명과 자유와 재산 또는 명예를 잃어버렸던 사람들에게 사법을 통해 그 지위를 회복시키는 복원작업의 일환으로 과거사 청산작업을 수행할 수도 있을 것이다. 이 원상회복작업은 앞서 언급한 객관적 청산작업과 인적 청산작업, 어느 하나와 병행하는 방식으로 진행할 수 있다.

이미 암울했던 권위주의시대를 벗어난 지도 20여 년이 지난 지금, 각계에서 일고 있는 과거사 청산 바람 속에 사법부도 결연히 발 벗고 나서기로 한 마당이라면 가급적 객관적 청산작업과 원상회복작업의 병행조치가 온당하지 않을까 생각한다. 그 이유는 사법부 과거청산의 요체가 법질서 속에 감추어진 정의 이념을 회복시키는 데 있다는 점과 정의이념의 회복은 고통당한 피해자들에 대한 원상회복을 통해 확증된다는 점 때문이다.

지금 사법부 과거청산을 놓고 염려하는 목소리도 없지 않다. 법질서의 안정이 훼손되고, 사법부의 독립과 권위가 흔들리게 되지 않을까 하는 점을 염두에 둔 말이다. 반드시 유념해야 할 사항이다. 그러자면 가급적 사법부의 과거청산작업은 사법부 스스로 하되, 시민적 시각에 입각하여 솔직하고 철저하게 했으면 한다.

우리가 지금 때늦은 사법부 과거청산을 벌여야 할 이유가 있다면 "극악한 법률도 그것이 형식적으로 절차에 따라 제정된 이상 구속력을 가진 것으로 승인되어야 한다"는 인상을 바꾸는 일일 것이다. 법률이 현상유지와 안정만 가져다주면 족한 줄 알았던 종래의 관념에서 벗어나 법이 불의에 대항하여 스스로 정의와 인권을 실현시켜야 할 과제를 안고 있음을 새롭게 인식하는 작업이다.

1946년 나치의 박해를 피해 해외망명을 떠났던 독일의 법철학자 라드브루흐는 "법실증주의는 사실상 '법률은 법률이다'라는 확신과 함께 독일 법조계로 하여금 자의적이고 범죄적인 내용의 법률에 저항할 수 없게 만들었다"고 피력했다. 그 이후 독일의 법 갱신운동 기간 동안 안정성보다는 정의, 실정법보다는 상위의 자연법 이념에 대한 신념이 독일 사법계의 정신적 토양의 기초가 되었다. 다시는 '실정법이면 다'라는 기회주의적 사고가 판결의 정신이 되어서는 안 되고, 정의와 구체적 인권이 법률보다 상위의 법이념이라는 확신이 사법부의 새로운 기조를 이루었던 것이다.

물론 지난 1990년대에도 판사들의 사법개혁에 관한 집단적 목소리가 많았다. 정의를 추구하는 법적 함성이었음에 틀림없다. 하지만 그것이 대대적인 청산작업을 거쳐 매듭지어지지 않는 한 사법부의 멍에는 근본적으로 풀릴 수 없고, 정의를 찾는 목소리는 사법부 안팎에서 그치지 않을지도 모른다. 이왕 떨치고 일어서기로 했다면, 사법부의 미래 전망을 새롭게 여는 의미 있는 작업으로 마무리되었으면 한다. 정의로운 사법만이 국민들로부터 신뢰를 얻을 것이며 신뢰 위에서만 사법의 권위가 확립될 수 있겠기 때문이다.

— 국민일보 2005. 10. 3.

왜, 이제야 국민재판론인가

　　이달 들어 이용훈 대법원장은 공석 또는 사석에서 되풀이하여 '국민의 신뢰를 받는 재판', '국민의 이름으로 하는 재판'을 강조했다. 두산그룹비자금 사건 제1심 판결에서 재벌가 가족들에게 전원 집행유예판결이 내려진 것을 두고 '국민의 신뢰를 근본적으로 훼손한 판결'이라고 지적했다. 며칠전 신임법관임명식장에서도 "재판은 국민 대다수가 납득할 수 있는 판단이어야 한다"고 말했다. 이 자리에서 이 대법원장은 "재판은 국민의 이름으로 하는 것이지 판사의 이름으로 하는 게 아니다. … 법관에게 재판권을 수여한 주체가 국민이라는 점을 명심해야 한다"고 강조했다.

　　헌법질서 아래서 사법의 본래 의미에 비추어 보면 당연한 말씀이지만, 우리들에게는 만시지탄이라는 느낌마저 든다. 뿐만 아니라 이 평범한 말이 우리나라 사법부의 어두운 정신적 과거유산을 씻어내고, 헌법질서 속에서 사법부의 제자리를 확인시켜 주는 표석(標石)으로서의 의미를 지닌다고 말할 수 있다.

　　여기에서 필자는 먼저 제5공화국 사법부의 수장들의 철학을 살펴볼 필요를 느낀다.

　　1981. 4. 21. 이영섭 전 대법원장은 유태홍 신임 대법원장에게 자리를 넘기고 퇴임하면서 자신의 대법원장 재직 중은 회환과 오

욕의 나날들뿐이었다고 술회했다. 유신하에서 악법의 적용, 10·
26 이후 계엄하 각본에 의한 졸속한 군사재판 앞에서 사법부의
무기력을 그렇게 암시했는지도 모른다.

유태홍 전 대법원장은 신생한 5공 사법부 수장을 맡은 취임
자리에서 "우리는 국방의식, 국가안보의식을 고취해야 되겠습니
다. 국방은 행정부나 입법의 소관이니 우리 사법부는 오불관언이
라고 해도 좋을 만큼 우리나라는 여유가 있는 상태가 아닙니다.
이른바 만대불역이라고 하는 자연법의 세계라면 모르되, 우리 실
생활에 현실적으로 적용되는 실정법의 세계에 있어서는 법도 국
가 이전의 것이 아니고 국가가 있은 연후의 것입니다"라고 강조
했다. 법실증주의의 추종과 국가안보를 법이념 위에 우선시킨 철
학의 일단을 읽을 수 있는 대목이다.

유태홍 씨의 뒤를 이어 제9대 대법원장에 임용된 김용철 전
대법원장은 1986. 4. 23일자 취임사에서 "법과 질서의 유지만이
국가를 지키는 지름길이라는 사실은 우리 국민이 지난날 정치와
사회의 혼란을 겪으면서 체험한 귀중한 교훈입니다. 따라서 법의
지배의 이념을 실현하기 위하여 법치주의의 원칙에 대한 도전에
대하여는 확고한 국가관을 가지고 대처해 나가야 될 것입니다"라
고 피력했다. 역시 법실증주의와 국가안보 위주의 철학을 담은
소신의 일단으로 보인다.

그 후 김덕주, 윤관, 최종영 대법원장 시대를 거쳤지만, 사법
부의 새로운 철학, 새로운 출발, 법의 갱신운동을 우리는 가슴속
으로 느껴보지 못했다. 표피적인 변신은 보았어도 새로운 변화를
읽을 수는 없었다. 법이 현상유지와 안정만 가져다주면 족한 줄
알았던 종래의 관념에서 벗어나, 국민의 사법으로, 국민의 납득과
신뢰의 눈높이로 낮아진 사법의 서비스를 아직 우리는 충분히 누
리고 있지 못하기 때문이다. 법률은 그것이 인간의 존엄성과 사

회적 이익의 정당한 조정에 충분하고 공평한 보장수단이 될 때 정의의 기준에 알맞은 내용을 획득하는 것이지, 법관의 자의적인 행사의 도구가 아니다.

　이제 시대는 변했고, 정치적 권위주의는 사법부를 표면적으로 간섭할 수 없는 지평에 이르렀다. 사법의 문이 열렸고, 그 문턱도 낮아졌다. 법관의 독립은 그만큼 신장된 것이 사실이다. 하지만 가장 중요한 국민의 사법, 국민을 위한 사법, 국민에 의한 사법의 지평은 아직 열리지 않았다. 권위주의적 의식의 쓴 뿌리가 뽑히지 않았기 때문이다.

　이 같은 역사적 인식의 지평에 서서 볼 때, 최근 이용훈 대법원장의 국민재판론이 사법부의 어두운 장을 장식했던 국가사법의 낡은 철학의 잔재를 씻어버리고 사법의 민주화를 새롭게 여는 계기가 되었으면 하는 바람이다.

— 주간동아 2006. 3. 7.

새로운 법정문화로 가는 길

이용훈 대법원장이 최근 공판중심주의를 강조하기 위해 대법원장답지 않은 말까지 서슴지 않았다. "검찰의 수사기록을 던져버려라" "변호사들의 문서는 거짓말투성이," 문서에 의존하지 말고 법정에서 생생하게 벌어지는 구두변론에 따라 실체적 진실을 찾아야 한다는 메시지를 그렇게 표현한 것이라고 했다. 검찰과 변호사단체가 이에 격양했고, 이 대법원장의 유감 표명으로 사태는 일단락되었다.

그런데 한 가지 궁금한 것은 예사롭지 않은 돌출발언의 진의가 무엇이었을까 하는 점이다. 이목을 끈 발언은 "검사와 변호사는 법원의 보조기관에 불과하다" "이번 파동으로 크게 한건 했다는 느낌이다. 국민이 사법부 위상을 새로 인식하는 계기가 됐을 것"이라는 이 대법원장의 사법질서관과 그 자평이다.

앞으로 우리나라 재판절차가 공판중심으로 가야 한다는 데 대해 이의를 달 법률가는 아무도 없으리라 본다. 종래 재판장이 재판 중심에 서서 절차를 지휘하듯 진행하던 직권주의적 공판절차는 국가 권위주의의 유물이란 생각을 소송법 전문가들은 갖고 있다. 재판은 더 민주적이어야 하고, 공판절차는 이해당사자들의 참여와 대화를 통해 형성돼 나가야 하기 때문이다.

특히 현행 형사소송 절차처럼 직권주의가 가미된 당사자주의 구조하에서 한쪽 당사자인 피고인과 변호인측은 위축되고, 그에 맞선 검사는 국가 권위를 등에 업고 위풍당당한데다 법원의 직권주의적 개입이 대개 열약한 당사자의 눈에는 죄를 엮어 씌우려는 검·판 합동작전쯤으로 오해되기 십상이었다. 공판중심주의로 돌아가자는 외침은 형사사법문화에 깔려 있는 권위주의적 잔재를 씻어내려는 의미 있는 개혁작업으로 보인다.

이러한 개혁은 이론이나 짜릿한 구호에 있지 않고 법정에서 실제로 나타나는 변화에 있다. 공판중심주의가 이런 변화의 상징성을 획득하려면 법원 스스로 권위주의의 겉옷을 벗어 버리고 겸손히 누구를 위한, 또 무엇을 위한 공판중심주의인지를 깊이 성찰하고 낮은 자리로 나아가야 한다. 공판중심주의가 사법부 우월성을 돋보이게 하는 논쟁도구 거리라는 인상을 주어서는 안 된다. 공판절차에 참여하는 주체들 사이에 누가 더 높은가를 고심하는 한 우리 법정문화는 결코 전근대성에서 벗어날 수 없다.

공판중심주의의 본래 취지는 사건의 진실성과 당사자들의 승복률을 높이는 데 있다. 공판정에서 법관은 운동경기의 심판자처럼 당사자들의 열띤 공방을 제3자 입장에서 판단함으로써, 오히려 실체적 진실에 접근하기 쉽다. 또한 그로부터 얻은 결론은 당사자들의 소송행위에 의해 형성된 결과이기 때문에 당사자들이 믿고 쉽게 승복할 수 있는 이점도 갖는다.

그러나 문제의 핵심은 재판절차에 참여하는 주체들 사이에 각각 서 있는 위치는 달라도, 실체를 형성해나가는 당사자들의 역할은 구조적으로 고유한 몫이며, 그래서 정신적으로 원탁에 평등하게 둘러앉아 있다는 의식이 전제돼야 한다. 그런 이유로 서로를 존중하고 인정해주는 겸손함과 열린 마음의 자세도 필요하

다. 누가 법정에서 더 크냐를 생각하는 의식수준으로는 공판중심
주의의 꽃을 피우기 어렵다.

　이젠 누가 뭐래도 사법도 서비스다. 제도가 공판중심주의로
가도, 관행이 권위주의적 구습을 버리지 않는다면 발전은 없다.
성공적 개혁이란 항상 제도와 의식이 함께 변화하는 곳에서만 가
능한 것이다. 공판중심주의가 엉뚱한 논쟁에서 벗어나 오직 민주
적인 사법의 꽃으로만 피어났으면 하고 바라는 마음 간절하다.

— 국민일보 2006. 10. 9.

국민의 사법, 아직 갈 길이 멀다

　　지난 4월 30일 국회를 통과한 많은 법률안 중 국민의 사법을 위한 사법개혁법안들이 주목거리로 떠올랐다. 국민의 형사재판참여에 관한 법률 및 형사소송법 개정안이 그것이다.

　　이른바 배심재판제도의 도입이라고 할 국민의 형사재판 참여 법률안은 배심원이 형사재판에 참여하여 사실인정과 양형에 관한 의견을 직업법관에게 개진할 수 있고, 직업법관은 판결선고시 피고인에게 배심원의 평결결과를 고지하고, 만약 배심원들의 평결과 다른 판결을 선고할 때에는 판결서에 그 이유를 기재하도록 하는 사항을 골자로 한다.

　　이러한 국민참여적 재판제도의 정신은 일찍이 영국의 대헌장(Magna Charta)에서 비롯된 것이다. 그 후 서구의 선진국들은 누구나 자신과 동류의 시민들로부터 재판을 받는 것이 민주적 사법의 정신이라는 생각 아래 배심제 또는 참심제를 통한 국민참여적 형사재판제도의 전통을 지켜 왔다. 물론 내년부터 실시될 우리나라의 배심재판은 피고인의 선택사항이라는 점, 배심원의 평결이 단지 권고적 효력만 갖는 제도라는 점, 이 제도를 우선 시범적으로 실시해 보고 향후 대법원 산하 국민사법참여위원회에서 시행 경과를 분석한 후 우리 실정에 적합한 국민사법참여제도를 확정할 것이라는 점에서 잠정적이라는 특성을 띤다. 역사적 배경이 없는 우리의 현실에서 이 제도가 향후 어떤 운명에 처해질지는 아무도 예측하기 어렵다.

그럼에도 불구하고 이 제도의 도입으로 피고인과 변호인의 좌석을 나란히 설치하고 검사와 마주보게 한 점, 피고인 신문을 할 때에도 피고인을 배심원단 앞에 위치한 증인석에 앉도록 한 점 등은 종전의 권위주의적 재판정 분위기를 일신하는 효과가 있을 것으로 기대된다. 이것이 향후 통상적인 절차에 의한 재판에도 영향을 미칠 것으로 본다면, 사법의 민주화, 자유주의적 인권신장 등에 큰 기폭제가 되리라고 예상한다.

그 밖에도 형사소송법 개정으로 공판중심주의적 법정 심리절차 확립, 인신구속제도의 개선, 변호인의 참여로 인한 수사절차에서 피고인의 방어권 및 당사자적 지위 강화, 검사작성 피의자신문조서 등에 의존하다시피 했던 이른바 조서재판 관행을 발전된 증거법에 의한 입증체제로 전환한 것 등은 형사사법의 개혁과 선진화의 이념에 합치하는 조치들이다. 더 나아가 재정신청의 전면 확대와 피의자신문, 참고인 조사시에 영상녹화조사가 가능하도록 이를 제도화한 것도 사법의 민주화와 투명성을 제고하는 데 크게 기여할 것으로 보인다.

이미 작년에 국회를 통과한 피해자 보호 및 국선변호제도 확대, 법조윤리 강화방안, 양형기준제도 도입 등을 종합해 보면, 우리나라의 형사사법에서 고질적인 병폐로 남아 있던 권위주의적 수사 및 재판관행의 구각을 벗어버릴 기본적인 토양은 조성되었다고 할 수 있다. 그러나 아무리 공판중심주의를 천명하고, 증거재판주의를 명기하고, 구두변론주의를 선언하고, 배심제 도입을 과시한다 하더라도, 이러한 제도도입으로 사법의 민주화, 인권존중화, 합리화, 자유화의 지평이 열리는 것은 아니다. 법률의 제정·개정은 하나의 가능태로 남아 있을 뿐이다. 이를 현실태로 바꾸는 일은 온 국민적 작업과 모든 사법관련기관의 공동노력이 없이는 불가능하다.

법률은 결코 다듬어진 건축재가 아니다. 아직은 능란한 석공의 다듬는 솜씨로 빚어져야 할 채석에 불과한 것이다. 법률의 적용과 제도의 실현에서 불거져 나올 시행착오들을 최소화하고, 구체적·현실적으로 타당한 정의로운 질서로 자리매김할 수 있는가는 전적으로 새로운 제도 앞에 선 우리들의 손과 의지에 달려 있다 해도 과언이 아니다. 그런 의미에서 국민의 사법 이념은 아직 절반의 성공에도 못 미친 어느 시점에 이른 데 불과하다.

— 문화일보 2007. 5. 2.

담 밖의 겨울과 담 안의 봄

가혹한 제재에 터 잡은 형벌집행이 여론의 더 광범위한 지지를 얻는 경향이 있다. 그래서 교도행정은 범죄억지력을 가질 수 있을 만큼 엄중해야 한다는 명제에서 벗어나기 힘들어 보인다. 교도소 제도가 감옥의 시대를 지나 형무소 시대를 극복한 교정이념에서 비롯된 말이지만 우리는 아직도 교도소와 감옥의 차이를 실현하지 못한 발전단계에 머물러 있다.

보통사람들이 교도소를 감옥으로, 교도소의 방실을 감방으로, 교도관을 간수로, 재소자를 죄수 정도로 이해하는 우리의 의식수준은 우리 교정문화의 근대화가 아직도 꽃을 피우지 못하고 있는 게 아닐까하는 생각을 갖게 한다. 이것은 유독 우리나라에서만 나타나는 현상은 아니다. 서구사회에서도 교도소가 확실히 사회로부터 멀리 떨어진 외딴 섬이며, 재소자들이나 출소자들이 사회의 이방인으로 살아갈 수밖에 없다는 점은 별 다툼이 없어 보인다. 모든 형벌의 5%만 자유형(징역 또는 금고)이 부과될 정도로 자유형이 널리 위축된 독일에서도 더 많은 교도소를 지어야 한다는 목소리가 점점 높아질 정도로 재범과 누범의 비율이 높아가고 있다.

갖가지 형사제재수단을 투입했음에도 불구하고 범죄율은 점점 높아가는 현상을 직시할 때, 형벌은 범죄투쟁에 가장 적합한 수단인가라는 의문이 제기될 수도 있다. 범죄는 사회 있는 곳이면 일정한 정도로 항시 존재하기 마련이다. 마치 그림자처럼 사람을 따라다니는 것이 범죄이다. 그것은 어느 시대, 어느 사회에서나 마찬가지이다. 그러나 국가권력이나 사회질서가 존재하는 한 범죄를 형법적으로 통제하지 않고 지나쳐 지나갈 수는 없는 노릇이다. 형사제재제도는 최소한 무정부상태를 막고 질서안정을 도모하는 데 필요불가결한 것이기 때문이다. 문제는 엄한 형벌을 통해 현존하는 범죄율을 본질적으로 감소시킬 수 있다는 소박한 믿음이다. 만약 엄한 형벌과 형벌집행만으로 범죄가 감소된다고 한다면, 인간의 현실을 보지 않고 형벌에 너무 많은 짐을 안겨준 셈이다.

더욱이 자유박탈적인 형벌은 범죄투쟁수단 중 오늘날 가장 문제점이 많은 수단 중 하나이다. 자유형도 형벌제도의 발전도상에서 보면 커다란 진보 중 하나임에 틀림없다. 그것이 그 이전의 잔혹한 신체형이나 생명형을 대체했기 때문이다.

하지만 어느 누구를 사회로부터 격리시킨 채 사회화가 되도록 학습하게 하는 것은 모순처럼 보인다. 뿐만 아니라 일정한 수감생활 중 재소자들은 대부분 가족 또는 직업생활과의 연결고리를 잃고, 고립무원의 처지에서 형기를 마친 뒤 사회로 돌아온다는 사실이다. 아무도 그를 반겨 줄 이 없는 곳으로 그는 나그네처럼 돌아간다. 출소자들의 눈물은 중형의 선고를 받고 쇠창살 안에 갇힐 때가 아니라, 형기를 마치고 돌아 온 사회 속에서 냉대를 체험하게 될 때이다. 이 같은 단절과 고립, 사회적 냉대를 극복하면서 인간존엄성이 유지될 만한 형벌집행으로 나아가려면 지금보다 엄청나게 더 많은 비용이 들어야 한다. 과밀수용을 해소하기 위한 시설확충, 인간관계의 소원을 해소하기 위한 인력확

충, 수형자와 가족, 수형자와 피해자의 인간관계회복을 위한 치유
와 상담과 원조제공 등 그 코스트가 너무 비싸게 먹힌다는 점은
두말 할 것도 없다.

　일찍이 재사회화형법을 실천했던 서구 여러 나라가 이 막대
한 비용과 범죄율감소와의 팽팽한 세력대결에 지쳐서, 응보적 정
의관으로 복귀를 시도했던 것을 보면, 교도행정에서 국가의 인내
가 어디까지여야 하느냐를 짐작할 수 있을 것이다. 그런 사정들
을 감안한다면 범죄에 대한 예방이 범죄에 대한 형벌보다 훨씬
비용이 덜 들고 더 인간적이라는 생각을 떨쳐 버릴 수 없다.

　그럼에도 불구하고 현실적으로 국가형벌권이 존재하는 한 자
유형의 집행과 교도소제도는 어느 사회에서나 존속할 수밖에 없
다. 일정한 군사력의 유지가 비용 때문에 포기할 수 없는 것과
같은 논리이다. 문제는 자유형이라는 이름이 자유박탈적·자유적
대적 이미지가 아니라 자유회복적·자유우호적 조치로 이해되어
야 한다는 점이다. 비록 교도소 담 밖은 아직 북풍이나 한파가
휩싸고 있어도 교도소 담 안에는 인간성과 사랑의 정신에 용해된
온기가 지배해야 한다는 점을 강조하고 싶다.

　결국은 사람과 정신의 문제이다. 열악한 환경 속에서 격무에
시달리는 교정인들에게는 가혹한 이야기처럼 들릴지 모르나, 교
도소가 돌아온 탕자를 맞이하는 복된 장소가 되려면 교정인들 모
두가 정도의 차이는 있을지라도 휴머니스트정신에서 살고, 또 그
렇게 일해야 하리라고 본다.

　높고 두꺼운 담벽을 통한 사회와의 절연, 획일적인 처우로
인한 재소자들의 개성상실의 위험, 독거구금에 의한 형벌집행의
경우 극심한 고립화현상, 혼거구금의 경우 재소자 사이의 범죄조
장적 악영향, 무기사형수와 사형수들의 죽음같이 무겁게 느껴질
절망상황, 자유박탈의 장기화로 인한 자유의 학습기회 빈약 등은

재사회화를 지향하는 교도현장의 비사회성을 적나라하게 보여주는 것들이다.

그러므로 교정인들은 전통적인 인습의 틀에서 벗어나 재소자들을 올바른 길로 이끌기 위해 정신적·심리적 성숙, 불법통찰력의 강화, 사회적 책임의식의 조장, 재소자 자신의 모든 내적 잠재력의 계발에 역점을 두어야 할 것이다. 중요한 요체는 자유박탈적 조건하에서도 인간의 존엄성과 가치를 배려하는 교정노력이다. 일부러 재소자들에게 고난의 물과 공포의 떡을 먹고 마시게 할 필요는 없다. 최소한의 보안에 최대한의 자유가 확립되도록 하기 위해 높은 담과 쇠창살로 엮어진 방실이 준비되어 있는 것이다.

국가의 형벌권은 범죄자들의 사실상의 완력이나 정신적인 무시를 압도할 만큼 강력해야 한다. 하지만 재소자들의 자기 갱신이라는 아름다운 열매는 외부로부터의 강제나 인간적인 적대감 속에서 얻을 수 없다. 단지 호소와 설득을 통한 의사소통과 인격적 교류를 통해 가능하다. 국가의 형벌권에 의한 강제의 힘이 범죄자들의 적나라한 폭력보다 도덕적으로 우월한 점은 국가가 폭력을 폭력으로 해결하려 하지 않고 폭력을 사랑과 인격적 승인으로 극복한다는 점에 있다. 처벌에서도 인간을 인간으로 바라보는 연민과 인간의 얼굴을 띤 친밀성이 인간을 변화시키고 거듭나게 하는 힘의 원천이라는 사실을 유념했으면 한다.

― 교정 2004. 7.

보호관찰의 오늘과 내일

후기 현대사회를 살아가는 오늘의 우리들에게 법률의 임무는 단지 법치국가적 임무에만 국한되지 않는다. 19세기적인 법치국가이념은 사회정의실현을 위한 국법질서의 과제에 앞자리를 넘겨주고 뒤로 물러나 앉은 지 오래 되었다. 많은 법률가들은 19세기부터 전래된 침해행정 이외에 사회국가적인 급부행정이 오늘날 지배적인 형태가 되었음을 알고 있다.

형법의 실현에서도 마찬가지이다. 죄형법정주의는 전통적인 자유보장적 기능 외에도 오늘날 일반시민들에게 정당한 행위지침을 제공해 주는 목적을 갖고 있다. 형사정책적 관심사도 마찬가지로 의미의 변화를 겪었다. 일찍이 리스트(v. Liszt)가 이분법적으로 생각했던 "형사정책은 사회정책의 최후수단"이요, "형법은 형사정책의 최후수단"이라는 명제는 변증론적인 합일이 가능하고 또한 필요하다는 인식으로 변모하였다.

인권과 자유를 위한 법적 구속성과 사회안정을 위한 형사정책적 합목적성이 상호모순되는 것이 아니라 오히려 하나의 합일태로 지양되어야 한다는 인식은 마치 법치국가와 사회국가가 실제로 양립할 수 없는 대립개념이 아니라 변증론적 통일체로 파악되어야 할 이념인 것과 같다. 사회안정 없는 국법질서는 결코 실질적 법치국가이념에 도달할 수 없으며, 따뜻한 생존배려국가도 자유보장적 전통을 무시하고서는 사회국가적 정체성을 확립할 수가 없기 때문이다.

이 점은 형사제재제도와 행형제도의 개혁에서 분명히 나타났다. 재사회화이념은 결코 부정기형의 도입이나 자유형 대체수단의 과감한 도입만을 의미하는 것이 아니다. 그 핵심은 수형자의 법적 지위를 강화시키고 수형자를 사회구성의 포기할 수 없는 일원으로 포용하는 데 있다. 그렇기 때문에 수형자들은 단지 특별권력관계에 예속된 법적 객체가 아니라, 법치국가적으로 확보된 자유 속에서 합법적 사회생활을 영위할 수 있도록 스스로 노력하는 법적 인격주체로 간주된다.

재사회화가능성을 높이기 위해, 오늘날 형사사법체계는 전통적인 형벌과 보안처분 위주에서 보호관찰제도를 널리 확장하는 추세로 나아가고 있다. 물론 이론적으로 전통적인 행형제도 속에도 재사회화이념은 응보이념을 압도하고 있지만, 시설 내에서의 자유박탈과 자유유보 속에서 자유와 자기책임을 체득시키는 것은 현실적으로 모순이다. 모순 속에서 재사회화프로그램을 추진하는 것은 그만큼 많은 비용과 양질의 교정인력을 필요로 한다. 우선 성과가 미미하거나 보이지 않기 때문에 교정인력의 피로감이 누적되어, 수형자의 자유보다는 소내의 안전에 치중하는 소극적인 행형정책에 치우치기 쉽다. 이것은 반사적으로 수형자의 절망감을 누적시켜 자기갱신의 의지를 꺾어 놓는 꼴이 된다. 이것이야말로 고비용·저효율의 행형체제의 전형이라 할 수 있다.

주지하는 바대로 보호관찰은 자유박탈로 인한 수형자의 탈사회화촉진의 병폐를 극복하고, 재사회화이념을 효율적으로 실천에 옮기고자 도입된 새로운 형사정책수단이다. 우리나라는 1988년 소년법개정과 보호관찰법제정으로 1989년 이 제도를 본격 도입한 이래, 획기적인 발전을 이루어 왔다. 도입 당시 소년범 8천여 명을 대상으로 하던 것이, 1997년 형법개정으로 성인범에게까지 보호관찰이 확대되면서 2000년까지 그 대상자수가 연평균 110% 정도 상승하였기 때문이다. 이 제도가 도입·시행된 지 15년이 지난 현재 보호관찰대상자는 연간 약 14만 명으로까지 늘어났다.

조직과 업무환경 측면에서도 개청당시 18개 기관, 140명의 요원으로 출범했던 것이 최근에는 30개 기관, 500여 명의 직원으로 확충되었고, 청사신축, 업무차량 증편, 출장비 증액, 일용직 고용예산확보 등 업무환경도 꾸준히 개선되어 왔다. 하지만 10년 전인 1993년 직원 1인당 관찰인원 159명이던 것이, 1997년 성인범 확대 후인 1998년 최고 405.6명까지 올라갔었으나 그 후 점차 완화추세로 돌아섰다. 2002년 현재로 310명 수준인데, 이 같은 높은 부담을 지우고서 재사회화이념에 합당한 보호관찰을 실효성 있게 수행하기는 힘든 일이다.

우리나라의 경우 교도소 재소자 대비 보호관찰대상자 수의 비율은 선진국 평균 228%보다 높은 240%에 해당하지만, 교정직원에 대한 보호관찰직원비율은 선진국 평균 20.19%의 1/5 수준인 4.56%에 불과하다. 보호관찰이 활성화되면서 교도소 재소자 수는 점차 감소추세로 돌아선 반면 보호관찰대상자 수는 일정한 수준의 증가추세를 유지하고 있는 점에 비추어 볼 때, 법무부의 교정행정과 보호행정, 특히 보호관찰행정에 관한 역점이 이 변화된 현실을 따라가지 못하고 교도소 위주의 법무행정에 머물고 있는 것으로 사료된다.

법무부가 교정행정과 보호행정의 틀을 거시적인 안목에서 새롭게 짜기 위해 교정·보호청을 외청으로 신설하는 문제를 심도 있게 검토 중인 것으로 알고 있다. 이것은 한국형사사법제도와 형사정책의 발전을 위한 획기적인 기회가 될 수 있다. 그것이 좋은 기회가 되게 하려면 우리의 변화된 현실을 고려함과 동시에 선진국의 새로운 형사정책의 방향을 심도 있게 연구 검토하여 그 방향과 기초를 잘 놓아야 한다. 그 방향타와 기초석이 잘못 놓이면, 하지 아니함만 못할 것이기 때문이다.

적어도 우리나라의 형집행시스템을 교정과 보호관찰 두 축으로 하고, 그 사이에 현재의 보호감호와 소년교도소 시스템을 위치시키는 새로운 자리매김이 필요하다. 그러기 위해서는 법무부의 정책입안자들이 세계의 위대한 형사정책가들이 이미 개척해 놓은 철학과 식견들을 검토하고 수용하는 열린 자세가 또한 필요하다. 패러다임의 변화라고까지 말할 수는 없지만 새로운 관점의 변화가 필요한 시점이라고 생각한다. 바로 지금이 새로운 선진 형사정책으로 나아가는 기회가 되기를 바라는 마음 간절하다.

이러한 법무행정의 새로운 관점변화 못지않게 중요한 것은 보호관찰 종사자들의 역할과 자세이다. 지금까지 열악한 업무여건 속에서도 꾸준히 일해 왔던 이들의 수고를 아무도 과소평가하지는 않을 것이다. 하지만 양질의 전문가적 역량을 함양함과 동시에 보호관찰관 각자가 때로는 개별상담자(case worker)로서, 때로는 독지가(social worker)적 자세로 보호관찰처분을 받은 이들의 재사회화를 돕는 일에 대한 지칠 줄 모르는 열정과 소명의식이 필요하다.

나는 Heidegger의 「존재와 시간」에서 배려에 대한 그의 분석을 읽으면서 교정과 보호관찰 업무의 성격을 떠올린 기억을 갖고 있다. 그는 타인을 위한 본래적인 염려의 적극적 형태를 존재가 결핍되고 존재와 상관없는 형태와 구분한 뒤, 전자의 형태를 다시 '타인을 대신하여 문제를 해결하여 그를 지배하는' 배려와 '타인보다 앞서 뛰어가 그를 자유롭게 만드는' 배려로 구분한다. 인간실존의 벗어 버릴 수 없는 염려의 굴레에서 우리가 아무런 형

태도 없는 군중의 염려(Sorge)가 아니라 타인을 위한 자아의 적극
적 배려(Fürsorge)로 나가는 일은 일상적인 삶의 굴레를 헤치고 자
기실존의 존재로 나아가는 자기희생과 사랑, 그리고 봉사의 삶이
기도 하다.

교정활동가나 보호관찰종사자 모두 이와 같은 적극적 배려의
삶에 헌신된 일꾼임에 틀림없다. 그러나 보호관찰종사자들은 타
인을 대신하여 문제를 해결하고 지배하는 배려자가 아니라 타인
보다 앞서 뛰어가 그를 자유롭게 만드는 배려자의 자리에 나아가
야 한다. 그 타인이 자신의 염려를 명확히 통찰하고 자기 스스로
그 염려를 극복할 수 있도록 돕는 배려자의 자리에 있어야 한다.
이것이야말로 그 타인을 일상적으로 마주치는 의례적인 타인이
아니라 존엄한 인격주체, 다시 말해서 진정한 의미의 '너'로서 서
로 마주하고, 서로 함께 어깨동무하고 걸어가는 삶을 의미한다.

하늘은 스스로 돕는 자를 돕는다. 보호관찰 종사자들은 보호
관찰처분을 받는 이들이 스스로 돕는 자리에까지 자라가도록 돕
는 직분자들이다. 그렇게 하여 보호관찰종사자와 보호관찰대상자
모두 하늘의 도움을 누릴 수 있는 거룩한 인격에까지 성숙해가는
작업이다. 처벌을 하든 교육을 하든 우리는 직무의 영역에서 만
나는 고통받는 이들을 구체적인 인간으로 대할 일이지, 피상적인
아무개로 대해서는 안 된다. 왜냐하면 그도 잃어버린 행복을 다
시 꿈꾸고 그 행복을 찾아 발걸음을 내디딜 수 있는 존엄하고 고
상한 인격의 소유자이기 때문이다.

— 법무부 부내회보 2004. 봄호

사면법령, 반성의 차원에서 손질해야

새해 벽두부터 정부는 경제인 21명, 공직자·정치인 등 30명, 사형수 6명, 공안사범 18명 등 총 75명에게 은전이 주어지는 특별사면·감형·복권을 단행했다. 명단에는 한때 경제계나 재계, 정계를 주름잡던 인사가 다수 포함돼 있다. 그 중에는 현 정부의 실세로 범법을 저질렀던 인물도 물론 들어 있다. 정권 교체기를 앞두고 단행된 특별사면·복권이야말로 이 제도가 얼마나 권력의 정치적 계산에 의해 좌우되는지를 극명하게 보여준 또 하나의 실례라고 하겠다.

대통령의 사면권이 이처럼 고도의 정치성을 띠게 되면, 법치주의의 근본이 흔들릴 수 있음은 건전한 법감정을 지닌 사람이라면 누구나 쉽게 느낄 수 있다. 그래서 이미 2006년 8월까지 국회 법사위에 상정됐던 사면법 개정안은 여·야 다수 국회의원을 포함해 무려 6개의 발의안에 이르렀던 것이다.

사면법은 50여 년 만인 지난해 12월 개정돼 오는 3월 22일부터 시행될 예정이다. 개정의 주요 골자는 법무부장관이 대통령에게 특별사면, 특정한 자에 대한 감형 및 복권을 상신토록 하되, 법무부장관을 위원장으로 하는 모두 9인의 사면심사위원회 심사를 거치도록 했다. 이 심사위원회의 심사과정과 심사내용의 공개

시기 및 범위·방법은 대통령령으로 정하게 돼 있어, 최근 법무부는 이에 관한 시행령을 입법예고 중이다.

심사의 공개 범위는 심사위원회에서 심사한 사안과 관련된 의결서, 회의록 등이다. 의결서는 심사 결과에 따라 각 위원들이 대상자별로 적정 또는 부적정이라는 의견을 기재한 것을 말한다. 회의록에는 회의 개요, 심사 대상, 위원회의 심사 의견 기타 주요 논의사항을 기재토록 하고, 심의 과정에서 특별사면 등의 상신이 적정한지에 관해 각 위원의 의견이 불일치할 경우 개별 위원의 의견도 기재토록 했다. 그리고 이 의결서는 해당 특별사면 등이 있은 후 즉시 공개토록 하되, 회의록은 10년이 경과한 뒤 공개토록 했다.

이미 사면권의 남용에 대한 우려의 목소리는 간단없이 제기돼 왔던 터라 새삼 지적할 필요는 없어 보인다. 하지만 사면법을 바로 손질하자면 역대 정권에서 되풀이되어 온 대통령의 사면권 남용에 대한 깊은 성찰이 선행돼야 할 것이다.

사면·감형·복권제도 자체가 나쁜 것은 아니다. 가차 없는 형벌권 실현만이 능사가 아니다. 형법의 주된 임무가 평화로운 공동체 질서유지에 있는 만큼, 사회환경이나 법의식의 변화에 맞춰 이미 실현된 형벌권을 신축성 있게 활용하는 것이 법이념의 실현에 적합할 수 있고, 법질서 내부의 긴장을 완화시킬 수 있기 때문이다. 형법의 세계에도 사랑의 이념과 희망의 가치가 통할 수 있는 여지를 마련해 주어야 한다.

문제는 정치적 계산이나 값싼 연민 때문에 대통령이 사면제도를 오·남용할 때, 오히려 정의에 관한 일반인의 법감정을 훼손하고 법적 안정성을 해칠 수 있다는 점이다. 정의로운 법질서가 우선돼야 하고, 희망과 사랑의 이념은 냉혹한 정의의 요구를 달래주는 완충적 기능에 머물러야 한다.

　이런 관점에서 보면, 이미 개정된 사면법의 틀 자체에 불만
족스러운 점이 많다. 형법의 실현에서 정의와 은혜의 이념을 조
화롭게 구현하기 위해서는 사면·복권·감형의 결정에 법원이 현
재보다 더 영향력 있게 개입할 필요가 있다는 점이 그 일례이다.
　현재 입법예고중인 사면법시행령과 시행규칙에 이 같은 법원
의 견제·균형이 더 강화될 수 있도록 위원회의 구성 비율을 바
꿔보는 방안도 고려해 볼 만하다. 무엇보다 위원회의 활동에 대
한 입법부와 국민의 감시가 그 때마다 가능하도록 회의록 공개시
기를 사면 등의 조치 후 즉시 이루어지도록 해야 할 것이다. 끝
으로 회의록 내용도 책임의 소재가 더 분명해질 수 있도록 구체
적으로 세분하여 작성토록 할 필요가 있다. 사면이 다시는 법치
주의의 훼방꾼이 되는 일은 없어야 한다.

— 문화일보 2008. 1. 30.

로스쿨 연착륙 위한 정부·국회 과제

우리나라 초유의 법학전문대학원 출범이 3월 초로 다가왔다. 우리는 이 제도가 앞으로 기존 법조인력 수급체계에 큰 변화를 가져오리라 예상하고 있다. 더 나아가 우리나라 법률문화와 법의식의 흐름에도 적지 않은 영향을 미칠 것으로 예상된다.

미국식 로스쿨 제도 도입 논의는 이미 한국법학계의 30년 넘는 역사를 가지고 있다. 그 밑바탕에는 기존의 법조인력 공급체계가 잘못된 권위주의를 공고히하는 데 기여했고, 공급자 위주의 사법체계에 안주하게 만든다는 인식이 깔려 있었다. 사법의 민주화를 위해서는 이 같은 법조인력 공급과 양성 체계를 근본적으로 바꿀 필요가 있고, 그 대안으로 미국식 로스쿨 제도가 떠오르곤 했던 것이다.

지난 김영삼 정부 시절 세계화 논의 속에서 법조인력도 시험을 통한 선발보다 교육을 통한 양성에 초점을 맞춰, 로스쿨 제도 도입에 박차를 가하려 했으나 법조계·법학계의 공감을 얻지 못해 좌절하고 말았다. 그 후 김대중 정부 시절 다시 사법 개혁 논의 속에서 깊이 있게 검토되었지만 역시 그 공감대를 형성하는 데는 실패했다. 노무현 정부에 들어 사법 개혁이 다시 주요 개혁 과제 중 하나가 되었다. 이번에는 개혁의 과녁에서 벗어나고자 했던 대법원이 종전의 완강한 거부 태도에서 급선회하면서 로스쿨 제도의 실현을 보게 된 것이다.

이 과정에서 법조계·법학계의 중지가 충분히 수렴되었는지는 의문이다. 당시 정부와 국회조차도 마치 무슨 개혁강박증에 걸린 환자처럼 보일 정도였으니 말이다. 안타까웠던 점은 일본의 로스쿨 제도 도입 전례를 표본으로 삼으면서 일본의 지혜에도 못 미치는 작품을 만들었다는 점이다. 그 곳에서는 여전히 학부 차원의 법학 교육에 중점이 있는 반면, 이 곳에서는 양자택일을 강요하여 전통 있는 법과대학 법학교육 시스템의 황폐화가 시작됐다는 사실이다. 60년을 넘은 우리 법학은 그 자생력의 뿌리를 내리기도 전에 다시 대외 모방과 식민지화를 겪지 않을 수 없는 국면에 접어들었다.

그러나 이 같은 문제점은 이미 로스쿨 출범을 앞둔 현 시점에서 장차 보완해야 할 과제 중 하나로 보인다. 문제는 예기치 않은 곳에서 불거져 나왔다. 이 제도의 결정판이라 할 수 있는 변호사시험 법안이 며칠 전 국회 본회의에서 부결된 것이다. 변호사시험 응시횟수를 5년 내 3회로 제한한 것과 로스쿨 출신만으로 응시자격을 제한한 것이 다같이 위헌소지를 안고 있다는 점 때문이다.

물론 일본도 응시횟수 제한이 있으나 로스쿨 출신이 아니라도 응시할 수 있는 출구가 있다. 연간 약 2000만 원의 학비를 부담해야 하는 우리나라 상황에서 응시자격을 로스쿨 출신으로 한정한다면, 사회 정의에 반한다는 반론이 제기될 수밖에 없다. 전국에 로스쿨 유치 경쟁에서 밀려난 법과대학이 많고, 로스쿨 제도는 또한 법학 전공자들의 로스쿨 진입을 할당제를 통해 사실상 통제하고 있는 셈이다.

이런 사정에서는 로스쿨 입학정원, 유치기관을 획기적으로 늘려 자유경쟁 시스템을 구축하게 하거나 아니면 변호사시험 응시 제한을 완화하는 보완책이 불가피해 보인다. 문제는 로스쿨 제도 도입에서도 그랬고, 변호사시험법 논란에서도 그렇듯이 이 제도를 지역적 시각이나 지방화 논리로 접근해서는 곤란하다는 점이다. 우수한 법조인력 양성이라는 본질을 외면하고 지엽적인 이해관계에 집착하다 보면 출범을 앞둔 제도 자체가 흔들릴 위험이 있다.

모든 문제점은 시행을 거치면서 더욱 분명하게 드러날 수 있다. 수정과 보완도 그 뒤를 따라야 한다. 정부와 국회는 이 법안을 우선 매듭짓고, 시행 과정에서 드러날 문제점은 차후의 과제로 대비하는 것이 순리일 것이다.

— 문화일보 2009. 2. 17.

제 3 부

아직도
정신 못 차린 정치

권력의 가면놀이

　최근 어느 연예인이 다시 정치판으로 뛰어들면서 작년 대선을 시민혁명이라 칭했다. 그가 말한 시민혁명이 무엇을 뜻하는지 모호하다. 18세기 시민혁명은 다소 복잡한 양상을 띠지만, 구체제의 가면을 벗기는 정치적 작업의 성격을 지녔다. 당시 자유·평등·박애의 기치를 들고 구체제에 대항하고 나선 시민계급으로서는 시민사회의 도래가 필연적이라는 점을 알리기 위해, 자신들의 도덕적 우월성을 입증하는 대신 가면 속에 감추어졌던 구체제의 악을 파헤치는 데 열중했다. 피비린내를 불러온 시민혁명의 과격성의 근원은 여기에서 발단되었다고 할 수 있다. 진실과 정직성의 자기검증장치가 마련돼 있지 아니한 혁명은 시민혁명이건 종교혁명이건 난폭해지거나 변질될 수밖에 없다. 혁명이 새로운 권력욕을 위장하는 가면으로 둔갑해 버리기 십상이기 때문이다. 지난 세기 말 호메이니의 이슬람 혁명은 팔레비 정권의 장기간 누적된 폭정을 단기간에 갈아치우는 살상의 대기록을 세웠다. 가면을 스스로 벗어버리는 용기가 없이는 혁명이건 개혁이건 역겨운 냄새를 뿜어낼 수밖에 없다. 바라건대 혁명을 말하는 사람일수록 더욱 진실하고 더욱 정직했으면 한다.

　지금 우리 사회의 어느 구석에는 혁명적 분위기가 감돌고 있다. 4·15 총선을 앞두고 혁명을 꿈꾸는 사람들이 있는가 하면 혁명의 바람을 아예 잠재우는 데 안간힘을 쓰는 사람들도 있는 실정이다. 그런데 혁명적 분위기는 대선자금과 경선자금에 대한 검찰 수사에서 발단되었다는 점이다. 여야의 관록 있는 정치인들이 이미 줄줄이 구속되었지만 그 끝이 어디쯤에서 마무리될지 아직은 오리무중이다. 이미 비리에 연루된 이들 정치인 대부분은 소속 정당의 공천심사에서 열외로 밀려나고 있다. 거기다가 눈을 부릅뜨고 벼르는 시민단체의 낙선운동이 불을 뿜게 되면 간신히 공천의 관문을 통과했더라도 당선된다는 보장은 없다. 이래저래 정치권 물갈이가 대폭으로 늘어나면 혹자는 다시 시민혁명이었노라고 노래할지 모른다.

가령 이런 유형의 바람이 불어 선거혁명이 일어났다고 치자. 만에 하나 집권 여당이 원내 제1당으로 우뚝 섰다고 치자. 그렇다고 우리의 권력과 정치, 우리의 애물단지 같은 지역구도, 경제계, 우리의 끈질긴 정경유착이 근본적으로 변하리라고 전망할 수 있을까. 그야말로 기적에 비유할 그런 변화를 기대할 사람은 그다지 많아 보이지 않는다.

왜 그럴까. 대답은 아주 평범한 데서 찾을 수 있다. 그것은 재작년 대선에서 시민혁명을 이루었노라고 노래하는 집권세력과 다시 시민혁명을 꿈꾸는 그 주변의 정치세력이 자신의 가면을 두껍게 뒤집어 쓴 채, 남의 가면을 벗기기에만 혈안이 되어 있기 때문이다. 그들에게서 엿볼 수 있는 것은 패기 넘치는 권력욕일 뿐, 부끄러움을 아는 양심과 정직한 자기반성이 아니기 때문이다.

그들은 지난 1980년대 후반 제6공화국의 출범 초기 공명선거 감시라는 가면을 쓰고 특정 후보의 당선을 위해 벽지와 오지에서 불법적인 선거운동을 하면서도 부끄러운 줄 몰랐던 젊은이들이었다. 그들 세대가 지금은 386이라는 정치세력으로까지 부상했다. 정당한 목적을 위해서라면 불법한 수단을 동원하는 일쯤은 별로 대수로울 게 없다는 사고를 지닌 사람들에게서 다시 가면을 벗기는 뼈아픈 작업을 감내하지 않고서 성숙한 시민사회는 오지 않는다. 권력의 가면놀이가 이 지경까지 이른 것을 벗겨내기 시작했으니, 여기에서 멈출 수는 없다.

가면 없는 투명한 얼굴의 시민사회를 우리는 보고 싶다. 차제에 권력의 가면놀이가 더 이상 발붙일 곳을 찾지 못하도록 검찰은 부패와 비리, 불법이 있는 곳이면 어디든지 도려내야 한다는 생각이다. 그곳이 권력을 누렸던 5, 6공의 세력이건, 문민정부와 국민의 정부 세력이건, 아니면 현재의 참여정부 집권세력이건 검찰은 공평한 정의의 잣대를 가지고 음습한 곳을 찾아 도려내는 결연한 의지를 보여주어야 한다. 스스로 가면을 벗을 용기가 없는 세력엔 그것이 정치권력이건 재벌총수이건 지금은 가릴 것 없이 가면을 벗겨 주어야 한다. 가면을 쓴 힘은 결코 국민을 위해 봉사하는 도덕적인 권력이 될 수 없기 때문이다.

— 국민일보 2004. 3. 4.

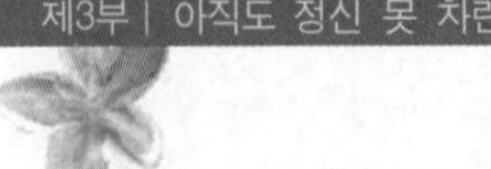

폭로정치, 민심 병들게 한다

대통령의 아들이 구치소로 끌려가는 모습은 5년 전과 흡사하다. 5년 전처럼 도지는 악습 하나를 더 들자면 구태의연한 폭로정치다. 지난 대선 막바지에 태풍처럼 휘몰아쳤던 폭로 사건은 김대중 후보가 노태우 전 대통령으로부터 받은 비자금 '20억원+α설'이었다. 당시 여당은 검찰이 야당 후보를 불러들여 당장 수사를 벌여야 한다고 아우성이었다. 현재 잠재적으로 가장 큰 폭발력을 지닌 뇌관은 설훈 의원이 폭로한 최규선 씨의 20만 달러 한나라당 제공설이다. 민주당과 노무현 후보는 이 다이너마이트에 불길을 댕기고자 연일 안간힘을 다하고 있다.

럭비공 같은 최규선 게이트

문제는 이처럼 뜬금없이 쏟아진 폭로전으로 인해 사태가 꼬이고, 공동체가 마녀사냥 시대처럼 광기에 휩싸이게 된다는 점이다. 물론 부정과 비리를 들추어내는 것 자체를 악하다고 말할 수는 없다. 하지만 폭로전은 수사기관의 진상 규명을 촉구하는 정상궤도에서 벗어나 사건을 괴이한 성격으로 변질시키고 뜻하지 않은 방향으로 몰고 간다는 것이다. 그 단적인 예가 최근 불거진

로버트 스칼라피노 교수의 탄원서다. 이 서한에 따르면 지난해 6월 스칼라피노 교수는 최규선 씨 주선으로 김대중 대통령과 이회창 후보 등을 만났다는 것이다.

이로 인해 민주당은 설 의원이 폭로한 최 씨의 20만 달러 한나라당 제공설에 힘이 실렸다고 보고, 검찰을 압박하고 나섰다. 이에 대해 한나라당은 이 후보와 스칼라피노 교수는 1997년부터 잘 아는 사이여서 최 씨가 끼어들 여지가 없었다는 점과 그래서 두 사람의 만남에 최 씨가 배석한 것도 아니라는 점을 강조한다. 지금 최 씨 기피 신드롬은 이 후보측만이 아니라 청와대나 노무현 후보측도 마찬가지다. 누구든 최 씨를 만진 손은 부정하고 크게 덧나게 생겼다는 결벽증과 공포증이 이상하게 정치판을 흔들어 대는 느낌이 든다.

타이거풀스의 복표사업자 선정과 관련된 5인방 중 송재빈 씨는 세간의 주목 대상이 안 되고, 김희완 씨는 아직도 안전하게 잠행 중이다. 김홍걸 씨는 피의자 신분이지만 대통령의 아들로서 정중한 대우는 물론 주밀하게 연출된 동정론의 햇살을 미리 체감하고 있는 듯하다. 하지만 한 사람 최 씨만은 바리새인들의 돌팔매질에 만신창이가 되어가고 있다. '권력 주변을 맴도는 불나방'이니 '자기 과시욕과 탐욕의 화신'이니 하는 온갖 인격적인 모독까지 받고 있다. 심지어 스승의 날에는 지난 날의 스승조차 이 돌팔매질에 동원되고 있었다.

스칼라피노 교수의 탄원서가 말해 주듯 최씨는 그가 기억하는 인상 깊은 제자요, 한 부모의 사랑받는 자식이며, 한 가정의 기둥 같은 가장이기도 하다. 그가 이 땅을 방문한 옛 스승의 일정을 직간접으로 도운 일이 무슨 큰 탈이라도 된다는 말인가. 어떤 만남을 주선한 일이 사실이라고 한들 그게 인간으로서 못할 짓이었을까. 하지만 최 씨의 이름은 오늘의 상황에서 마치 온갖 흉조의 대명사처럼 배척당한다. 마치 우리 사회의 구제역과 같은 혐오대상이 된 셈이다. 죄인에게도 빼앗길 수 없는 인격의 존엄성이 있지만 마녀사냥의 돌풍 속에서는 이 존엄성의 옷마저 빼앗기고 만다.

　　최규선 게이트가 몰고 갈 예상 못할 파장은 실로 몰이성적 폭로정치가 몰고 온 공해의 부산물이다. 폭로정치는 결코 민심을 얻는 길이 아니다. 그것은 국민의 마음 속에 의심과 미움을 흩뿌려 놓을 뿐이다. 이것이 자라면 거대한 전체 사회도 무너지고 만다. 근거 없는 얘깃거리가 안방과 식탁에까지 밀려들면 백성들은 그저 공해를 먹고 마시며 눈과 귀까지 버린다. 끝내는 우리의 마음과 영혼까지도 황폐하게 만든다. 폭로정치의 연출가들이 깊이 새겨야 할 대목이 바로 이 점이다.

허망한 말 쓸어버리는 지혜

　　오늘날 우리 정치인들이 댓돌 있는 옛집에 살던 선인들의 지혜를 잃어버린 것이 무척 아쉽다. 그들은 뜰을 지나 댓돌을 딛고 뜰 층계를 오를 때마다 밖에서 만난 허망한 이야기들을 쓸어 내버릴 줄 알았다. 옷깃을 가다듬고 마루에 오를 때마다 공동체에 복스러운 말과 덕스러운 생각이 무엇인지를 가다듬곤 했다. 그들은 집안에서 저주스러운 말을 멀리하고 복된 언어로 씨앗을 삼았다. 공동체를 가정처럼 아끼는 정치인이라면 지방선거, 대선의 살벌한 경쟁 속에서도 한줌 표를 욕심내 의심과 미움을 확대 재생산하지는 않을 것이다. 폭로정치에 일일이 맞상대하기보다 차라리 상식선에서 먼저 진실을 고백하는 것도 민심을 크게 얻는 지름길이다. 덕 있는 지도자가 무척 아쉬운 세상이다.

— 동아일보 2002. 5. 20.

룰 지킨 당선자만 승자다

　　2002한일월드컵에서 한국팀의 새로운 신화창조로 온 세계가 놀라고 있다. 우리나라에서 일찍이 체험해보지 못했던 국민적 통합이 작은 축구공 하나, 한 번의 동점골, 한 번의 결승골에서 실현되었기 때문이다. 온통 축구 열기에 정신을 쏟고 있는 사이 13일 지방선거가 끝났다. 그리고 예상을 뛰어넘는 충격적인 결과가 나왔다. 한 마디로 민주당 참패, 한나라당 압승, 자민련 쇠퇴였다. 하지만 더욱 충격적인 것은 48%에 이르는 부진한 투표율이었다. 당선자와 낙선자를 골라 세울 수는 있었지만 유권자의 절반도 참여하지 않은 반 쪽짜리 선거 결과였다. 가정해서 말하자면 이 결과는 축구 16강 탈락보다 더 심각한 사태가 아닐까 염려된다. 풀뿌리 민주주의는 이런 풍토 속에서 제대로 자랄 수 없기 때문이다.

선거사범 신속히 수사를

　　연일 작열하는 축구 열기 속에서 지방선거에 대한 실질적인 마무리 작업이 대충 넘어가지 않도록 해야 할 것이다. 선거의 실질적인 마무리는 검찰과 법원의 선거사범 처리를 통해 완료된다.
　　이번 지방선거에서도 약간의 변화 조짐은 감지되었지만 고질

적인 지역감정의 뿌리는 깊고 심각한 것으로 드러났다. 금품살포
와 흑색선전도 예나 다름없었다. 월드컵으로 우리가 시선을 돌린
사이 불법 선거사범들이 꼬리를 치고 활보했다는 사실에 주목해
야 할 것이다. 시도지사 당선자 16명 중 6명이 수사를 받게 됐으
니 무려 37%가 깨끗하지 못한 축하인사를 받아야 할 처지에 놓
인 셈이다.

우리나라의 선거풍토에서 관권선거의 병폐는 지방화 이후 감
소된 듯하지만, 아직도 지역정서와 연고주의에 의한 투표 성향이
민주주의의 발전을 가로막는 장애 요인이 되고 있다. 뿐만 아니
라 금권 타락선거와 지역감정 이용, 흑색선전 등 각양의 불법선
거 행태는 더욱 고도화·지능화되었다. 이러한 타락상의 배후에
는 당선만 되면 그만이라는 의식이 여전히 자리잡고 있기 때문인
것으로 보인다.

불법과 부정을 통해 당선된 사람은 공직의 권위와 도덕성을
무너뜨리고 빗나간 특권의식과 이권챙기기, 내 사람 봐주고 심기
등 일탈을 감행할 개연성이 높다. 이것이 입으로는 공복임을 침
이 마르도록 외치면서도 삶의 양태와 의식은 여전히 구태의연함
을 벗어나지 못하는 이유이기도 하다.

21세기 들어 처음 치른 지방선거부터 마무리를 잘 해야 8월
국회의원 재·보선과 12월 대선도 공정하고 깨끗하게 치를 수
있을 것이다. 새 천년 들어 우리를 이끌었던 지도이념은 '새로워
짐'이었다. 선거문화도 이제 새로워져야 할 때다. 깨끗한 정치,
부패없는 권력은 바로 공명 선거문화의 정착에서 비롯된다는 사
실을 잠시도 잊어서는 안 된다.

공명 선거문화를 정착시켜 이 땅에 성숙한 민주주의를 실현
하자면 선거사범에 대한 엄정하고 신속한 사법처리가 전제되어야
한다. 금품살포, 지역감정 조장, 흑색선전, 무고성 짙은 폭로 비방

행위로 인해 왜곡되었던 국민의 신성한 표심을 바로잡는 길은 사법처리밖에 없기 때문이다.

이미 검찰이 수사에 착수한 만큼 엄정하고 신속한 절차를 거쳐 공명선거 정착의 문호를 열어 주리라 기대한다. 지금까지 선거사범에 대한 사법처리는 당사자들의 지연술에 휘말려 방만하게 이끌려 간다는 인상을 심어 주었다. 2000년 5월에 실시된 총선의 선거사범 일부가 2년이 지난 오늘까지도 처리가 지연되고 해당 의원이 국정에 관여하고 있는 현상은 국민 시각에서 납득하기 어렵다. 검찰수사가 마무리된 후 기소된 선거사범에 대해서는 법원도 각별한 주의를 기울여 신속하게 절차가 마무리되도록 해야 할 것이다.

편파성 시비 없게 공정히

공명선거 정착과 법질서 확립을 위해서 검찰은 물론 법원도 확고한 의지를 갖고 선거 결과의 실질적인 마무리 작업에 임해야 할 것이다. 불법이 입증되는 한 소속 정당, 관록, 지위, 공적을 불문하고 가혹하리만큼 엄정하게 사건을 처리해야 새로운 선거문화의 기틀이 정착될 수 있으리라고 본다.

요행을 바라는 당선자들에게 규칙을 따른 경기자만이 최후의 승자가 될 수 있음을 확고하게 보여주어야 한다. 다만 법원과 검찰 모두 편파성 시비에 휘말리지 않도록 유의했으면 한다. 자칫 편파성 시비에 휘말리면 공명선거 풍토 조성과 법의 권위 두 가지를 다 잃게 될까 염려되기 때문이다.

— 동아일보 2002. 6. 21.

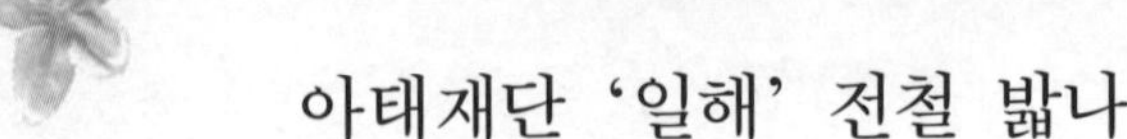

아태재단 '일해' 전철 밟나

　　아태재단 관련 비리의혹이 점점 불거져 나오고 있다. 하나를 덮으면 두세 개가 새로 터지는 형편이니 그 불똥이 과연 어디로 튈지 현재로서는 도무지 종잡을 수 없는 노릇이다. 아태재단 관련 비리의혹의 불씨는 이용호 게이트 특별검사팀에 의해 구속된 이수동 전 아태재단 상임이사 집에서 불거졌다. 통치권강화 차원에서 작성된 언론개혁문건, 그 밖에도 국정개입과 각종 인사청탁 및 이권청탁에 관련된 자료가 여기에서 쏟아져 나왔기 때문이다. 지금 특검에서 조사 중이지만 특검의 조사범위가 사안과 기간에 따라 제한적이어서 그 실체를 낱낱이 밝히는 데는 많은 어려움이 따를 것으로 보인다. 특검의 손을 떠나 상당부분은 검찰의 손을 빌릴 수밖에 없는 형편이어서 의혹의 불씨가 언제 진화될 수 있을지 현재로서는 예측이 불가능한 상황이다.

　　특검의 수사가 진행 중인 현 상황에서 문제가 된 각종 비리의혹들이 이수동 씨 개인차원의 것인지 아니면 김대중 대통령의 아들과 측근들이 몸담고 있는 이 재단 차원의 광범위한 국정농단의 일부분인지 속단하기는 아직 이르다. 재단측의 해명은 이수동 씨 개인비리에 불과하다는 것이지만 어딘가 앞뒤가 맞지 않는 궁색한 구석들이 엿보인다.

김대중 대통령이 설립자이자 퇴임 후 다시 돌아갈 아태재단이 현재의 비리연루 의혹에서 자유로워지자면 김대통령 취임 후 재단의 살림살이와 활동상황을 스스로 낱낱이 국민 앞에 밝히는 것이 도리라고 생각한다. 금기에 둘러싸인 성역으로 남기를 원하는 한 아태재단을 둘러싼 의혹의 불씨는 꺼지지 않을 것이다. 그렇게 된다면 평화를 위한 아태재단의 운명도 김대통령의 임기가 끝나기가 무섭게 일해재단과 같은 전철을 밟을지 모를 일이다. 역사에서 실패의 되풀이를 보는 것은 결코 소망스런 일이 아니다. 아태재단측은 역사 속에서 뼈아픈 자기 성찰의 교훈을 배워야 할 것이다.

벌써 올해 있을 양대 선거의 열기로 온 국민의 마음이 달아오르기 시작했다. 그뿐만 아니라 100년 만에 한번 개최하기가 어렵다는 월드컵을 80일 남짓 남겨놓은 시점이기도 하다. 어느 때보다 전 국민이 화합, 일치단결된 힘을 모아야 할 때이다. 이런 시점에서 아태재단이나 대통령의 친인척비리 의혹들이 정쟁의 불씨가 되어 국민의 마음을 잿더미로 만들어 버려서는 안될 일이다. 그러므로 여야의 정치인들도 냉정하고 차분하게 특검과 검찰 수사를 우선 지켜보기 바란다. 자칫 과열된 정쟁이 정치불안과 민심혼란으로 이어져 행여 국가적 대사들을 그르치게 할까 염려되기 때문이다.

무엇보다 정치권으로서는 이 사안의 전말을 특검의 손에서 종결짓도록 하는 것이 합리적인지 아니면 검찰의 손에 넘겨주는 것이 좋은지를 조속히 정책적으로 결정해야 할 것이다. 사안의 실체가 국민이 믿을 수 있는 수준으로 종결되어야 후유증도 최소화하고 역사의 실패가 되풀이되는 것도 막을 수 있을 터이다.

의혹사건의 중요성을 특검이나 검찰도 충분히 숙지하고 있을 것이다. 냉정을 잃지 않고 공정한 수사에 박차를 가하는 것이 문제해결의 지름길로 보인다. 정치논리나 국익논리를 앞세우기 전에 수사담당자들은 사건의 진상을 한 점 의혹 없이 밝히는 데 충실해야 할 것이다. 다시금 정실수사 이야기가 나오지 않도록 최선에 최선을 다해주기 바란다. 법의 권위를 수호해야 할 검찰권이 제자리에 서서 정의의 이념에 충실히 따를 때 법치주의도 사회질서도 안정될 수 있겠기 때문이다.

과거 권위주의 시대를 지나 민주화의 길을 걸어온 지도 10여 년이 지났지만 아직도 우리의 삶의 구석구석엔 권위주의의 잔재가 남아 있다. 권력의 정상에도 법이 있고, 법의 지배가 권력의 정상에도 통한다는 사실을 국민이 피부로 느낄 수 있을 때 우리의 의식 저변에 깔린 권위주의나 제왕적 통치행태들도 사라질 수 있으리라 믿는다. 법과 원칙이 우선하는 나라, 정의가 길거리에서도 구가되는 사회를 이룩하자면 권력의 비리나 부정, 권력실세들의 숨겨진 악에 대해서도 진실의 빛이 파고 들어가야 한다.

그간 각종 게이트 사건으로 몸살을 앓아온 것은 정작 국민이다. 덩치 큰 불의와 비리를 보고 가슴앓이하지 않을 국민은 아마 없으리라. 아태재단 의혹사건이 '국민의 정부' 들어와 터진 각종 게이트 사건의 종착역이 될지, 또 다른 혼란의 불씨가 될지는 두고 볼 일이다. 사뭇 그 귀추가 주목된다.

— 문화일보 2002. 3. 13.

정권말 총파업의 셈법

　8만여 명이 참가한 민주노총의 시한부 총파업은 끝났지만 경제적 손실과 그 후유증은 쉽게 아물지 않을 것 같다. 게다가 전국에서 2만여 명이 참가한 사상 초유의 '공무원 연가파업'은 공직사회의 기강을 흔들며 적지 않은 상처를 남길 전망이다. 민주노총, 그리고 강성노선을 걷는 가칭 '전국공무원노동조합(전공노)'은 주5일 근무제를 포함한 근로기준법 개정안, 공무원노동조합의 쟁점사항을 포함한 공무원노동조합법안 등 이른바 '3대 악법'의 정기국회 강행처리를 막는다는 명분을 내세워 파업을 주도했다. 파업으로 생산라인이 멈춰 섰던 기업들은 수백억 원의 경제적 손실을 입은 것으로 추정되기도 한다.

　올해는 정기국회가 8일로 끝날 예정이어서 파업의 명분으로 내세운 이들 법안의 국회통과는 사실상 무산되었다고 해도 틀림없다. 그럼에도 불구하고 민노총과 전공노가 정치성 짙은 불법파업도 불사하고 나선 것은 근로조건의 악화를 막기 위한 투쟁이라기보다 대선을 앞둔 시점에서 노조의 목소리를 관철시키기 위한 정치적 압박용이 아닌가 하는 의구심을 갖게 한다.

　대선을 40여 일 앞둔 지금, 정치권의 이합집산과 정쟁으로 우리 사회가 제정신이 아니다. 그렇지 않아도 공무원 조직이 줄

서기로 흔들리기 쉬운 때다. 공무원노조마저 자신들의 밥그릇을 챙기기 위해 업무를 뒤로 제쳐놓고 투쟁에 나서는 것은 안정을 추구하는 일반국민에게 집단이기주의로 비치기 십상이다.

공무원도 정신적 근로자임에 틀림없다. 하지만 공무원은 국민 전체의 봉사자로 부름받은 특별한 지위에 있기 때문에 일반기업체의 근로자들과 같다고 여긴다면 착각이다. 국가생활은 가정·교회·지역사회 같은 공동체 생활보다 더 복잡하고 그만큼 갈등요인도 많다. 그렇기 때문에 공무원 조직을 통해 국가는 이 같은 갈등을 최소화하고 합리적·합법적인 방법으로 풀어나간다. 공무원 조직의 기강과 질서가 흔들리면 시민생활의 안정을 도모하기는 정말 어렵다. 그런데도 공무원들이 자기 분수와 책임을 지키지 않는다면 그것은 단순한 불법이 아니라 공동체를 무너뜨리는 악행이 될 것이다.

무엇보다 민주사회에서 공직자들은 국민을 위해 봉사하는 청지기이다. 모든 권력은 국민으로부터 나오고 공무원들의 직무상 권한도 그 연원을 국민의 위임에서 찾아야 할 것이다. 주인인 국민을 잘 섬기는 선한 청지기가 되려면 성실·친절·공정·청렴·자기희생·품위와 같은 덕목이 공무원들의 언행 속에 항시 배어 있을수록 좋다. 바로 이런 공무원상 때문에 국민 각자는 공무원의 선한 청지기활동과 그 권위에 순복하게 된다.

만약 공무원들이 이런 권위의 옷을 벗어던지고 단순한 임금노동자 차원에 머물기를 원한다면 그것은 국가적 불행이라고 할 것이다. 그래서 이미 노동선진국들도 공무원 조직에 대해 단순 임금노동자들과 다른 특별한 요구와 기대를 하고 있고, 그에 비례해 노동3권 중 단체행동권 같은 것에 제한을 두고 있다.

지금은 공무원상을 어떻게 정립할 것인가를 결정할 중대국면에 처했다고 본다. 정부는 연가투쟁에 참여한 공무원들에 대해

중징계를 할 방침인 것으로 알려져 있다. 정부가 국민을 위해 일하는 기관이라면 국민 전체의 이익을 위해 불법파업과 결연히 맞서 질서를 바로 잡아주기 바란다. 지방자치단체들도 자체 공무원들의 이러한 불법파업에 대한 대처에서 정부와 공동보조를 맞추어야 한다. 공무원의 표와 지역 유권자들의 취향을 살펴 시의에 편승하는 것은 자기 본분을 저버리는 일이라는 점을 명심해야 할 것이다.

대선 정국을 맞이해 집단민원과 집단이기주의가 봇물처럼 터질 전망이다. 이런 때일수록 정치권이 긴 안목을 갖고 "옳은 것은 옳다, 잘못된 것은 잘못되었다"고 확실한 태도를 취할 필요가 있다. 노동계도 통합된 사회체계의 일부라는 의식을 잠시도 잊어서는 안 된다.

노사(勞使)와 노정(勞政)이 대화로 풀 수 있는 것은 대화로 풀어가면서 함께 걸어가는 성숙한 모습을 보여주었으면 한다. 정치적 혼란기일수록 국민정서는 안정을 희구한다는 사실을 유념해 주기 바란다.

— 동아일보 2002. 11. 7.

내 안의 부패부터 청소를

　　부패 없는 사회는 우리들의 오랜 꿈이었을 뿐 아니라 현재의 절박한 과제인 동시에 미래의 전망이기도 하다. 그래서 역대 정권은 권위주의 정권까지도 부패척결을 주요 국정과제로 삼아왔다. 하지만 아쉽게도 어느 정권도 부패와의 전쟁에서 이기지 못했다. 지난해 말 국민인식도 조사에서 약 60%의 국민은 여전히 부패의 심각성을 피부로 느낀다고 답했다. 지난해 국제투명성기구가 조사한 부패인식지수에서도 세계 102개국 중 40위였다. 이것은 아시아 경쟁 국가들에 못 미칠 뿐 아니라 경제협력개발기구(OECD) 국가 중 최하위에 해당한다. 부끄러운 현주소이지만 어쩔 수 없는 우리의 자화상이기도 하다.

부방위 대책 ─ 문제는 '실천의지'

　　마침 지난달 31일 부패방지대책위원회(부방위)의 업무보고에서 참여정부의 부패방지정책 방향이 발표되었다. 부방위는 국민참여 부패감시체제를 활성화하기 위해 비리신고자 지위보장 및 면책범위 확대, 보상료 상향 조정 등의 조치와 함께 주민감시 강화 차원에서 주민소환제 도입도 검토할 모양이다. 제도개혁 차원에서 행정절차의 투명성을 제고하고 정보공개를 확대하는 한편 행정감시를 위해 시민참여도 확대시켜 나갈 예정이다.

정치권력형 부패방지를 위해 정당 정치자금제도도 투명성을 높이는 쪽으로 개선하리라고 한다. 그 밖에도 권력형 비리의 다중 감시체제 구축, 부패행위로 얻은 불법수익의 몰수·추징 강화, 부패공직자에 대한 사법온정주의 지양 등의 내용도 담았다. 그래서 2007년까지 우리나라의 투명성 수준을 현재 일본 수준인 20위까지 끌어올릴 방침이라고 한다.

이러한 청사진은 '국민의 정부'에서 '참여정부'로 정권은 변했지만 본질적으로 새로운 내용은 아니다. 다만 이 자리에서 노무현 대통령이 "공정한 절차를 파괴하는 연고주의적 행태나 특권의식도 척결돼야 할 부패"라는 점을 강조한 것이나 "사익(私益)을 위한 고발이라도 사실에 기초한다면 부패방지의 견제장치로 존중하겠다"고 한 점은 주목할 대목이다.

진실로 부패척결의 길을 가려면 문은 얼마든지 열려 있다. 문제는 번듯한 이론이 아니라 신념에 찬 실천의지다. 첫째, 권력상층부와 사회지도층부터 정직하고 분수에 맞게 살아가는 모범을 보여야 한다. 과거의 잘못된 부패 관행을 지속적으로 개혁하고 국민 앞에 청렴하고 투명하게 봉사하는 공직윤리의 실천상을 보여주어야 한다.

둘째, 부패척결은 내부의 병인(病因)을 살피고 엄격히 다스리는 데서 출발해야 한다. 흔히 실패한 개혁은 개혁주체 세력들이 내부의 부패에 민감하게 깨어 있지 못한 데서 비롯되곤 했다. 자신의 의식과 권력층 내부부터 다스리는 용기를 보여주지 않고는 공감대를 얻기 어렵다.

셋째, 부패척결은 지속적이고도 철저하게 수행되어야 한다. 정권 초기에는 추상같다가도 세월이 지나면서 용두사미가 되고 마는 전시적 정책구호는 오히려 부패의식을 키우는 역작용만 낳기 때문이다.

넷째, 부패사범에 대한 사후의 사법적 대응도 범죄 억지력을 가질 만큼 엄중해야 한다. 지금까지 부패사범에 대한 온정주의가 부패공화국을 만든 꼴이 되었다.

우리는 언제 이 남루한 부패공화국의 오명을 벗어버릴 수 있을까. 사정기관간의 다중감시체계나 부패방지의 실효성을 높이기 위한 시민참여적 부패감시감독 강화책도 무용하지는 않겠지만 전방위적 부패감시체계 구축이 무엇보다 중요하다.

다만, 시민참여적 부패감시제도는 신중을 요하는 대목이다. 자칫 집권세력의 정치적 풍향에 따라 시민참여적 행태가 건전한 시민문화의 창달이 아닌 정치적 편향성으로 왜곡될 수 있기 때문이다.

언론의 권력감시 과소평가 안 돼

참여정부도 인사태풍과 함께 출범하고 있다. 연고주의와 서열파괴가 다시금 새로운 연고주의에 의한 친정체제 구축에 이르지 않도록 조심했으면 한다. 사람이 끌고 가는 개혁은 연고주의에 물들지 않을 수 없다. 그래서 힘들지만 제도와 규범의 틀 속에서 개혁의 물길이 스스로 흘러가게 해야 한다. 개혁의 제도화와 개혁의 규범화는 사람의 불완전을 메울 수 있는 유일한 보완책이다. 또한 언론의 부패감시기능을 과소평가해선 안 될 것이다. 언론이 침묵을 지킨다면 권력의 방자함을 막을 길 없고 부패의 전방위 감시체계 구축은 그만큼 힘들어지기 때문이다.

— 동아일보 2003. 4. 2.

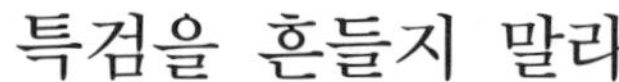

특검을 흔들지 말라

대북송금 사건을 수사 중인 송두환 특별검사팀의 수사가 막바지로 접어들고 있다. 제1차 시한이 10여 일 앞으로 다가온 특검팀으로서는 갈 길이 바빠 보인다. 그 사이 현대의 대북 송금액 5억 달러, 청와대와 국정원 및 산업은행과 외환은행 인사들이 북송 자금조성과 송금에 개입한 사실이 밝혀져 이미 이근영 당시 산은 총재를 비롯한 몇몇 인사들은 기소되었고, 이기호 전 대통령경제수석도 기소에 직면해 있다.

특검법 발표 당시 상황 잊었나

지금까지의 특검 수사로 새로운 각본이 드러난 것은 아니다. 이미 올 2월 김대중 전 대통령의 대 국민 해명과 현대측 소명이 사건의 윤곽을 펼쳐 보였기 때문이다. 특검팀은 그 범위 안에서 「남북 교류협력 촉진에 관한 법률」과 외환관리법 위반에 관한 사항을 기소 대상으로 삼았다. 이 정도의 사건을 놓고 특검까지 끌어들였어야 했는지 일말의 회의감마저 든다. 오늘 박지원 전 대통령비서실장까지 소환해 조사한다니 이제 특검 수사도 결정적인 단계에 들어선 것으로 보인다.

특검팀은 현대의 대북송금에는 남북경협 차원뿐만 아니라 정상회담에 대한 대가 성격도 포함된 것으로 잠정 결론을 내린 상태다. 하지만 이미 밝힌 5억 달러 외에 추가로 대북 비밀송금은 없었는지, 현대에 대한 다른 특혜는 없었는지, 대출 자금이 대북송금 이외의 용도로 전용된 점은 없는지를 규명해야 할 것이다. 무엇보다 대북 비밀송금의 주역이 누구인지, 조역들의 역할 분담은 어떻게 짜여졌는지를 밝혀내는 일이 법리적으로 중요해 보인다. 실제 대북송금을 시행한 주체는 현대로 보이지만, 그 배후에 다른 연출자가 있었다면 현대는 운반책이라는 조역에 지나지 않을 수 있기에 말이다.

문제는 특검팀 수사가 사건의 실체에 다가갈수록 거세지는 정치권의 조직적 반발이다. 특검팀이 앞으로 넘어야 할 고비는 김 전 대통령을 조사하는 문제와 그러기 위해 특검 수사기간을 연장하는 문제다. 민주당은 특검 수사기간 연장에 반대한다는 당론을 정하고, 그 건의문을 노무현 대통령에게 전달하기로 했다. 한화갑 전 민주당 대표도 "민족 화해와 상생의 길을 개척한 주역들을 단죄할 수는 없다"고 목소리를 높였다. 문희상 비서실장도 "노 대통령이 특검법 수용을 공포할 당시의 여야 공감대를 감안할 때 김 전 대통령에 대한 조사는 바람직하지 않다"는 견해를 밝혔다.

김 전 대통령도 어제 저녁 방영된 6·15남북정상회담 3주년 특별회견에서 "국가와 경제를 위해 헌신한 사람들이 부정과 비리가 없는데도 사법처리 대상이 되고 있어 당시 책임자로서 참으로 가슴 아픈 심정을 금치 못하고 있다"면서 "대북송금 문제가 사법심사 대상이 되어서는 안 된다는 소신에는 변함이 없다"는 입장을 재천명했다.

정치권의 이 같은 흐름이 힘을 얻는다면 특검 수사기간 연장은 물 건너 갈 것으로 보인다. 그렇게 되면 시간에 쫓긴 특검팀은 양파 껍질을 다 벗기지도 못한 채 어설픈 요리를 해 국민 앞에 내놓아야 할 곤경에 처하지 않을 수 없을 것이다. 결국 국론은 다시 갈라져 진상규명과 안정을 기대했던 당초의 목표는 실종되고, 급기야는 엉뚱하게도 특검 무용론이 득세하게 될지도 모른다.

사법적 판단은 차후의 문제

이 상황에서 대북송금 의혹이 특검의 손으로 넘겨지지 않을 수 없었던 당시를 회고할 필요가 있다. 검찰은 이 사건에 대한 수사를 자제하겠다는 의사를 밝혔고 당사자들의 해명은 국민을 납득시키기에 부족했었다. 결국 정치권의 결단으로 특검법이 발효되고 수사가 진행된 것이다. 그렇다면 정치권은 수사 중인 특검을 흔들어서는 안 된다. 될 수 있는 한 유종의 미를 거둘 수 있게 그 활동을 도와야 한다. 무엇보다 중요한 것은 특검팀의 의지다. 사법적인 판단은 차후의 문제인 만큼 지금은 수사와 진상규명에 한 치의 흔들림도 없이 매진해야 할 것이다.

— 동아일보 2003. 6. 16.

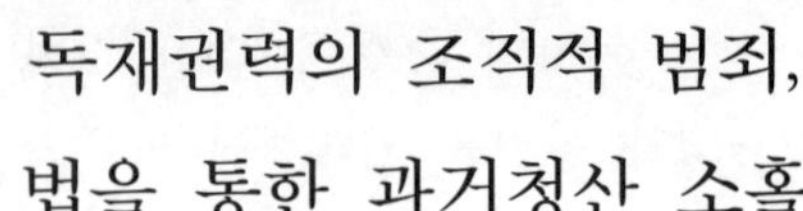

독재권력의 조직적 범죄,
법을 통한 과거청산 소홀

지난 8월 15일 아침, 광복절 태극기가 휘날리는 하늘을 쳐다
보기 부끄러웠다. 그 전날 수지 김 씨의 여동생 등 유족 10여 명
이 국가와 수지 김 씨의 살해범 윤태식 씨를 상대로 낸 소송에서
재판부가 "국가와 윤 씨는 유족들에게 42억 원을 배상하라"는 판
결 소식을 접했기 때문이다.

수지 김 씨 일가의 비극은 이미 지난 2001년 11월 이른바
윤태식 게이트를 통해 세상에 알려졌다. 김 씨가 1987년 홍콩에
서 살해된 뒤 간첩 누명을 뒤집어 쓴 지 14년 만에 진실이 드러
났다. 이 억울한 죽음은 오랜 세월 동안 안기부와 경찰 등 국가
기관에 의해 은폐·조작되었고, 그 조작의 혹독한 시련은 김 씨
유족들의 몫으로 고스란히 넘어갔다. 희대의 살인범은 공안 목적
을 위해 국가기관의 손에 의해 반공투사로 둔갑되었다. 권력의
비호 아래 성공한 사업가로 변신한 윤씨는 이 막강한 권력기관의
조작극에 끌려다닌 가련한 조연에 불과했을지도 모른다.

당시의 충격과 국민의 분노는 대단했지만, 우리 모두 다시
일상적인 삶의 굴레에 빠져 사는 동안 김 씨 유족이 누명을 쓰고
당한 비극을 잊고 지내왔다. 그들은 작년 5월 한 독지가의 도움

과 법원의 소송구조 결정으로 민사소송을 제기, 위자료로는 유례를 찾기 어려운 배상금을 국가로부터 지급받게 되었다.

　재판부가 지적한 것처럼 '조직적으로 국가권력을 이용해 피살자를 간첩으로 조작하고 살인범을 오히려 반공투사로 만든' 것은 국가다. 국가가 이런 위법행위에 대해 솔선해 배상조치를 취하지 않고 있다가 유족들의 배상청구에 맞서 이미 소멸시효가 지났다고 주장한 것은 재판부의 지적대로 '신의칙상 도저히 허용될 수 없는' 노릇이다. 한 개인의 살인범죄를 조작하여 가해자를 의인(義人)으로, 피해자와 그 가족을 악인(惡人)으로 각색하는 일은 독재권력의 막강한 힘이 아니고서는 불가능한 일이다.

　오늘 우리는 문민정부와 국민의 정부를 지나 참여정부의 시대를 맞이하고 있다. 그 사이 옛 안기부도 국가정보원으로 변신에 변신을 거듭해 왔다. 하지만 독재권력에 의해 연출된 갖가지 인권침해와 조직적인 국가범죄의 책임을 민주화된 지금의 국가라고 벗어버릴 수 없다. 그런 점에서 진실이 밝혀진 지 2년여가 지난 지금 수지 김씨 유족에 대한 위자료 판결은 비록 늦었지만 지극히 옳은 조치이다. 하지만 그것은 다른 한편으로 우리 모두의 부끄러움이라고 말하지 않을 수 없다.

　정부 차원에서도 이 부끄러운 우리 시대의 죄악상에 대해 유족에게 사죄를 청해야 옳을 것이다. 특별히 이 범죄에 연루된 국가기관들도 유족들과 국민 앞에 사죄하는 심정으로 개혁과 변화에 더욱 노력해야 하리라고 본다. 그 사이 권위주의 정권의 과거를 청산하기 위한 작업이 열풍처럼 스치고 지나갔지만, 진실과 진정한 마음을 다하지 않은 작업은 반성의 효과를 거두기조차 어렵다.

　특히 법을 통한 과거청산 작업과 법을 새롭게 세우기 위한 노력을 우리는 갖가지 정치적인 이해타산에 얽매여 소홀히해 온

게 사실이다. 대법관 제청 문제를 놓고 벌어진 최근의 파문은 깊이 새겨보면 사법적 정의를 새롭게 세워보려는 사법부 안팎의 열망을 반영한 점이 없지 않다. 독일의 엄격한 법적 과거 청산을 굳이 예로 들지 않더라도, 지난 2000년 가을 핵기술 유출 혐의로 무려 279일 동안 구속되었던 중국계 미국 과학자 리원허 박사의 석방을 결정한 파커 판사가 피고인에게 구금 등과 같은 불공정한 처우를 받은 점에 대해 진심으로 사과하고, 이런 사태를 유발한 미 법무부와 에너지부가 우리 모두를 당황스럽게 했다고 밝힌 점은 앞으로 우리의 사법 정의를 실현하기 위해서도 경청해야 할 대목이다.

국가기관과 사법의 종사자들 뿐만 아니라 우리 모두가 이런 반성적인 자세로 우리 주변을 돌아보았으면 한다. 그것이 수지 김씨 유족의 기막힌 비극과 우리 모두의 감당키 어려운 부끄러움의 재발을 막는 길이 될 터이기 때문이다.

— 조선일보 2003. 8. 21.

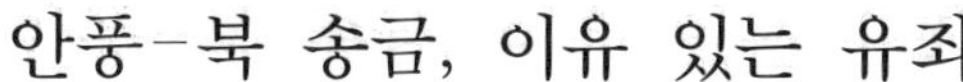

안풍—북 송금, 이유 있는 유죄

　　이른바 '안풍(安風)' 사건과 대북송금사건 재판에서 관련 피고인들이 유죄판결을 받았다. 물론 이 두 사건은 그 배경, 시기와 성격 등에서 차이가 난다. 이미 알려진 바와 같이 안풍은 김영삼 전 대통령 때 이야기다. 당시 국가안전기획부가 막대한 정치자금을 세탁해 1996년 제15대 총선자금으로 한나라당에 건넸고, 이 불법한 돈의 상당 부분이 15대 총선 당시 여당인 신한국당 후보들에게 지원금 명목으로 지급되었던 것이다. 이 사건은 2001년 검찰의 본격적인 수사로 세인의 주목을 받았으나 방탄 국회와 여러 가지 지연전술에 휘말려 근 3년간이나 우여곡절을 겪었다. 그러나 이번 1심 법원의 유죄판결로 사건의 성격 등을 둘러싼 논란이 일단락되었다.

비민주적 권력남용에 경종

　　YS 정부 시절 문민화의 역사적인 흐름 속에서도 유독 정치판은 검은 돈과 결탁해 혼탁한 오폐수를 그대로 방출하고 있었던 것이다. 지난 달 '세풍' 재판에 이어 안풍 재판에서도 관련 피고인들이 단죄를 받았으니, 이로써 그동안 음성적인 정치자금 모금 및 관리를 둘러싼 불법 관행에 한층 더 엄한 경종이 울리게 된 셈이다.

최근 한나라당 일부 의원들은 국정감사에서 안풍 자금이 당초 알려진 것처럼, 안기부 예산이 아니라 YS의 대선잔여금 내지 기업들로부터 끌어 모은 돈이라는 식으로 주장하며 유죄판결에 승복할 수 없다는 논지를 펴기도 했다. 그러나 이는 칼국수로 점심을 하며 기업으로부터 한 푼도 받지 않겠다고 했던 YS의 입장과도 다를 뿐 아니라 옛날 '보스'를 끌어내려 악취 나는 물길을 바꾸어 보려는 시도로서 국민의 법감정을 크게 해치는 일이다.

이에 비해 대북송금사건은 김대중 전 대통령 시절의 이야기다. 2000년 6월 15일 남북정상회담 장면을 기억하는 사람들이라면 그 소중한 만남의 역사적인 의의를 과소평가하지는 않을 것이다. 국가보안법이 상존하는 우리의 실정법 체계에서는 남북정상회담이나, 이에 부수되는 일련의 준비과정은 통치행위론을 끌어들여야만 설명이 가능하다. 이 점은 이미 대북송금 특검이 수사결과를 내놓을 때부터 원용한 법 논리의 틀이기도 하다.

대북송금 합의는 남북정상회담 준비과정에서 이루어졌다. 그래서 이것이 남북정상회담의 대가가 아닌가라는 점이 정치적 논쟁의 초점이었고, 아직도 이 논쟁의 불씨는 남아 있다.

하지만 재판부는 이번 판결에서 대북송금의 정상회담 대가성 여부에 대한 판단은 유보했다. 정상회담의 역사적 의의, 송금합의가 이루어지지 않았을 경우라도 정상회담이 성사될 수 있었을 가능성, 대북송금의 의도에 대한 의견대립 등을 고려할 때 그 대가성 여부는 사법적 판단의 대상이 아니라는 점을 들어 애로(隘路)를 비켜간 것이다.

그러나 이번 판결을 통해 대북비밀송금이 비록 통치행위인 남북정상회담과 무관하다고 단언할 수는 없지만 대북송금 자체를 통치행위라고 주장할 수 없음은 분명해졌다. 비록 논점을 비켜간 아쉬움은 남지만 재판부의 유죄 결론은 우리의 법감정과도 부합하는 것이라 하겠다. 물론 대북송금 과정에 관여한 피고인들이 남북정상회담을 성사시키기 위해 소명감을 가지고 애쓴 점을 부인할 수 없지만 막후에서 거액의 떡값을 주고받은 실세도 있었으니 남북정상회담의 대의가 이런 일들로 인해 퇴색한 것도 사실이다.

'절차적 정의' 새겨 들어야

최근 이 두 가지 정치적 성격이 짙은 사건에 대한 법원의 연이은 판결을 접하면서 우리는 한 가지 공통점을 발견할 수 있다. 그것은 권력기관, 특히 최고 통치권력이 민주화의 실현과정 속에서도 법과 절차적 정의를 무시하고 비민주적으로 권력을 남용했다는 점이다.

목적이 수단을 정당화할 수는 없다. 민주주의와 법치주의에서는 정당한 목적도 정당한 수단을 통해서만 합법성을 얻을 수 있다. 사회의 민주화 추세에 비추어 유독 구태의연한 부분이 있다면 정치권력이다. 권력의 투명성과 절차적 정의의 요구는 특히 탈권위와 분에 넘치는 개혁을 꿈꾸는 현 정권 실세들도 꼭 새겨 들어야 할 대목이다.

— 동아일보 2003. 9. 29.

국정혼란 빨리 수습해야

지난 며칠간 한국정치는 노무현 대통령의 재신임 국민투표 발언으로 큰 충격파에 휩쓸린 형국이 되었다. 안정을 기대하던 대다수 국민들은 나라가 점점 위기상황으로 치닫는 게 아닌가 싶어 불안한 심정을 감추지 못한다.

이처럼 거꾸로 국민이 대통령을 걱정하고 나라의 앞날을 불안해한 적은 일찍이 없었다. 지난 IMF 관리체제의 혹독한 시련기에도 국민은 새 정부와 새 대통령의 말을 믿었다. 당장은 정리해고로 직장을 잃은 아픔이 컸어도 곧 나아지리라는 희망을 잃지는 않았다. 총리가 서리의 꼬리를 떼지 못했던 거대야당의 발목잡기 앞에서도 경제 살리기와 희망의 불씨 지피기에 열심을 다하는 대통령과 정부를 신뢰했기 때문이다.

하지만 지금은 어떤가. 한 마디로 이 정부를 출범시킨 현재의 우리들이 자괴스럽고 참담할 뿐이다. 거기다가 도무지 희망의 출구가 보이지 않으니 기이한 현상들도 속출하고 있다. 중산층은 이민열풍에 휩싸이고, 가계 빚에 시달리는 서민층과 취업문이 막힌 청년실업자들은 자주 자살을 택한다.

더러는 총기나 흉기 강도로 돌변해 야심한 저잣거리나 백주의 대로에서 자포자기에 가까운 한탕주의를 노린다. 모든 것이 비정상적인 사회병리현상이지만 그 원인은 정치와 정권이 정도를 걸어가지 못한 데 있다.

이런 와중에서 노무현 대통령은 국회 시정연설에서 재신임 국민투표의 일정까지 제시했다. 재신임 충격파에 휩싸여 우왕좌왕하던 정치권도 당론으로 가닥을 잡아가고 있다.

하지만 임기 5년의 대통령제 아래서 그것도 정권출범 후 8개월여 만에 재신임을 묻겠다는 노 대통령의 폭탄선언은 헌정 사상 전례가 없는 일인데다 헌법적 근거조차 미약하다. 경우에 따라서는 재신임 논의 자체가 분란에 분란을 거듭하는 소모적인 논쟁이 되기 쉽다.

가뜩이나 불안한 정국에 노 대통령이 이 같은 극단적인 카드를 꺼내 든 배경이 선뜻 납득이 가질 않는다. 20년 측근인 최도술 씨의 SK비자금 수수의혹으로 정권의 도덕적 기반이 더 이상 지탱할 수 없을 정도로 무너져 버렸다는 개인적인 판단 때문이라고 밝히고 있다.

그렇지만 10억 원의 비자금수수가 정권의 도덕적 붕괴로까지 번질 치명적인 성질의 것이라고는 믿어지지 않는다. 오히려 책임총리와 충분한 협의도 없이, 일종의 정치적 도박처럼 승부수를 내던지고 나온 데는 누적된 측근비리와 정치적 무능력을 은폐하고, 내년의 총선까지를 겨냥한 국면전환용 계산이 깔려있는 게 아닌가 하는 의구심을 갖게 한다.

정치의 도덕적 기반을 그토록 중요시한다면, 노 대통령은 국민 앞에 사죄의 고백과 함께 겸손을 보였어야 옳다. 사회지도적 원로들에게 조언을 구한다거나 국회나 내각과 사전협의를 한다거나, 인사쇄신을 통해 면모를 새롭게 하는 노력 등은 도덕적 위기를 벗어날 수 있는 온건한 처방들이다. 그런 처방을 찾아 가슴을 열어놓는 자세야말로 위기를 관리할 국가지도자에게 필요한 겸손이기 때문이다.

어쨌거나 이제 주사위는 던져진 셈이다. 재신임 국민투표의 가능성 여부는 헌법학자들 간에 견해가 엇갈리고, 정치권의 시각도 다르다. 지금은 소모적인 논쟁으로 국력을 소진할 시기가 아니다. 정부는 정부대로, 국회는 국회대로 지금의 국정혼란을 조속히 수습하고 위기를 극복할 최선의 방도를 찾아 정치적 합의점을 도출해 내야 한다.

이에 필요한 여야합의를 이끌어내기 위해 노 대통령은 최도술 씨에 대한 검찰수사가 끝나는 대로 현 내각을 거국비상내각으로 재편하는 방안도 고려해 보기 바란다. 자칫 재신임 정국이 하야(下野)정국으로 번질까 우려되기 때문이다.

— 조선일보 2003. 10. 17.

탄핵정국의 파장과 전망

　　국회가 노무현 대통령에 대한 탄핵소추안을 재적 3분의 2가 훨씬 넘는 193명의 찬성으로써 가결했다. 설마 하던 일이 현실이 되어 버렸다. 이번 탄핵발의와 소추안가결은 56년 헌정사상 초유의 일이다. 게다가 제17대 총선을 한달 남짓 남겨놓은 시점에서 그것도 대통령의 선거중립의무위반으로 촉발된 일이어서 정국불안의 파장이 어디까지 미칠지 염려가 앞선다.

　　이제 이 탄핵소추안은 국회법사위원장의 손을 거쳐 헌법재판소에 넘겨짐으로써 탄핵심판절차가 개시된다. 헌재는 180일 이내에 심리를 종료해야 하며, 9명 전원 심판에서 6명 이상이 찬성하면 대통령은 그 직에서 파면된다. 또한 노 대통령은 국회 법사위원장으로부터 탄핵소추안 가결을 통보받는 대로 직무가 정지되며, 고건 국무총리가 그 권한을 대행할 예정이다. 탄핵소추를 둘러싸고 여야 국회의원들이 벌인 극한적인 몸싸움과 의사당 밖에서 그리고 인터넷에서 벌린 찬반양론의 격렬한 대결국면을 지켜본 대다수 국민들은 사태가 이 지경까지 이른 데 대한 참담함과 자괴의 심정을 금치 못하리라 짐작된다. 문제를 이 지경까지 몰고간 데 대한 제1차적 책임은 노 대통령에게 있다. 그는 임박한 총선을 공정하게 치러야 할 행정의 최고책임자의 자리에 있다. 제1인자라는 높은 곳에 자리할수록 그에게 귀속되는 권리의 양도 많아져, 보통사람이 누릴 수 없는 형사법상의 특권까지 누리게 되는 것이 대통령직이다. 그러나 권리의 등급만큼이나 의무의 등급도 상승한다는 평범한 사실을 노 대통령은 잊은 듯이 사고하고 행동할 때가 많았다.

노 대통령 스스로 4월 총선에서 자신을 지지하는 여당이 원내 제1당으로, 그것도 다수당으로 이기길 바랄 수 있다. 하지만 선거의 룰을 깨뜨리며 주어진 특권들을 이용해 다수당 만들기에 골몰하는 언사를 서슴지 않는 것은 선거를 관리해야 할 행정의 수반으로서 일탈된 행동일 수밖에 없다. 선관위도 반복해서 유감을 표했고 주의를 촉구했다. 하지만 자신이 제자리에서 벗어난 점을 살피고, 있어야 할 제자리로 돌아오기를 거절했던 노 대통령 개인의 오기의 정치가 국정파탄의 빌미가 된 것이다. 이것이 우리의 비극이다.

이제 주사위는 헌법재판소로 넘어갔다. 헌재는 신속하고도 공정한 심판절차를 통해 결론에 이름으로써 국정의 불안정 상태를 매듭짓도록 노력해야 할 것이다. 여야 정치권은 극단적인 대결로 치닫기보다 다시 냉정을 되찾고, 무엇이 이 헌정위기를 슬기롭게 극복할 수 있는 길인지를 모색해보기 바란다. 대화와 상생의 정치가 정말 필요한 때이다. 정치적인 성향을 지닌 친노·반노 그룹들도 대다수의 국민들이 느끼는 미래의 불안을 깊이 헤아려 자중했으면 한다. 극단적인 대결이 우리의 삶의 터전을 황폐하게 만드는 공해가 된다는 점을 유의했으면 한다. 이제 헌재의 법적 판단을 기다하면서 각자의 삶의 위치로 돌아가자. 그 자리에서 자기 책임을 다하는 성숙한 민주시민의식을 회복하자. 지금은 탄핵정국의 위기를 기회로 만들어가는 국민적 지혜가 필요한 시점이다.

— 국민일보 2004. 3. 13.

탄핵심판에서 듣고 싶은 말

5월은 가정의 달, 청소년의 달이다. 오늘날 해체위기를 맞고 있는 가정과 일탈로 질주해가는 청소년군(群)을 생각하면 이들에게 선한 영향을 끼칠 사표가 절실히 필요하다. 학교교육과 신앙행위를 통해 얻는 계몽은 물론이고 정치적·사회적 지도자들이 보여줄 모범도 중요하다. 건강한 가정과 건전한 청소년들을 깊이 생각하는 5월에는 네티즌 사이에 간혹 나랏님으로 불리는 대통령이 그 선한 영향력의 정점에 선 아버지 같은 존재라 해도 지나침은 없으리라. 나라 안에 소중한 것이 어디 가정과 청소년만이겠는가. 깨끗한 공직과 기강, 법과 질서, 인권과 정의, 평등과 평화 등 헤아릴 수 없이 많은 것들이 있다. 대통령은 이 소중한 것들도 잘 가꾸고 바르게 엮어 가야 할 책임의 정점에 서 있다. 이 숭고한 직책을 잘 감당하도록 대통령에게 어느 평등사회라 하더라도 최고의 권력을 위임하고 각종 면책특권까지 부여해 오고 있다. 법치국가의 관점에서 보면 대통령은 국민이 만들어낸 리바이어던(Leviathan)이다. 문제는 이처럼 인조된 리바이어던이 그 정점에서 제자리를 스스로 벗어나 일탈을 감행할 때이다. 법치국가 헌법에는 대통령의 일탈을 막고, 제자리로 돌려 세우는 길이 유일하게 탄핵제도밖에 없다.

　　마침 헌법재판소의 노무현 대통령에 대한 탄핵심판 선고일이 임박했다. 헌재가 각하, 기각, 파면이라는 세 가지 가능성 중 어디에 이를지 예측하기 어렵다. 하지만 헌법재판관들이 고심했을 것으로 예상되는 법적 사고유형은 몇 가지로 짐작해 볼 수 있다.

　　먼저, 법 도그마틱의 사고유형이다. 법 도그마티커는 현행 헌법과 국회법, 선거법, 형소법 등의 규정에 따라서만 사고한다. 반면 법이란 근본적으로 무엇인지, 법의 권위의 원천이 무엇인지를 고민하지 않는다. 대신 현행법의 총체적 테두리 안에서 소추공방의 정당성 무게를 저울질한다. 절차적인 하자가 있다면 각하나 기각이다. 헌법상 탄핵사유에 접해서는 파면될 중대한 위법이 있었는지가 고민의 절정일 것이다. 통치가 위냐 법치가 위냐, 총리라면 관용될 위법이 대통령이기 때문에 관용되어서는 안 되는 이유를 이 사고유형 가지고 캐내기는 어렵다.

　　다음으로, 정치적 현실과 선고결과가 몰고 올 파장까지 고려하여 정책적으로 접근하는 사고유형이다. 형평을 추구하는 대법원도 때로는 판결에서 정책적 고려를 해야 한다면, 정치적 힘의 현실을 심판대상으로 삼는 탄핵심판에서 이를 외면하는 것이 이상할지 모른다. 그러나 이 사고유형을 가지고는 마땅히 있어야 할 법의 제자리, 법의 교훈하는 목소리를 보고 들을 수 없다. 있는 법의 현주소와 그의 현실적 효력을 확인할 수는 있지만, 법이 정치권력을 포함한 공동체 전체를 다스리고 향도하는 당위성을 밝혀주지는 못한다. 결국 법공동체의 정상에서 기울기 시작한 일탈은 제자리로 돌아오지 않고 나쁜 관례로 남게 될 것이다. 마침 노 대통령의 측근이었던 안희정 씨가 자신의 형사재판 최후 진술에서 "법의 정의와 새로운 대한민국이 출발할 수 있도록 나를 무겁게 벌해 달라"고 한 교훈적인 말뜻에도 못 미치는 결론을 보게 될지도 모른다.

끝으로, 법철학적인 사고유형이다. 야스퍼스가 말한 대로 법철학은 '놀라움과 비극적 충격'이 도사리고 있는 법의 근본 위치를 찾아 나서는 작업이다. 전두환 씨와 노태우 씨를 법정에 세운 것도, 에스트라다를 권좌에서 끌어내린 것도 바로 법철학적 인식과 의지의 힘이었다. 이 사고유형에 따르면 법치주의와 대통령의 본디 자리매김에 역점이 놓일 수밖에 없다. 대통령의 불법은 재직 중 소추할 수도 없어 사법적인 통제가 불가능하다. 이 특권의 높은 등급만큼 그에게 의무와 신중함의 등급도 상승한다는 사실은 현행법 어디에도 쓰여 있지 않다. 하지만 법공동체의 질서 틀 속에서 대통령은 법 준수의 모범으로 자리하고 있다. 대통령의 언행이 총리나 장관의 언행과 다른 무게를 갖는 것은 그가 법질서의 정점에, 그것도 모범으로 서 있기 때문이다. 그것을 묻고 확증하는 것이 바로 법철학적 작업이다.

노 대통령을 직무정지상태에서 해방시키는 것만으로 이 제자리는 확립되지 않는다. 권력의 정상일수록 한 발자국의 권력남용이나 의무일탈도 있어서는 안 된다는 교훈을 우리 모두가 듣게 될 때 근본적인 의미의 제자리 찾기가 이루어질 전망이다.

― 국민일보 2004. 5. 6.

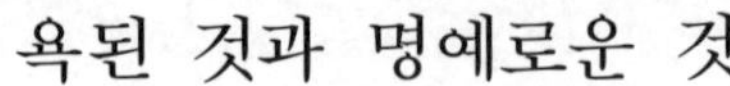

욕된 것과 명예로운 것

요즘처럼 상쟁하는 사회적 현안이 봇물처럼 터진 적은 별로 없었던 것으로 기억된다. 이라크 파병, 국가보안법 개폐, 양심적 병역거부와 대체복무제, 아파트분양원가 공개, 행정수도 이전, 의문사진상조사위의 활동과 위상, 친일진상규명특별법 개정, 서해북방한계선 파문, 최근 법원판결에 나타난 편향성, 정권의 정체성 등이 불볕더위 못지않게 뜨거운 논쟁거리이다. 시빗거리를 만들어 내는 사람이나 기관 그리고 시비를 벌이는 당사자들은 느낄 수 없을지 몰라도, 평온한 일상을 꿈꾸는 보통사람들은 통증을 느낀다.

육체의 통증은 육안으로 볼 수 없는 내부 장기에 이상이 발생했음을 알려주는 경고이다. 사회적인 갈등과 시빗거리에서 저며 오는 통증은 우리 사회의 내부기관에 이상이 생겼다는 신호이다. 인간이 동물과 다른 점은 육체적 통증을 넘어 사회적 통증이나 도덕적 통증을 느낄 수 있다는 점이다. 뿐만 아니라 그 고통을 감지하고 적절하게 대응해 나감으로써 고통을 극복할 수 있다는 점도 빼놓을 수 없는 인간의 특성이다.

육체적 통증을 제어할 수 있는 신경면역체계처럼 사회적·윤리적 통증을 제어할 수 있는 면역체계를 들자면 한 사회가 보유하고 있는 상벌제도가 아닐까 한다. 상벌제도는 인간사의 욕된 것과 명예로운 것을 가려내는 사회적 여과장치인 셈이다. 이 여과장치에 고장이 생기면 사회의 도덕적 건강성은 제대로 유지될 수 없다. 그래서 법은 공정하고, 도덕은 엄숙해야 좋다. 법을 통한 정의의 실현에서 불법과 적법의 구별이나 도덕을 통한 인격의 실현에서 선행과 악행의 구별이 자칫 시류에 편승해 좌로나 우로 치우친다면 사회적·윤리적 통증의 면역체계는 퇴화될 수밖에 없다. 이런 관점에서 엊그제 강병섭 서울중앙지방법원장이 "법관의 판결이 진보적 시민단체가 원하는 방향으로 기우는 경향이 있다면 법원판결의 공정성이 중대한 위기를 맞지 않을까 우려된다"고 언급한 부분은 의미 있는 대목이다.

최근 서해북방한계선 파문으로 인한 군의 위상과 사기문제가 보통사람들의 뇌리에서도 맴돌고 있다. 이 사건으로 국방장관은 사임했으며, 합참 정보본부장이 보직해임되었고, 해군 작전사령관 등 장성 2명과 영관급 장교 3명도 경고조치되었다. 그런데 이 사건 발생초기 여당과 청와대의 과격·과민반응이 어려운 작전임무를 수행하는 군의 사기에 적잖은 악영향을 끼쳤다는 것이다. 군 장교의 신분을 논할 때, 특히 그들의 명예감정을 아프게 해서는 안 된다. 목적법학의 창시자 예링은 130여 년 전의 저술에서 명예감정이 극히 민감하게 형성되어 있는 신분으로 법관도 성직자도 아닌 군장교 신분을 꼽았다. 군 장교는 인격적으로 용감의 화신이기를 원하고, 비겁을 참지 못하는 특성이 있기 때문이라는 것이다. 군이 평화의 파수꾼이 되게 하는 것과 군을 비겁쟁이로 만드는 것은 전혀 다른 차원의 정책이다. 해군지휘관이 '교신상황을 보고하면 사격중지명령이 내려질 것을 우려'했다는 맥락은 이런 관점에서 다시 헤아려 볼 대목이다.

마지막으로 언급하고 싶은 것이 친일진상규명법 논쟁이다.

물론 과거에 숨겨진 친일행각에도 불구하고 독립유공자로 인정된
예가 있다면 사실을 바로잡는 의미에서도 진상을 규명해 볼 당위
성은 있을 것이다. 하지만 역사의 뒤안길로 조용히 사라져간 영
혼들의 묘석을 무더기로 열고 그 불안한 영혼들을 다시 일깨워
세우려 한다면 그것이 현재와 미래의 우리 삶에 어떤 큰 유익이
있는지 가늠이 잘 안 된다. 엄밀한 학문성의 잣대를 지닌 친일행
적연구는 국가가 예산을 투입해서 지원해도 좋을 일이다. 하지만
현실적인 이해관계에 민감한 정치판이 이 문제를 요리하려 든다
면 사회가 온통 난장판이 되지 않을까 솔직히 우려되는 바가 크
다. 우리 주변에는 이런 과거사로 잠 못 이룰 노인들도 틀림없이
있겠지만, 대부분은 아마 그 자손들의 고통으로 돌아갈 것이다.
어디 그 자손뿐이겠는가. 그 분들에게서 대학과 학문의 향기를
전수받은 많은 오늘날의 지식인들도 혹은 문하로서, 혹은 후학으
로서 그 고통에 직접간접으로 빠져들 게 뻔하다.

  마침 노무현 대통령도 고이즈미 일본수상과 만나, 자신의 임
기 중 한·일과거사를 논하지 않겠노라 공언했다지 않는가. 정치
권은 큰 틀에서 과거사를 매듭지어 나가되, 화해와 용서의 정신
으로 그 일을 했으면 한다. 가급적 사회의 통증이 도지게 하지는
말아야 할 것이다.

— 국민일보 2004. 7. 29.

광복 60주년의 반성과 결단

　　올해로 광복 60주년을 맞이한다. 일제 36년의 압제와 굴욕의 질곡에서 해방된 지 2세대가 지난 셈이다. 되돌아보면 우리들의 정신과 삶, 역사의 구석구석에 식민지 통치가 할퀴고 간 상처 자리는 선명하고, 그 흔적은 아직까지도 우리들에게 아픔으로 다가오고 있다. 어디 그뿐이랴. 어떤 상처는 원폭피해자들의 후유증처럼 아직도 아물지 않고 있고 또 다른 상처들은 새롭게 도지기도 한다. 왜 그럴까? 일제의 과거사는 역사적 망각의 무덤 속에 안장될 수 없는 까닭이 무엇일까? 그 속에는 불안한 혼이 꿈틀거리고 있기 때문이다. 당사자인 일본과 우리의 역대 정권의 위정자들이 바쳤던 장중한 진혼곡에도 불구하고 이 치욕의 불안한 혼은 그들이 신중하게 덮어 둔 역사적 미화의 묘석 밑에 조용히 잠자기를 차마 견딜 수 없기 때문이다. 때가 되면 불현듯 다시 되살아나 우리들의 통증을 일깨우고 소용돌이치며 지나가는 그 영향력은 어느 때에 이르러 진정한 안식에 들어갈 것인지 이제 우리는 진지하게 묻고 생각해야 할 시점에 이르렀다고 본다.

　　먼저 일본 위정자들의 문제이다. 최근 들어, 국제사회에서 일본의 영향력 확대는 괄목할 만한 지평에 이르렀다. 일단 잠복한 듯해 보이지만 일본의 유엔 안보리 상임이사국 진출시도가 그 단적인 예이다. 세계 초강국 미국과의 긴밀한 유대강화를 통해 내친김에 강대국 진입을 마무리짓겠다는 의지가 역력하다.

그러면서도 한편 일본은 그들이 역사적으로 상처를 입힌 이웃나라들에 대해서는 통증을 자극하는 일을 서슴없이 한다. 우리들에게는 독도문제가 그렇고, 역사교과서 왜곡문제가 그렇다. 지난 5공 때에도 역사교과서 왜곡사건을 계기로 우리는 대대적인 국민성금으로 독립기념관을 짓기도 했고, 민족 얼과 주체성을 되찾자는 아우성에 휩싸이기도 했다. 우리나라에 근대 산업제도를 전수해 주었고, 현재 진행 중인 사법제도개혁조차 부끄럽게도 일본의 최근 행보를 그대로 모방할 정도로 앞서가는 일본의 법원은 아직까지도 정신대할머니 배상문제 하나 사법적으로 해결해내지 못하고 있다. 일제의 고문, 집단학살, 강제징용, 생체실험 등 인류 보편적인 양심에 비추어 보아서도 명백한 반인도적 범죄의 피해자들에 대한 원상회복에 일본은 이해할 수 없을 정도로 소극적이라는 점이다.

물론 세월은 지나가고 있고, 시간의 자연적 치유력에 기대를 걸어봄직도 한 일이다. 하지만 시간을 통한 망각의 은총은 가해자가 품은 기대일 뿐, 피해자들의 넋은 역사적 묘석을 열고 되살아나 언제든 가해자 곁을 떠돈다는 사실을 잊어서는 안 된다. 일본이 단지 경제적·군사적인 강대국이 아니라 정치적·정신적·문화적 강대국으로 도약하려면 이 불안한 혼돈 앞에 자복하고 회개하여, 용서를 얻는 마지막 관문을 반드시 통과해야 하리라고 생각한다.

다음으로 우리 위정자들의 문제이다. 광복과 해방은 60년이나 지났지만 진정한 의미의 자주와 독립은 아직 멀었다. 외형상으로는 독립국가의 모양새를 갖추고 있으면서도 정작 우리의 국민의식과 정신세계 내면에 깊숙이 뿌리박혀 있는 대외의존성과 노예근성의 잔재들을 우리는 아직 청산하지 못한 채 살아가고 있다. 최근 들어서야 과거사 진상규명을 위한 활동이 활발해지고 있다. 정부수립 후 입법, 사법, 행정, 군, 경찰, 교육기관, 문화 등 다양한 영역에서 식민시대 굴종의 모범생들이 새 시대의 주역들이 되어 새 역사를 엮어갔다는 사실들이 밝혀지고 있다. 준비 없이 맞이한 해방공간의 여백을 메우기 위한 비상조치였다고 추론하고 싶다. 또한 건국 초기 혼란 속에서 이들의 봉사와 노력이 건국에 밑거름이 되었다는 점도 부정해서는 안 될 것이다. 하지만 광복 60년이 지나면서 안정기와 성장기에 이르도록 우리는 한 번도 정신적인 엑소더스의 세례를 경험하지 못했다는 점을 부끄럽게 기억해야 하리라.

최근에 불거진 정보기관 X파일 문제도 우리가 자주독립국가의 국민이 아니라 권력지배의 피지배계층으로서 정신적인 학대 속에 살아온 백성이라는 사실에 주목해야 할 것이다. 그래서 부끄러운 역사는 청천백일하에 드러나야 하고, 우리는 진실의 바탕 위에서 이제 새로운 광복과 독립을 구가할 지평을 향해 함께 걸어가야 한다. 문제는 먼저 진실규명이다. 이 점에서 과거사 진상규명은 역사적 화해와 미래전망을 열기 위한 필수적 관문으로 인식되어야 한다.

이 절실한 치유책을 내부적으로 경험하지 않고는, 오늘 광복 60년의 무거운 미완의 과제로 남아 있는 민족통일의 문제도 풀어가기 어려울 듯싶다. 진실을 위한 아픔은 원한의 혼에 시달리는 고통과는 차원이 다르다. 그러나 진실을 찾아 애쓰는 분들이 유념해야 할 것은 증오와 복수가 아니라 사랑과 건설을 위한 헌신이어야 한다는 점이다.

— 국민일보 2005. 8. 15.

국회만을 탓할 것인가

　17대 국회의원을 선출하는 총선을 앞두고 벌써부터 선거 열기가 달아오르고 있다. 말할 것도 없이 국회는 민의의 대표기관으로서 민의를 국정에 반영하는 곳이다. 시민사회에서 민의는 복잡미묘한 것이어서 의회의 토론과 결정을 통해 확인될 수 있을 뿐이다. 민의가 제대로 국정에 반영되려면 민의의 건강한 통로가 의회에 마련되어 있어야 한다. 그러자면 올바른 정신과 양식을 지닌 선량들을 바로 뽑는 일이 무엇보다 중요하다. 때가 때인 만큼 요즘 들어 국회와 국회의원들의 의정활동에 대한 비판이 활발하다. 선거의 계절이 왔기 때문만은 아닐 것이다. 국회의원들의 불법정치자금 수수 등 부패한 행태가 속속 드러났고, 16대 국회의 방탄막이가 지나치다 싶을 정도까지 갔던 것이 사실이다.

　국회의원들은 의사당 밖에서는 국민을 위해 일한다고 목소리를 높이지만, 정작 의사당 안으로 들어가면 국민은 안중에 없고 당리당략과 정파의 이익에 지배된다. 양심이 그것을 명하지 않더라도 국회의원들은 거대한 정당기구의 한 부속품처럼 양심을 가두어 둔 채 당의 지시를 좇아가도록 길들여져 있다. 이미 의사당 안에서의 격돌, 주먹다짐, 고성, 단상점거, 심지어 저질스러운 육두문자까지 일상화되다시피한 여의도 문화는 한국정치의 부끄러운 현주소이기도 하다.

민주정치를 운용하는 사람들의 정신이 고작 이 정도라면 정치인들에 대한 국민의 신뢰는 기대 이하일 수밖에 없다. 제도가 불완전해도 그 속에서 일하는 사람들이 훌륭하다면 의회에 대한 국민의 신뢰가 떨어지지 않을 것이다. 높은 신뢰 속에서만 의회의 권위는 생겨난다. 그러나 의원들이 당파적 이해관계나 이권에 눈이 먼 부패한 사람들로 비쳐질 때 진정한 권위는 실종되고 만다.

올바른 정신을 지닌 사람들을 뽑아 국회로 보내자면 이번만큼은 정파성과 지역 편향성을 뛰어넘어야 한다. 그러려면 정당마다 내부적 혁신을 통해 공천부터 새로워져야 한다. 모든 정당들이 개혁과 참신성을 내세우지만, 그들의 뇌리에는 온통 원내 의석확보를 위한 전략으로 가득 차 있어 보인다. 의회를 새롭게 하여 새로운 정치문화를 꽃피워 보고자 하는 치열한 자기반성과 원대한 정치철학은 빈약해 보인다.

민의가 의정활동에서 존중받는 새로운 국회로 거듭나려면 어느 정당 할 것 없이 기득권을 내놓을 각오가 있어야 한다. 집권세력과 여당은 정권을 내놓을 각오 없이 의회를 새롭게 열어 가는 데 기여할 수 없다. 거대야당은 원내 제1당의 지위를 과감히 던져버릴 각오가 되어 있어야 새로운 정치문화의 선도에 기여할 수 있을 것이다. 전국정당, 국민정당으로 거듭나려면 지역정서에 편승한 정당의 지역기반을 과감히 뛰어넘는 자기혁신이 있어야만 한다. 지역정당의 구각을 이번 17대 총선에는 벗어버리고 전국적인 국민정당의 모습으로 환골탈태하는 모습을 보고 싶다.

문제는 유권자인 시민이다. 지역정서를 바탕으로 한 지역할거주의는 바로 유권자들이 합작하여 만들어 낸 일그러진 자화상에 불과하다. 혈연이나 지연, 학연에 의존하는 사회는 개인의 자유와 책임을 바탕으로 한 민주시민사회와 거리가 멀다. 시민사회는 개성 있는 개인의 윤리적인 삶의 자기발전과 자기보전의 길이 열려 있는 공간이며, 각자의 의사소통을 통해 사회공동체의 통합과 질서를 이루어가는 참여의 장이다.

정보화시대와 탈산업사회에 접어든 오늘날에도 유독 선거문화만은 아직도 전근대적인 혈연·지연·학연의 끈에서 벗어나지 못하는 것은 우리 유권자들이 아직 정치적인 결정에서 냉철한 비판과 성숙한 선택을 하는 데 미숙하기 때문이다. 선거법을 개정하고 금권선거와 향응선거의 구태를 벗어 버리자는 시민단체들의 목소리도 높지만, 유권자들의 의식개혁과 냉철한 자기성찰이 밑받침되지 않는다면 깨어진 독에 물 붓기나 마찬가지일 것이다.

오는 17대 총선에서 성숙한 시민의식으로 정치적 악순환의 고리를 끊는 새로운 지평이 열렸으면 좋겠다. 그러려면 나부터 달라져야 한다. 성숙한 시민사회를 열고 신성한 국민적 총의에 참여하려면 유권자들의 정신혁명부터 일어나야 한다.

— 국민일보 2004. 1. 26.

고뇌 없인 바른 선택도 없다

　　제17대 총선이 눈앞에 다가왔다. 4월 15일, 우리국민은 새로 도입된 1인2투표제 선출방식을 통해 제17대 국회를 결정한다.

　　지난 1987년 6·29선언 이후 우리사회는 민주시민사회로 급격한 사회변동을 겪어 왔지만, 아직도 선거행태 속에 깊이 각인된 전근대적인 악습을 청산하지 못했다. 선거철마다 도지는 지역정서, 금품수수, 악선전과 선심공약 등 민의를 도둑질하는 악행 때문에 실제 민주주의는 형식과 껍데기뿐이요 내용과 알맹이는 썩어 있었다. 돈 안 드는 깨끗한 선거는 그야말로 빈 구호였다. 이처럼 선거 자체가 썩었으니 그 위에 세워진 정치가 부패하지 않을 수 있겠는가?

　　문민정부도 국민의 정부도 태동부터 부패의 먹이사슬이었고, 참신성을 표방한 현 참여정부도 머리부터 썩었으니, 부패정치의 뿌리는 우리의 생각보다 훨씬 더 고질적인 병이라 해야 할 것이다. 세대교체와 물갈이를 꿈꾸는 이번 총선에서 이미 불법타락선거 적발건수가 지난 16대 총선 때보다 3, 4배 높은 점은 유권자들의 경각심을 요하는 대목이다.

　　하지만 절망과 무관심은 부패보다 더 나쁜 이기적 행태이다. 이 땅 위에 깨끗한 정치를 구현하길 바라는 소망과 기대를 한 순간도 포기해선 안 된다. 오히려 깨끗한 한 표에 정성과 주의를 다하는 혼신의 노력이 필요하다. 양심적인 표심들이 깨어나 힘을 발휘해야 할 때이다. 깨끗한 선거를 위해 정당이나 정치인들이 앞장서 주면 좋겠지만, 경험에 비추어 볼 때 기대하기 어렵다. 시민사회운동단체들이 이 일을 맡아 하기에는 부적절할 만큼 대부분 편향되었거나 의식이 부패했다. 대중매체들이 공정하고 객관적인 선거분위기를 이끌어 주길 기대하기도 어렵다. 특히 오늘의 지상파방송들은 일종의 표상의 정치를 통해 이데올로기적 역할을 수행하며 여론을 오도하거나 민의를 왜곡 조작하는 최악의 권력으로 타락했기 때문이다.

이번 총선에서 무엇보다 혼란스러운 점은 이른바 탄핵정국에서 비롯된 감성의 정치가 이성의 정치를 압도하고 있다는 사실이다. 탄핵폭풍이 총선을 바람몰이하고 있지만 지나고 나면 실체조차 알 수 없는 허풍에 불과하기 십상이다. 문제는 이에 휘감기면 맹목의 포로가 되어 한 표의 결정에서 고뇌할 여지까지 잃어버린다는 점이다. 그렇게 날려버린 주권은 후회해도 되찾을 길이 없다. 따라서 명철과 지혜의 힘으로써 맹목의 굴레에서 벗어나 양심과 이성의 자리에서 선택하고 결정해야 한다. 그래야 바른 인물이나 실현가능한 정책이 보일 것이다.

나는 고뇌하고 선택하는 양심의 표현이 한국 교회와 신자들의 몫이기를 간절히 소망한다. 누가 지역정서로써 볼모잡고, 누가 세대간의 갈등을 부추기는지 부릅뜬 눈으로 감찰하기 바란다. 누가 검증되지 않은 인격이면서 중앙당 바람이나 들먹이는지 세심히 살펴보기 바란다. 이들은 선량됨에 함량미달이며, 십중팔구 당선되기가 무섭게 민의를 저버릴 공산이 크다.

마침 고난주간이다. 십자가의 고난 속에서 우리는 부활의 아침을 기다린다. 고난으로 찢긴 틈새를 통해 먼저 우리 자신이 아직도 분열과 갈등, 편견과 무지, 이데올로기의 적대감 한 편에 서 있지는 않는지 살펴보자. 17대국회가 화해와 국민통합의 장이 되도록 한 표 한 표에 고뇌어린 선택을 할 일이다. 신자는 폭풍보다 무섭고, 간사한 여론보다 지혜로워야 한다.

— 기독신문 2004. 4. 7.

제17대 국회의 개원을 앞두고

　제17대 국회가 개원을 서두르고 있다. 새로운 정치기상도를 엮어낸 국민들은 여의도에서 정치다운 진짜 정치가 펼쳐지려는지 사뭇 마음 졸이고 있다. 17대 총선을 통해 확인된 국민의 뜻은 몇 가지 점에서 분명하다.

　첫째, 3김정치의 종식이다. 3김으로 대표되는 우리의 의회정치는 1인 보스에 의존하는 보스정당, 지역기반에 터잡은 지역정당의 범주를 벗어나지 못했다. 보스정치는 계파유지에 고비용을 필요로 하다 보니, 자연스레 금권정치와 짝하지 않을 수 없었다. 이것이 부패정치의 근원이라 말해도 지나침은 없으리라. 지역정당은 지역정서의 끈끈한 기반을 유지하기 위해 이성의 정치보다 감성의 정치, 공동선의 추구보다 지역이익 챙기기, 정책대결보다 감정대결로 경도될 수밖에 없었다. 3김정치의 종식은 건강하고 생산적인 의회정치의 새 출발을 기대하는 대목이기도 하다.

　둘째, 여당과 야당의 확실한 자리매김이다. 이번 총선에서 열린우리당의 과반수의석획득과 한나라당의 기사회생(起死回生), 민주당·자민련의 몰락은 주목을 끄는 대목이다. 여대야소로 인해 다시는 정부와 여당은 국회 때문에, 야당 때문에 정치 못해 먹겠다는 소리를 할 수 없게 되었다. 자신들의 결핍된 능력과 자질로 인해 야기된 정책실패를 남에게 덮어씌우고 동정 얻기를 기대하기 어렵게 되었다. 국민들은 이제 냉정한 눈으로 대통령과 정부, 여당의 정책을 보고 느끼고 평가할 수 있으리라 짐작된다. 한나라당도 이제야 진짜 야당이 될 수 있는 제자리를 찾은 셈이다. 두 번이나 대권에 실패하고도 여당인지 야당인지 모르던 미몽에서 깨어날 수 있게 된 셈이다. 이제부터가 한나라당에게는 새 생명의 기회일 수도 있고 아니면 회복할 수 없는 몰락의 위기일 수도 있다.

셋째, 최초로 진짜 이념정당의 의회진출이다. 노동자·농민의 이익을 대변해 온 급진적인 이념정당인 민주노동당의 의회진출은 지난 세기 80년대 독일 녹색당의 의회진출만큼 충격적이라 할 수 있다. 그러나 민주노동당이 몰고 올 진짜 충격파는 17대 국회가 개원되면서부터 감지할 수 있을 것으로 기대된다. 당선만 되면 금배지와 더불어 100여 개가 넘는 특권이 국회의원들에게 수여되고, 의사당의 보이지 않는 육중한 담장은 의원과 국민 사이를 갈라놓는 묘한 권위주의의 상징이었다. 민노당이 의회 제3당으로 당당히 자리함으로써 이 담장이 해체되고, 불필요한 특권들이 무너져 내리리라 전망된다. 이제 의회는 국민의 고통에 더 큰 관심을 쏟게 되고, 환난을 희망으로 열어가기 위한 이념과 정책의 대결장으로 변화해 가지 않을 수 없을 것이다. 거리의 급진이 제도 속에서 토론의 여과를 거쳐 실현가능한 진보로 변모할 수 있으리라는 기대가 민노당의 의회진출을 엮어낸 동인이었다고 판단된다. 민노당을 넘어서 제17대 국회의원 재적 30%에 해당하는 의원들이 이념적으로 급진성향의 인사들임을 국민들은 잘 알고 있다. 그럼에도 불구하고 이들을 의회로 뽑아 보낸 진정한 뜻은 의회가 이념의 극렬한 대결장이 아니라, 오직 국민 전체의 복리를 위해 이념을 뛰어넘어 대화와 타협, 상생의 정치를 펼치라는 주문이다.

IMF 관리체제 이후 지난 7년간 경제난과 높은 실업률, 생활고와 카드빚 때문에 빈약했던 중산층마저 무너져 내리고, 패륜과 파괴가 우리의 공동체적 삶의 터전을 사막화하고 있다. 이런 현실에서 정치는 왜 존재하며 무엇을 위해 있어야 하는지를 17대 국회개원에 앞서 여야정치인들은 곰곰이 생각해 보기 바란다. 성장이든 분배이든, 안정이든 개혁이든 국민들에게 미래에 대한 확실한 희망과 비전을 제시해 줄 수 있어야 한다. 미래에 대한 확실한 전망이 선다면 현실의 참담한 눈물골짜기라도 참고 견디며 함께 살아갈 수 있다.

먼저 정치권부터 항시 민생의 현장을 파고들어가 국민들이 겪는 이 절실한 고통과 탄식을 나누기 바란다. 또한 이 난제를 풀기 위해 피부에 와 닿는 구체적인 해결책을 적재적시에 내놓는 열심을 보여주기 바란다. 자신들의 권력을 위한 투쟁이 아니라, 국민들의 절망이라는 공통의 적과 대결하는 진실하고 믿음직한 정치를 열어갔으면 한다. 정말이지 개원부터 파행하는 국회의 모습을 보여주어서는 안 된다.

— 서울신문 2004. 4. 28.

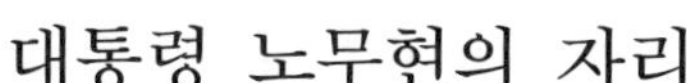

대통령 노무현의 자리

　　노무현 대통령이 최근 참여정부평가포럼에서 특정 대선예비 후보와 특정 정당을 헐뜯는 말을 쏟아낸 것과 관련, 중앙선관위는 지난 7일 불법 선거운동은 아니지만 공무원의 선거중립의무를 위반했다고 결정했다. 선관위의 선거법 준수요청 공문을 받고서도 노 대통령은 그 다음날 원광대로부터 명예정치학박사를 받은 후 가진 특강에서 대통령의 선거중립 요구 조항은 세계에서 유례를 찾을 수 없는 위선적 제도이며 그래서 위헌이라고 목청을 높였다.

　　이 무슨 말장난인가? 법적 제도는 당대의 문화와 지배적인 법 의식의 산물이다. 대통령과 공무원이 분수를 넘어 선거판에 끼어들어 민의를 왜곡시켜 왔던 쓰린 경험 때문에 공무원의 선거중립이라는 원칙이 우리에겐 아직 가치 있는 것이다. 어제의 참여정부 평가포럼에서는 '그놈의 헌법'이라더니, 오늘의 특강에서는 그것도 미래의 청년 대학생들 앞에서 '위선적 제도'이고 '위헌'이라니, 이처럼 낮은 수준의 변덕은 사려깊은 사람들이 하기 힘든 일이다.

　　지금까지 자연인 노무현이 연출해 온 언행은 일종의 희극 수준이지만, 나라의 품격을 생각하는 보통시민들에게는 비극이요,

슬픔이다. 이제 자연인 노무현을 말릴 법이 없어 보인다. 차라리 비속을 성결이라고, 파격을 품격이라고 추켜세우는 것이 역설적으로 묘약이 될 수 있을지 모를 일이다. 칭찬은 고래도 춤추게 한다는 말처럼, 지금 자연인 노무현에게는 칭찬과 사랑이 필요한 약인지도 모른다. 그의 거침없는 말재간, 대세를 치고 나가는 순발력, 예상을 뛰어넘는 역발상 등은 누구도 흉내내기 어려운 그의 특장들이다. 자연인 노무현에게는 명예정치학박사라는 타이틀 외에도 최고 예술가에게 주어지는 거장이라는 타이틀도 어울려 보인다.

그런데 문제는 대통령 노무현이다. 그는 헌법과 법질서의 자식이며, 상징이기도 하다. 지난 대선 때, 보통시민들의 예상을 뛰어넘어 대통령 노무현이 막판 뒤집기로 탄생한 것이다. 선거판의 산고를 딛고 탄생한 새 대통령을 현실로 확증시켜 준 것이 바로 선거법이요 헌법이었다. 누구보다 그 은혜를 많이 받은 사람이 대통령 노무현이다.

바로 그런 의미에서 대통령 노무현은 헌법에 손을 얹고 헌법과 국법의 준수자, 더 엄밀히 말해서 모범적인 준수자가 되겠노라고 선서했고, 국민은 진정으로 화답해서 대통령직에 취임한 것이다. 이 장면은 단순한 겉치레가 아니라 상징적으로 가장 중요한 의미를 지닌 헌법의 세례식이었다.

자연인 노무현이 국정의 최고책임자 자리에 오른 것은 바로 이 헌법의 권위를 덧입은 때문이었다. 그런 대통령 노무현이 어제는 '그 놈의 헌법' 투정에, 오늘은 위헌타령을 하면서 헌법과 법질서를 희롱하는 막말을 쏟아내고 있으니, 나라의 품격이 말이 아니다.

일이 이 지경까지 이른 데는 노 대통령과 청와대가 자연인 노무현과 대통령 노무현을 구별하지 못한 데 그 원인이 있다. 대통령 취임식 때 헌법의 세례는 바로 자연인 노무현은 죽고, 법적 노무현이 새롭게 태어나는 의미를 담는 것이었다. 그런데 요즘 들어 자연인 노무현이 살아나고, 법적 노무현이 죽어가는 당혹스러운 사태를 우리는 자주 목격하고 있다.

인간 노무현의 사생활이나 사적 견해를 시시콜콜 시빗거리로 삼을 수는 없다. 하지만 대통령 노무현은 공인 중의 공인이다. 그의 일거수일투족은 개인의 차원을 떠나 공적인 의미로 해석되고 이해되기 마련이다. 대통령직에 머무르는 한 그는 자신의 신념과 취향대로 행동할 수 없다. 개인의 삶을 희생하고, 국민을 위해 살아야 하며, 한 정당의 지도자가 아니라 국가의 지도자 자리에 머물러야 한다. 하늘이 무너져도 그의 언행은 원칙에 충실해야 한다. 그러므로 노 대통령과 청와대는 선관위의 결정을 존중하고, 국민 앞에 겸허한 자기반성의 모습을 보여야 할 차례다.

— 문화일보 2007. 6. 11.

청와대의 '이명박 고소'와 법치의 위기

청와대가 5일 이명박 한나라당 대선 후보와 주요 당직자들에 대해 허위사실 유포에 의한 명예훼손 혐의로 고소하겠다는 방침임을 밝힌 데 이어 7일 실제로 검찰에 고소장을 제출하겠다고 했다. 이것이 현실로 나타날 경우 노무현 대통령과 청와대는 한편으로 정치적 코미디를 연출하는 꼴이 될 뿐만 아니라, 또 다른 한편으로 법치주의의 기본 정신을 뒤흔드는 우(愚)를 범하는 결과가 될 것이다.

국정원·국세청의 방대한 이명박 관련 정보 불법수집에 대해 정권 차원의 이명박 죽이기, 권부의 공작정치라는 공세는 이미 한나라당의 대선후보 경선 때부터 있어 왔던 게 사실이다. 며칠 전 이명박 후보가 한나라당 최고위원회에서 "여러 정부기관이 정권연장 전략을 꾸미고 선거에 개입하고 있다는 것을 만천하가 알고 있다. 특히 권력의 중심세력에서 강압적으로 지시해 본의 아니게 참여하는 경우도 있을 것"이라고 한 언급은 이런 맥락에서 볼 때 새삼스러운 것이 아니다.

그런데 청와대가 갑자기 명예훼손이라는 예상 밖의 고소 카드를 꺼내든 것은 나름대로 고도의 정치적 계산이 깔려 있으리라 짐작된다. 노 대통령의 사전에 레임덕은 없다는 사실을 보여주기 위해 청와대는 지금 과도한 안간힘을 쏟고 있는 듯한 인상이 짙다. 그러나 대선을 석 달 남짓 남겨 놓은 이 시점에서 레임덕이라는 현상은 오히려 자연스러운 일이다. 노 대통령은 이것을 자연의 순리로 받아들여 오히려 즐기는 편이 아름다워 보일 수 있다는 사실을 염두에 두었으면 좋겠다. 이 자연의 흐름에 인위적으로 맞서고자 하면 신경과민적 반응이나 무리가 따르게 마련이고, 오히려 그것이 권력의 정상을 추하게 변질시킬 수 있음을 유의했으면 좋겠다.

청와대가 정상적인 상황에서라면 최후의 수단으로서 고려할 가치조차 없는 고소 카드를 꺼내드는 데는, 청와대 인사들이 연계된 최근의 의혹사건 공방에서 일종의 기선잡기를 통해 야당의 정치적 공세를 둔화시키려는 속셈도 없지 않아 보인다. 뿐만 아니라 가장 유력한 대선 후보에게 직접 법률 공세를 가하려는 배경에는 의도한 바대로 검찰이 손발이 돼 주기만 한다면, 대선판을 흔들어 정권 연장에 유리한 국면으로 이끌어 나갈 수 있으리라는 셈법도 작용했으리라고 본다.

그러나 이러한 인위적인 전술은 결코 성공에 이를 수 없다. 그것은 공정하고 건전하게 사유하는 국민 대다수의 정의 감정을 해칠 수 있고, 상황에 따라서는 국민적 저항을 불러올 수도 있을 터이기 때문이다.

노 대통령을 비롯해 청와대에서 고소 카드를 주도하는 인사들은 주로 법률가 출신일 것으로 짐작된다. 그런데 이들이 법을 바라보고 대하는 태도는 참으로 혐오스러운 법률가 계층에서나 볼 수 있는 행태들이다. 널리 알려진 바대로 법치주의의 시대적 요청은 자유주의와 인간 존중의 정신이다. 그 속에는 동시에 본래적이고 궁극적인 옳음, 공정성, 공평성에 대한 믿음이 깔려 있다. 법을 순전히 특정한 정치적 · 경제적 · 사회적 목적을 성취하기 위한 수단·도구로만 바라보고, 법률을 가지고 잔머리를 굴려 송사를 일삼는 법률가를 법치주의는 가장 심각한 혐오의 대상으로 간주한다.

　청와대의 이번 명예훼손 고소 카드에서 혐의점의 진정한 성립 여부는 각자의 판단에 맡길 수밖에 없다. 가령 혐의점이 있다손 치더라도 청와대의 고소 카드 꺼내들기는 법치주의의 문화사적 흐름에 거슬리는 돌출 행동임에 틀림없다. 어디 그뿐이겠는가. 그것은 법과 정의를 추구하는 사법기관들과 숭고한 법에도 부담과 상처를 입히는 독선적 처사라는 비난을 면하기 어렵다.

— 문화일보 2007. 9. 7.

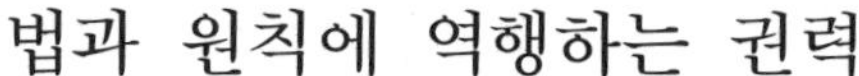

법과 원칙에 역행하는 권력

김성호 전 법무부장관이 최근 법조언론인클럽이 주최한 한 강연회에서 자신의 범정부적 정책제안이 좌절한 대표적 사례로 불법집회 대응책을 들었다. 그는 불법집단행동에 공권력이 즉각적으로 대응함으로써 법과 원칙이 바로 서는 행복세상을 만들고 싶었지만, 정부 내 반대세력의 강한 반발에 부딪혀 뜻을 펼치지 못했다고 술회했다.

물론 작은 불법에 대해서도 공권력을 투입하거나 가차 없는 응징을 가해야 한다는 생각을 피력한 것은 아닐 것이다. 그러나 사회적으로 감내하기 어려운 집단적인 불법행동에 대해서도 공권력이 뒷짐지고 바라만 보고 있다거나, 공권력의 정당한 행사를 불법적인 폭력으로 저지하려는 세력을 방치하고서는 국법질서를 바로 세우기는 어려울 것이다.

문제는 국법질서의 누수현상을 방임하고서도 현실적으로 굴러가는 권력이 존재한다는 점이다. 그러한 권력은 실제 살아있는 권력일 수는 있으나, 헌법적으로 정당한 권력이라고 말하기 어렵다. 왜냐하면 헌법적으로 정당화된 권력은 국민의 자유와 안전을 보호하도록 의무지워진 권력이며, 더 나아가 그와 같은 보호의무에 충실한 권력을 뜻하기 때문이다.

　　법을 실현해야 할 국가권력도 이념적인 친소관계로 이분화하여 생각이 같은 부류의 집단적인 불법행위는 수수방관하다가 그와 다른 편의 행태에 대해서는 무거운 짐을 어깨에 지운다면 이러한 권력은 정상성에서 벗어난 편파적인 세력에 불과할 것이다. 참여정부 들어서 법적 권위의 상징들이 비하되고, 법집행권력의 권위마저 무너져 내려, 심지어 교도소의 안전질서마저 붕괴될 지경에 이르렀다는 우려의 목소리도 들린다. 이것은 국가의 내적 위기일 뿐만 아니라 국민생활의 안전성에 대한 위험신호일 수도 있다.

　　법과 원칙의 확립을 통한 안전질서의 확보 없이 인간다운 삶과 행복을 구가할 수는 없을 것이다. 인간의 탐욕, 무사려, 이기심, 파괴본성 때문에 사회는 갈등과 투쟁을 피할 수 없다. 그러나 법과 원칙이 바로 설 때, 무엇이 불법이고 무엇이 정의이며, 불법의 대가로 치러야 할 고통의 크기가 얼마인지를 사람들은 학습하게 될 것이다. 공권력의 불편부당한 행사, 적극적인 개입이 고질적인 불법투쟁을 종식시키고 사회의 안전과 평화를 가져다 줄 수 있다.

　　전통적인 법치국가 사상은 이 안전과 평화를 확보하기 위해 모든 수단을 동원하여 모든 사태에 개입하라고 말하지는 않는다. 그러나 국민 각자가 법질서로부터 평등하게 보호받는다는 안전의식이 해체되는 지경까지 국가권력이 불법에 휘둘리거나 뒤채이는 인상을 주게 되면 국민은 더 이상 국가권력에 복종해야 할 근거를 발견하지 못한다. 각자가 자기소견에 옳은 대로 자기 주장을 완력으로 관철하려 들거나 자기방어·자력구제에 우선권을 두게 될 것이다. 이것은 바로 인류가 지난 수세기 동안 피와 생명을 희생의 대가로 지급하고 획득한 문화상태를 자연상태로 되돌려 놓는 것과 다를 바 없다.

　　법질서 확립은 지금 여기에 살고 있는 우리 모두의 평안과 행복을 위한 보편적이고 현실적인 요구이지 결코 구시대적 유물이나 기득권계층의 특권적 요구가 아니다. 지금 우리는 국민적으로 중요한 전환기를 맞이하고 있는 셈이다. 임박한 대선에서도 법과 원칙에 관한 철학을 실현가능한 정책으로 엮어낼 준비가 된 인물이 누구인지를 살펴보아야 한다. 경제냐 이념이냐의 문제 외에 우리는 또하나 법과 원칙에 자신을 겸허히 낮출 수 있는 지도자를 세워야 할 과제를 안고 있기 때문이다.

— 문화일보 2007. 10. 31.

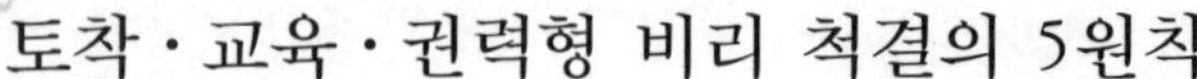

토착·교육·권력형 비리 척결의 5원칙

MB정부가 집권 3년차에 접어들자, 대대적인 고강도 사정을 예고하고 나서서 비상한 관심을 불러일으키고 있다. 언론보도에 따르면 이명박 대통령이 최근 공직기강 확립을 강조해 온 가운데 국가사정기관이 총출동해 지방토착비리, 교육비리, 권력형 공직비리 및 6·2 지방선거를 앞둔 공무원 선거개입비리 등 4대 중점 부분에 대해 강도 높은 사정작업을 벌일 것이라고 한다. 역대 정권의 부끄러웠던 경험에 비추어 보면, 집권 3년차에 각종 게이트·추문사건이 터지면서 조기 레임덕에 빠져들어 식물정부로 전락하는 예가 없지 않았다. 이를 반면교사로 삼아 MB정부는 대대적인 사정을 통해 국정운영의 추동력 가속화를 꾀해 나갈 계획인 것으로 보인다.

이미 검·경과 국민권익위 등을 주축으로 토착비리에 대한 사정이 상당히 진척된 상황이지만, 아직 토착비리의 세균들이 투명한 공의의 빛에 그 근거지를 잃고 소멸단계에 접어들었다고 단정하기에는 이르다. 게다가 최근 불거진 교육계의 오랜 구조적인 비리온상은 어디서부터 어디까지 뻗어있는지 가히 짐작하기도 어려운 실정이다.

특히 이 같은 부조리의 먹이사슬은 지방자치단체장 선거 및 교육감 선거, 그 밖에도 크고 작은 선출직 선거와 관련되어 왔다는 점에서 이번 지방선거를 앞두고, 사정기관의 대대적인 사정의지 표명은 시의적절한 것으로 판단된다. 그럼에도 불구하고 행여 이 같은 전방위적 사정의지가 용두사미에 그치거나 일과성이 되지 않을까 염려되는 면이 없지 않다. 지금까지 역대 정권에서도 종종 대대적인 사정한파가 몰아친 적이 있었지만, 대대적일수록 구두선에 그치거나 지리멸렬에 흐른 적이 많았기 때문이다.

마침 올해 우리나라는 주요 20개국(G20) 의장국으로서 선진화 대열에 어깨를 함께 걸고 나설 수 있는 절호의 기회를 앞두고 있다. 경제적인 역량으로는 분명 선진국 대열에 뛰어들었지만, 우리의 정신적인 가치의식, 사회적인 삶의 방식과 안전성, 삶의 질과 인권지수, 청렴도와 투명성 등에서 과연 선진국 수준에 이르렀는지는 의문이다. 그러므로 오는 11월 서울 세계정상회의 개최를 앞둔 지금에 시작된 비리와 부패청산을 위한 사정작업은 종전의 그것과는 차원과 품격이 다른 수준으로 이루어졌으면 하는 바람이다.

첫째, 외부 과시용이 되어서는 안 된다. 서슬 퍼런 사정권력이란 이미지를 절제하고, 오히려 우리들 내면의 의식을 신사문화로 한 단계 높이는 데에 초점을 두었으면 좋겠다.

둘째, 그러려면 외적·타율적인 사정 못지않게 내부적인 정풍운동과 자발적인 정신적 갱신노력에도 적지 않은 비중을 둘 필요가 있다. 선진국의 문화시민대열에 뛰어들려면 신의와 성실, 정직과 양심 같은 개인적 덕목을 위해 우리의 이기적이고 소시민적 부패근성으로부터 벗어나고자 하는 시민적 자기갱신의 몸부림이 반드시 필요하다는 사실이다.

셋째, 부패가 기생하기 쉬운 제도와 풍토를 개선하는 데 사정 못지않은 투자가 필요하다는 점을 유념하기 바란다. 처벌보다 예방이 더 경제적이라는 점은 오늘날 이미 일반인의 상식에 해당하기 때문이다.

넷째, 일단 사정의 칼을 빼들었으면 누구에게나 공평하게 그리고 동일한 잣대로 적용되어야 한다는 점이다. 과거에 사정한파가 때로는 정적을 제거하거나 견제세력의 약화를 꾀하는 정략으로 남용된 사례가 있었지만, 현재 우리의 민주화의식에 비추어 볼 때, 그것은 치명적인 자충수를 놓는 결과가 될 수 있음을 유념해야 할 것이다.

끝으로 사정도 권력행사의 일종인 만큼, 공정성과 도덕성, 자제력과 금도를 잃지 않기를 바란다. 공공선을 위해 절제된 최소 권한으로 최대 다수의 최대 행복을 가져오는 사정작용이야말로 국민의 법의식 속에 신뢰효과와 만족효과, 그리고 내면화의 학습효과를 낳을 것이다. 이번 기회에 우리나라가 이런 진통을 거듭하지 않는 그런 지평으로 나갈 계기를 잡았으면 좋겠다.

— 문화일보 2010. 3. 10.

세종시 해법, 수정안과 원안 사이

　　세종시 수정안에 대한 찬반 열기가 예사롭지 않다. 민심의 향배도 곧 드러날 것이다. 9부 2처 2청의 중앙행정기관을 이전할 세종시 원안은 백지화되고 대신 첨단산업, 대학, 기초과학연구기관과 자족기능을 갖춘 큰 규모의 경제도시가 세종시의 청사진으로 떠올랐다. 이미 충청권에 들어선 대덕, 오송 과학연구단지와 오창산업단지에 교육과학중심의 세종시를 보태면 과학델타로서 유기적인 시너지효과와 더불어 세종시가 새로운 성장거점도시로 부상할 개연성이 높다는 것이다. 소박한 입지적 관점에서 보면 미래전망이 더 밝아 보인다.

　　문제는 지난 8년간 신행정수도에서 행정중심복합도시로, 다시금 교육과학중심도시로 탈바꿈하는 동안 세종시 원주민들과 다수 충청인들이 겪었을 불안감, 상실감, 자괴감의 크기이다. 따라서 정부는 물론, 정치권도 조속히 세종시 문제를 매듭짓고, 이젠 미래를 향해 가시적인 터전을 닦는 공동노력을 기울여야 할 때인 것은 분명해 보인다.

　　그런데 안타까운 것은 세종시의 미래가 지금 시계제로상태라는 점이다. 결사항전에 나선 야권은 정부의 수정안을 아예 "국민을 상대로 한 사기극", "알맹이 빠진 껍데기" 등의 극언으로써 펌하하고 있다. 설상가상으로 여권 내 친박계도 국민과의 약속을 저버린 처사라며 등을 돌린 뒤 원안을 배제한 수정안에 절대반대라는 초강경입장을 고수하고 있다. 이런 극한 대립상황에서 수정안이 국회를 어떻게 통과할 수 있을지 의문이다. 더욱이 오는 6월 지방선거를 앞두고 세종시 문제를 정치쟁점화하려는 야권의 움직임을 감안하면, 자칫 세종시 갈등이 온 국민의 몸살로 확산되지 않을까 염려된다.

돌이켜보면, 세종시 문제는 순전히 선거공학적 정략의 산물이었다. 제16대 대선을 앞두고 노무현 당시 민주당 대선후보는 충청도 표심을 잡기 위해 충청지역 천도안을 내걸었던 것이다. 2003년 말 몇 개월 앞으로 다가온 제17대 총선을 염두에 두고 당시 야당 한나라당도 충청표를 의식해 법안처리에 묵시적으로 동조한 덕에 이 천도안은 16대 국회를 통과했다. 이 안이 헌재의 위헌결정으로 발목이 잡히자 의회 다수당이 된 열린우리당은 2005년 1월 행정중심복합도시안을 국회에 제출했다. 수도권 대 비수도권 의원 간의 격한 대립을 보였던 한나라당은 가까스로 권고적 찬성당론을 채택한 뒤 소수의원들의 참여로 행복도시에 당론을 모아준 셈이 되었다.

그 후 열린우리당은 역사의 뒤안길로 사라졌고 참여정부의 진보주의적 개혁모델은 오늘날 공공정책의 도처에서 세종시 갈등과 같은 문제점을 노정하고 있다. 세종시 수정안은 벌써 차기 대권구도와 맞물려 여야, 여여의 일대 결전장이 되어 버렸고, 합리적인 해결의 실마리를 찾기 쉽지 않아 보인다.

그러나 공공정책에서 타협의 여지 없는 절대선이란 있을 수 없다. 진실은 원안과 수정안의 중간 어디쯤에 숨어 있을 것이다. 국민을 두려워하는 정치지도자라면 국민통합의 큰 방향으로 나가야 옳다. 속내야 어떻든 세종시 문제의 명분은 국토균형발전, 수도권과밀방지라는 목표였다. 이 목표에 관한 한 수정안을 내놓은 정부나 이를 반대하는 쪽 누구도 이론(異論)이 없을 줄 안다. 그렇다면 정부부처의 대거 이전만이 이 목표도달의 유일한 길인지, 아니면 다른 우회도로가 가능한지, 또한 그 가능성 속에서 수정안이 갖는 긍정적인 가치가 어떠한지, 어느 안이 더 현실성 있는 입안인지에 관해 의회 내에서 열린 공론의 과정을 다시 거치는 것이 순리이리라.

이 같은 과정이 필요하다는 점은 아마도 전문가집단들에 의해 공공정책을 수립해 나가는 것을 선호하는 진보주의적 개혁방식이든, 일반상식과 대중의 정서에 맞추어 공공정책을 수립하는 것을 선호하는 대중주의적 개혁방식이든 공감할 대목이라고 여겨진다. 정치적 이해관계를 뛰어넘어 자기희생적 결단을 보여줄 지도자는 어디 없을까?

— 국민일보 2010. 1. 14.

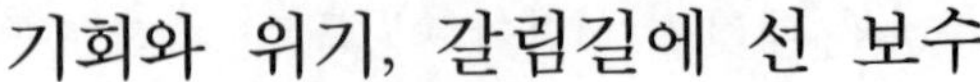

기회와 위기, 갈림길에 선 보수

　　10년 만에 확실히 정치지형이 바뀌었다. 이명박 정부의 등장에 이어 제18대 총선에서도 보수세력은 대충 의석의 3분의 2를 차지했다. 비록 한나라당은 153석을 얻는 데 그쳤지만, 자유선진당, 친박연대, 친여 무소속을 합치면 200여 석이 보수화의 흐름을 탔기 때문이다. 진보개혁세력은 정권을 내어 놓았을 뿐 아니라 의정에서도 소수의 쓴 맛을 차츰 실감해가리라 예상된다. 진보세력의 이 같은 패퇴는 이미 예상된 수순에 지나지 않는다.

　　이렇게 말하면서도 우리 정치의 이념지형을 보수와 진보 또는 중도보수와 중도진보 등으로 구분하는 것이 옳은지는 의문이다. 이념정당의 역사도 일천하고, 이념적 차별화가 그다지 선명하지 못한 우리 정치풍토를 떠올릴 때마다 그런 생각이 들기 때문이다. 권위주의 통치시대가 막을 내린 뒤에도 지역주의에 편승한 3김정치가 위세를 떨쳤다. 따라서 이념적 대결구도로 도식화한 보수와 진보는 어림잡아본 차별화의 한 도구이지, 결코 이념적 실체의 반영이라 말하기는 어렵다.

　　사실 이번에 정치지형을 바꾼 시민의 선택은 단순히 경제적 풍요와 뉴타운 같은 장밋빛 청사진에 이끌린 것으로 오해해서는 안 된다. 무엇보다 참여정부 5년간 그 독선적인 정치행태에 신물이 났기 때문이다. 속된 표현으로 노무현이 싫어서 이명박을, 열우당이 싫어서 한나라당을 찍었던 것이다.

변화에 느리고 부패에 찌든 인상을 주었던 보수세력에 대해 무슨 큰 애정이 되살아난 것으로 착각해서는 안 된다. 오히려 정의로운 사회와 깨끗한 정치의 미래를 펼칠 새로운 개혁세력으로 기대하고 국민은 진보진영에 모험을 무릅쓴 선택을 했던 것이다.

그렇다면 진보세력에 대한 국민의 기대가 환멸로 바뀐 이유는 무엇인가? 젊은 386 정치세력이 청와대로 몰려가 '임을 위한 행진곡'을 불렀다는 그런 유(類)의 파격이 문제였을까? 오랜 정치적 억압을 물리치고 새 지평을 연 민주화세력의 희생에 대해 국민들이 일말의 도덕적 부채감을 느껴왔던 것이 사실이라면 그런 파격쯤이야 이해하고도 남음이 있을 것이다.

문제는 그들의 독선적 행태다. 진실을 위해 아픈 과거를 들추면서, 화해를 위해 긍정적인 용서와 포용을 못한 편협함이다. 그 과정에서 현재의 사회연대감과 통합을 깨고, 미래에로의 발돋움과 희망까지 가로막았다. 인사와 정책에서 편가르기, 독식, 보복적 한풀이 그리고 그에 따른 실정의 반복을 국민들은 침묵 속에서도 지켜본 것이다.

이제 보수세력이 그 무대에 올라섰다. 그들이 무엇을 어떻게 연출할지 국민은 지켜보고 있다. 진보세력을 바라보던 국민의 정치적 비판의식은 훨씬 더 날카로워졌고, 그 눈높이도 훨씬 높아졌다. 단순히 지난 정권의 실책을 반면교사로만 삼아서는 안 되는 이유다. 보수의 새로운 정신적 가치가 무엇인지, 그들의 실천력이 어떠한지를 보여줌으로써 신뢰를 얻어야 한다. '섬기는 정부'의 겸손한 이미지도 국민의 정서 속에 친근히 뿌리내려야 한다.

이제 진보든 보수든 평화로운 공동체적 삶의 안정과 발전을 위해 한 걸음씩 더 나아가야 국민으로부터 기회를 얻을 수 있다.

선택의 주체인 국민의 마음은 항상 열려 있고, 극단적인 보수나 극단적인 진보성향의 사람은 그다지 많지 않아 보인다. 다수 국민은 조용히 여러 정치세력의 말과 행동과 의지를 관찰하고 평가할 뿐이다.

보수 진영의 득세가 결코 과거 권위주의 시대의 오만과 위세로 흘러가지 않도록 조심했으면 좋겠다. 안전과 자유, 복지와 정의가 함께 숨쉬는 미래의 지평을 열어가야 한다. 국민의 소박한 정의감이나 사회통합을 깨는 일은 피해야 한다. 진보의 독선 못지않게 보수의 오만도 국민의 마음을 잃는 위기의 올무가 된다는 사실을 잊지 말라.

— 국민일보 2008. 4. 21.

교회와 사회, 거듭나야 한다

장로 대통령 1년: 시련과 도전 앞에 서다

작년 대선 막바지에 우리들은 아직 미국발 금융위기와 실물 경제붕괴 조짐을 감지하지 못했었다. 대신 높아진 집값·전세값, 사교육비, 세금폭탄 때문에 언제 살림살이의 주름살이 펴질 수 있을지를 고대하고만 있었다. 그 때 이명박 후보의 경제대통령 이미지는 '잃어버린 10년'을 토로하는 보수계층뿐만 아니라 진보계층에게도 널리 희망의 불꽃으로 다가왔다. 게다가 국토개조를 포괄하는 대운하공약 및 경제성장률 7%, 1인당 국민소득 4만 달러, 10년 내 세계 7대 강국진입이라는 이른바 747공약은 10여 년 전 외환위기를 겪으면서 실종되었던 경제강국의 꿈을 백성들의 가슴에 현실적인 기대로 돌아오게 만들었다.

그래서 지난 대선에서 이명박 대통령후보는 48.7%라는 득표율로 당선될 수 있었다. 짧은 당선인 시기를 지나 올해 2월 25일 역사적인 제17대 대통령으로 취임하고 난 그 다음날 여론조사기관들은 약 84%의 국민지지율을 내놓기까지 했다. 이에 더하여 지난 4월 9일에 실시된 제18대 총선에서 여당은 153석이라는 압도적인 다수를 얻어 국정의 안정기반을 더욱 다지는 계기가 되었다. 거기에 친박연대와 친여 무소속까지 합하면 10여 년 만에 국회는 보수화로 그 정치지형이 확실히 바뀌었다.

　　이들 역사적인 사건전개의 과정 속에서 대부분 한국교회와 기독교인들은 지역과 연령을 뛰어넘어서 무엇보다도 장로대통령의 등장에 관심의 초점을 맞추었다고 해도 과언은 아닐 것이다. 사실 건국 이래 권좌를 거쳐 간 기독교인들은 한둘이 아니었다. 특히 김영삼 전 대통령도 장로대통령이었다. 그러나 그들의 시대는 독재로, 약체와 무능, 부패로 얼룩져 빛을 제대로 발하지 못했다. 그것이 하나님 앞에 한국교회와 신자들이 복음에 빚진 자로서 느껴온 일종의 죄스러움이며, 역사 앞에 지고 있는 부채감이기도 하다.

　　이명박 장로는 이미 널리 알려진 자신의 간증처럼 어머니의 잊을 수 없는 기도와 하나님의 특별한 은총을 덧입어 살아온 사람이다. 서울시장을 거쳐 대통령의 자리에 이르기까지 하나님의 은혜가 아니고서는 이루어질 수 없는 기적같은 일들을 체험한 사람이기도 했다. 그의 극적인 인생역전은 미국 대통령당선자 오바마 스토리 만큼이나 흥미롭기까지하다. 어쨌거나 그는 역경의 고비를 헤치고 나와 드디어 권력의 정상에 섰다. 그는 서울시장 재직시 서울을 하나님께 바친다고 말했다가 타종교인들의 공분을 불러일으킬 만큼 어느 공인에게서도 찾아보기 힘든 신앙적 자기 정체성을 분명히 했던 인물이었다.

　　하지만 과신이었을까? 당선 직후 출범한 정권인수위부터 문제점이 드러나기 시작했다. 새 정권의 도덕성, 전문성, 신뢰성에 대한 국민의 기대에 부응할 만한 진정성과 강렬한 인상을 남기지 못했다.

　　인수위에서 잉태된 문제들이 임기초반으로 이어지면서 강부자 내각에 고소영, S라인 등 코드인사 논란까지 불러 왔다. 취임사에서 그는 조국선진화, 실용주의 외교노선, 대한민국 정통성수호 의지를 분명히 했지만, 온 백성과 만방을 향해 먼저 하나님을 높이고, 그분 앞에 무릎꿇는 진지한 경외심을 표현하지는 않았다. 정권출범의 긴 행렬을 이끌고 온 것은 속화된 부(富)와 권력에 대한 의지로 가득찬 인간군상들이었지, 결코 우리 주님의 십자가는 아니었다. 정작 섬김의 본이 되신 그리스도의 십자가는 그 행렬의 맨 뒤켠으로 밀려나 있었다. 정권을 인도하는 신은 마치 위장된 복인 물질주의와 절대권력을 지향하는 바알이나 몰록이었지, 진정한 복의 근원인 하나님은 아닌 듯해 보였다.

혹여 그 사이 한국교회와 교회지도자들도 장로대통령을 만들었다는 자만에 취해있던 것은 아니었을까? 한미쇠고기협상타결과 함께 밀어닥친 광우병쇠고기 파동 그리고 이어진 촛불시위가 최절정을 이루었던 지난 6월경에는 이명박 대통령의 국정지지율이 15. 2%까지 하락했다. 8·15를 맞아 이대통령은 제2의 대한민국 신화창조를 내세우며 분위기반전을 시도했지만, 이마저도 글로벌 금융위기와 유가급등, 환율급등, 국내실물경제악화, 고용불안, 실업증가 등으로 빛이 바랬다. 우리 경제는 사방으로 욱여쌈을 당한 채 10. 24. 코스피 1,000선이 붕괴되면서 증시가 반토막이 났다. 결국 24% 전후로 고착된 국정지지율이 현재 20% 중반에서 30% 안팎을 오르내리고 있는 실정이다.

물론 세계경제의 전반적인 침체국면 말고도 문제는 산적해 있다. 꼬이는 북한핵문제, 남북간 대화단절, 친이·친박간 내부갈등과 여야 극한대립으로 인한 정치불안정, 휴화산과도 같은 종교간 갈등 문제는 우리 앞에 닥친 시련들의 몇 가지 예시에 불과하다.

장로 대통령 취임 원년, 기독교계의 기대는 높았다. 하지만 불교계가 제기한 종교편향논란으로 민족복음화의 문이 활짝 열리리라는 우리의 기대가 역풍에 시달린 한 해였다. 심지어 정부 안에 공직자의 종교적 중립성을 표방한 윤리지침들이 신앙과 양심의 자유를 현저하게 제한하고, 기독교에 대한 역차별 우려까지 낳게 했다. 공교육의 현장에서 여가시간을 이용한 기독교 동아리 모임조차 예전처럼 수월하지 않다는 것이다.

무엇보다 충격적인 사실은 한국교회의 신뢰도가 주요 종단 가운데 최하위 수준이라는 점이다. 기독교윤리실천운동이 여론조사기관에 의뢰한 '2008 한국교회의 사회적 신뢰도 조사'에 따르면 개신교회를 신뢰한다는 응답자는 18. 4%에 그쳐, 가톨릭 35. 5%, 불교 31. 1%에 비해 너무 저급한 수준이었다.

이것이 오늘 우리들의 초라한 자화상이다. 1970년대까지 우리 민족의 소망이었던 기독교신앙이 오늘날 이처럼 세상사람들의 염증의 대상으로까지 전락한 것은 전적으로 한국교회와 우리들의 책임이다. 그리스도의 종의 도(道) 대신에 물신주의와 성공주의에 함몰되어, 권력층과 지배계층에 경도된 종교로서의 인상을 심어 왔기 때문이다. 더 나아가 하나님의 나라가 이 땅 위에 선포되고 확장되어 갈 수 있도록 신자들의 삶을 각성시키고 훈련시키는 데 게을렀던 것도 그 원인의 하나라고 생각한다. 신자들을 닫힌 교회 속에 가두어 놓고, 세상에서는 무례한 기독교인으로 살아가도록 부추긴 적은 없었던가? 이 세상이 십자가를 통해 더 높은 단계로 나아가도록 촉진하고 변혁시켜야 할 소명의식을 성도들에게 충분히 고취시켰는가?

이제 우리는 이 역사적 현실을 어떻게 해석하고, 어떻게 응전해 나가야 할 것인가? 과연 "바보야, 문제는 경제야"가 우리의 소중한 전부였을까? 한국교회가 지금 고백할 수 있는 대목은, 경제대통령을 낳게 한 경제타령이 실로 우리 자신들의 지나친 탐욕의 노래였다는 사실이다. 이 탐욕의 자기속임수를 우리는 반성적으로 돌아보기는커녕, 계속 남의 탓으로 돌리고 있다. 이것이 아고라에서 넘쳐흐르는 비방과 흠뜯기의 변주곡이다. 자족하는 살림살이 경제를 넘어 우리는 언제부터인가 각자 대박을 꿈꾸어 왔던 것은 아닐까? 경제적 풍요의 시기에 우리는 세상의 가난한 이웃에게 다가가 천국에 보화를 쌓기보다 쾌락을 좇으며 타락으로 치닫지 않았는가? 분명한 점은 그 사이 우리 삶에 진정 소중한 것들을 빼앗기면서도 민감하게 깨어 있지 못 했다는 사실이다. 예컨대 결혼, 가정, 생명, 환경, 더불어 사는 평화, 나눔과 기쁨 등과 같은 공동체적 가치들이다. 그 상실과 망각의 늪에서 우리가 추구하던 성장과 자유는 절대적인 우상이 되어 버렸다. 탐욕은 위장된 성공주의 그늘 아래 부와 권력의 크기만큼 자리를 넓혀갔다. 개인주의와 권리욕구들도 소수자들의 돌격나팔로 이데올로기화했다.

이제 집권 2년째를 맞는다. 장로대통령 스스로 먼저 진정한 섬김의 리더십을 삶으로 보여 주었으면 한다. 국정에 대한 국민의 신뢰는 리더의 정직과 낮아짐 속에서 자라기에 말이다. 고독한 기도 속에서 언제나 하나님의 음성을 먼저 듣기를 바란다. 그리고 민심을 읽는 지혜, 민심을 따를 용기, 민심을 바로 섬길 겸손을 간구했으면 한다.

더 나아가 그 위에 통합의 리더십을 발휘했으면 좋겠다. 편가르기와 단절, 배제를 버리고, 다른 생각, 다른 입장, 다른 체제의 사람들과도 평화롭게 공존할 수 있는 포용의 정치를 펴 주었으면 참 좋겠다.

세계적인 불안의 징조들은 이 땅을 향한 하나님의 경고의 메시지일 수도 있고, 회복케 하시는 하나님의 은총의 옷자락일 수도 있다. 이 간고의 시기일수록 우리의 믿는 도리를 좇아 더욱 신앙의 기본으로 돌아가야 한다. 애굽으로도, 바벨론으로도 말고, 하나님께서 우리 마음에 두신 정로를 따라 걸어갔으면 좋겠다. 그 때는 우리의 답답한 현실이 곧 우리들 희망의 텃밭이라고 말해도 좋을 것이다.

— 기독신문 특별기고 2008. 12. 29.

빛처럼 소금처럼

인류에게 아주 친숙한 말의 짝 하나가 있다면 '소금'과 '빛'이리라. 소금과 빛이 이렇게 잘 어울리는 부부처럼 된 데는 두말할 것도 없이 성경의 가르침 때문이다. 예수님은 제자들에게 "너희는 세상의 소금이라", 또한 "너희는 세상의 빛이라"고 말씀하셨다(마 5:13-16). 예수님이 여기에서 지적한 소금과 빛의 특성은 아주 간단하다. 소금은 세상의 살맛을 내는 짠 것이다. 빛은 모든 사람 앞에 비추는 착한 행실이다. 성경주석가들과 설교자들은 소금과 빛의 물리적 특성을 탐구하여 이에 그 고유한 기능들을 덧붙이고자 애써 왔다.

그런데 성경 전체를 살펴보면 소금보다 빛에 관한 언급이 압도적으로 더 많다는 사실을 알 수 있다. 예수님께서 소금을 먼저 말씀하시고, 뒤이어 빛을 말씀하신 특별한 의도가 있는지는 잘 알 수 없다. 이 같은 전후 언급의 순서가 소금과 빛 둘 중 어느 것의 중요성을 더 강조한 것으로 보이지는 않는다. 다같이 제자의 삶과 교회의 삶에 빼놓을 수 없는 중요한 덕목으로 지칭된 게 틀림없어 보인다. 그렇다면 광염교회가 맞느냐 염광교회가 맞느냐의 논쟁은 부질없는 것이리라. 우리들에게 잘 알려진 잡지 「빛과 소금」조차 「빛과 소금」에서 「소금과 빛」으로, 다시

「빛과 소금」으로 순례길을 돌아왔던 아련한 기억이 있긴 하지만 말이다.

눈여겨볼 대목은 초대교회로부터 사도들의 서신에 이르기까지 신자의 삶, 교회의 삶을 위해 끊임없이 반복되어 온 메시지 하나는 빛의 삶속에 소금의 삶이 전제되어 있고, 소금의 삶이 빛의 삶으로 드러났다는 사실이다.

초대교회의 놀라운 감격의 장면 하나가 기독교적 공산사회의 광경이다 ; 믿는 사람들이 다 함께 생활하며 모든 물건을 통용했다 ; 각자의 재산과 소유를 팔아 각 사람의 필요에 따라 분배했다 ; 날마다 마음을 같이 하여 성전에 모이기를 힘썼다 ; 집에서 떡을 떼며 기쁨과 순전한 마음으로 음식을 먹고 하나님을 찬미했다(사행 2:44-47전반). 여기까지는 보면 볼수록 소금의 맛이 제대로 배어나는 삶의 모습이다. 그런데 뒤이어 "또 온 백성에게 칭송을 받으니 주께서 구원받는 사람을 날마다 더하게 하셨다"는 대목에 이르러서는 빛의 삶으로 드러난 교회의 모습과 마주 대하게 된다.

이런 맥락으로 에베소서 5장을 만난다면 어떨까. 빛의 자녀들처럼 행하라고 한다(엡 5:8). 이어서 "빛의 열매는 모든 착함과 의로움과 진실함에 있다"(엡 5:9)고 말한다. 하지만 "그리스도께서 너희를 사랑하신 것 같이 너희도 사랑 가운데서 행하라 그는 우리를 위하여 자신을 버리사 향기로운 제물과 생축으로 하나님께 드리셨느니라"(엡 5:2)는 대목은 인류를 위한 그리스도의 고귀하신 자기희생의 삶이 제맛을 내기 위해 녹아 사라지는 소금임을 암시해 준다. 그분과 연합한 사랑의 사귐, 사랑의 수고가 다같이 소금의 삶을 지칭한다는 데 별의문이 없을 것이다. 이러한 삶으로부터 우리는 빛의 열매로 자라가야 하며, 그러기 위해 "너희는 열매 없는 어두움의 일에 참여하지 말고, 도리어 책망하라(폭로하라)"(엡 5:11)는 말씀에 새로운 도전을 받는다.

더 나아가다가 빌립보서 2장을 만나서 다시 눈길을 멈춘다. "모든 일을 원망과 시비가 없이 하라"(빌 2:14)는 대목을 만날 때 바로 소금의 속성을 연상하게 된다. 뒤이어 오는 "이는 너희가 흠이 없고 순전하여 어그러지고 거슬리는 세대 가운데서 하나님의 흠없는 자녀로 세상에서 그들 가운데 빛들로 나타나며"(엡 2:15)라는 대목에 이르렀을 때, 우리는 어두운 세상 속에 살아가는 빛의 자녀들의 흠 없는 순전한 삶을 떠올리게 된다.

지금 어두운 세상, 부패한 정치판에서도 과거의 진실을 파헤치고, 미래의 새로운 전망을 열어 보자는 논쟁이 한창이다. 이 시대, 우리의 사랑하는 교회와 기독교윤리실천운동을 외치는 우리들의 삶의 모습은 어떠한가. "주께 기쁘시게 할 것이 무엇인가 시험하여 보라"는 말씀 앞에 우리는 우리 자신의 내면의 추악을 고백하고, 우리 교회의 숨겨진 과거의 죄악상을 폭로하며, 소금처럼, 빛처럼 순전하고 착한 그리스도의 공동체로 새롭게 발돋움하고 싶은 영적 열망이 있는가.

우리가 소금일진대, 주님 앞에서 오늘 이 시대의 부패와 부정, 비리에 대해 아무 책임이 없다고 할 수 있을까. 또한 우리가 빛일진대, 빛의 근원이신 주님 앞에서 오늘 이 시대의 죄악과 불의, 허위에 대해 아무 책임도 없다고 할 수 있겠는가.

물론 우리들 스스로 먼저 부끄러움을 고백할 수밖에 없기 때문에, 바리새적인 독선에 빠져서는 안될 일이다. 하지만 공동체와 역사의 추악을 가슴에 안고 주님 앞에 나아가 먼저 회개하는 심령이 되고자 하는 일에 뒤처질 수는 없다. 그리고 늘 하나님의 전신갑주를 입고, 세상의 어두움을 경계삼아 소금으로, 빛으로 살아가는 삶의 경주에서 모범을 보여야 할 긍지를 잠시도 내려놓아서는 아니 되리라. 이러한 긴장이 유난히 무더웠던 한 여름의 폭

염을 이기는 우리들의 삶의 방식이며, 또한 그러한 삶을 기뻐하
시는 우리 주님이 우리의 내면에 부어주시는 은사로서 생수의 시
원함이리라고 생각한다.

— 기독교 윤리실천운동 2004. 9.

사랑은 나눔이다

지난 7월 21일자 국민일보 12면 「이 사람이 사는 이야기」란에서 사랑의 집수리운동이 빚어내는 '해뜨는 집' 기사를 읽고 마음이 퍽 푸근해짐을 느꼈다. 열린사회 북부시민회에서 시작한 '해뜨는 집' 집수리봉사활동으로 열악한 주거환경에 시달리는 많은 이들이 주택을 새단장하게 되었다는 이야기이다.

거기에는 집수리도움을 받은 어느 1급 장애인의 가슴 뭉클해지는 글도 실려 있었다. "아침에 일어나 하늘을 볼 때면 항상 생각나는 분들이 계십니다. 제 스스로 (휠체어에 의지해) 이렇게 마루에 나와서 하늘을 볼 수 있고, 가을바람을 맞이할 수 있다는 이 행복은 아마 저만 아는 큰 행복이 아닐까 합니다. 삶을 살아가는 힘은 이런 기쁜 일들로 얻어지는 게 아닐까 싶네요. 함께 더불어 살아가는 세상, 사랑을 나누며 사시는 분들 때문에 삶이 조금은 덜 고달프고 힘이 생기는 것이겠지요."

사랑의 집짓기운동인 해비타트는 이미 우리나라에서도 널리 알려진 봉사활동이다. 카터 전 미국대통령의 자원봉사로 잘 알려진 해비타트운동은 우리나라에서도 무주택자들의 소외장벽을 허물고 그 위에 희망의 새 집을 지어가고 있다.

사랑을 나누며 사람을 엮어가는 이들이 있기에 세상은 매우

황량하지만 그래도 살아갈 만한 가치 있는 곳이라는 전망을 갖게
해준다. 그런 의미에서 더욱 사랑스러운 이름들, 더욱 아름다운
이야기들이다.

현대인들은 삶의 중요한 부분을 국가와 정부의 디자인에 의
존하는 데 길들여져 왔다. 하지만 IMF사태나 현재의 침체된 불경
기상황을 놓고 볼 때도 국가의 완벽한 선이라든가 정부의 문제해
결능력에는 한계가 있다는 게 뚜렷해졌다. 아무리 최대다수의 최
대행복을 추구하는 복지정책이라도 냉철히 들여다보면 이미 최대
다수로부터 제외시켜 놓은 소수의 사회적 약자들이 있음을 알 수
있다. 무상교육제도의 그늘에서도 교육의 기회조차 누릴 수 없는
버려진 아이들이 있는가 하면 최저생계비제도의 그늘에서도 배고
픔과 뼈아픔이 엄연하게 상존하고 있는 현실을 짚어볼 수 있다.
어디 그뿐이랴. 널리 의료보험체계가 갖추어진 사회환경 속에서
도 아직 질병의 절망 속에 방치된 채, 죽음의 날을 가불해 가는
고통스러운 사람들이 우리 곁에 있다는 사실이다.

이런 국가의 손길이 미칠 수 없는 곳, 사회의 온기가 차단되
어 있는 곳, 생명의 빛과 정의의 흐름이 왜곡되어 있는 곳을 열
어가는 마스터키가 바로 사랑이라고 생각한다. 사랑은 장벽을 허
물고 인간관계의 가교를 놓는 작업이다. 가난은 국가도 감당할
수 없다던 보릿고개 시절에도 향촌에는 뿌리 깊은 사랑의 살림살
이가 있었다. 이미 늦겨울이면 바닥나기 십상인 쌀독을 들여다보
며 근심스러운 춘궁기를 예감하던 우리 어머니들의 살림살이 손
끝에는 가족을 넘어 이웃을 살피는 사랑이 있었다. 그래서 추운
겨울인데도 저녁 무렵 연기조차 피어오르지 않는 이웃의 가난한
삶 곁엔 어둠이 깔리기 무섭게 먹거리를 챙겨든 이웃의 발길이
가 닿기가 일쑤였다. 허리띠를 졸라매고 숭늉으로 배를 채워가면
서도 이웃의 배고픔을 함께 아파하고 나눌 줄 알았던 우리네의

순박한 살림문화가 있었기에 그나마 우리 민족이 어려운 보릿고
개를 천신만고하며 넘어올 수 있었던 게 아닌가 생각해 본다.

그래서 살림살이는 살리는 작업이요 함께 살아가는 지혜의
응결체였다. 한 우물물을 마시며 살아가는 공동체의 이러한 인심
과 인정이 없었더라면 그 공동체는 반복되는 극한 가난의 두려움
에 절망하고 쇠멸했을지도 모를 일이다. 혼자의 체온으로는 도저
히 견디어 낼 수 없는 혹한 속을 각자 홀로 걸어가는 경우에는
동장군의 밥이 되기 십상이지만, 가난한 이웃에 겹으로 포개진
마을들이 옹기종기 체온을 나누면서 함께 걸어갈 때엔 서로를 지
탱해 줄 수 있는 것이다. 그래서 사랑은 나눔이라 말하며, 사랑은
생명이라 살림이라 말한다.

만남의 사랑도 귀하지만 나눔의 사랑은 더욱 귀하다. 왜냐하
면 나눔의 사랑은 서로를 마주하는 단계를 넘어서 서로를 위하여
있는 경지이기 때문이다. 서로를 위하는 일은 먼저 자신을 희생
하는 수고와 자신을 주는 헌신 없이는 성립할 수 없다. 이 점을
신약성서는 주는 것이 받는 것보다 복이 있다고 말한다. 예수는
이 정신의 최고경지를 한 사람의 뜻있는 죽음의 희생 속에서 이
야기한다. "사람이 친구를 위해 목숨을 버리면 이보다 더 큰 사
랑이 없다"고.

그렇다. 나눔의 사랑이 풍성하려면 최후의 죽음은 아니더라
도 우리의 손길을 필요로 하는 이들을 위해 날마다 우리의 소욕
을 죽이고 절제하는 자기희생 없이는 불가능하다.

사랑은 나눔이며 동시에 남을 세워주는 일이다. 사랑은 소극
성과 거리가 멀다. 사랑은 적극성과 선취성을 띤다. 소극적으로
상대방에게 기대하기 전에 적극적으로 상대방 곁으로 다가가서
그 상대방의 약한 팔을 들어주고 아픈 마음을 보듬어 주는 힘이
사랑이다. 「칭찬은 고래도 춤추게 한다」는 어느 베스트셀러의 책

제목처럼 사랑은 남의 약점을 헐뜯는 벌침이 아니라 남의 약점을
채워주고 칭찬으로 보듬어주는 관심과 배려이다.

　진실로 이런 사랑이 없는 사회는 아무리 뛰어난 문명과 경제
적 부를 갖추고 있을지라도 사막과 같은 것이다. 반면 이런 사랑
이 있는 사회는 비록 광대무변을 자랑할 바 없어도 오아시스와
같은 것이다. 사랑은 그래서 생명의 물 근원과도 같은 것이다.

　대화의 철학자 마틴 부버가 사람은 '만남'을 통해 비로소 인
간이 된다고 말했지만 인간은 '사랑의 나눔'을 통해 고귀한 인격
으로 성숙해 갈 수 있다. 누구도 이 세상에 사랑받을 자질을 구
비하고 태어나 그렇게 살아가는 사람은 없어 보인다. 하지만 우
리가 사랑을 나눌 때 각자는 사랑받을 만한 가치 있는 존재로 변
모하는 것이다. 사랑이 메말라가고 불법이 성행하는 이 세태에서
우리가 다시금 사랑을 이야기하는 까닭이 또한 여기에 있다.

— 건강보험 2003. 8.

우리 시대 우리 삶의 현주소

2003년 한 해가 저물어 간다. 한 사람 한 사람에게 한 해의 마감과 새해맞이는 인생에서 중요한 의미를 지닌다. 실패와 고통, 격정과 실수, 미련과 아쉬움이 한 해가 저물어가는 이맘때면 생각 깊은 사람들의 마음속에서 책갈피처럼 묻어나리라 짐작이 간다. 세모의 바쁜 일정 속에서 잠시 틈을 내어서라도 신비스러운 노을이 붉게 물든 서쪽 하늘을 바라볼 수 있는 마음의 여유가 필요한 시점이다. 저무는 해는 시들어가는 육체처럼 몰락하는 것이 아니다. 오히려 그것은 새로운 의미를 잉태하기 위해 소리나는 땅을 넘어서 아득한 먼 곳을 찾아 떠나는 것이다. 그리고 새벽별처럼 신선한 의미를 담고 우리 곁으로 다시 돌아올 것이다. 한 해를 보내면서 마치 트라클의 시 한 구절 "한 마리 푸른 들짐승은 그의 신비로웠던 한 해의 화음과 지나온 여정을 회상한다"처럼 먼저 우리시대, 우리 삶의 현주소를 확인해 보고자 한다.

지난 한 해 동안 우리들은 불안과 격동의 세월을 보냈다. 새 대통령과 새 정부를 출범시킨 우리들이 이토록 불안하고 불투명한 미래전망에 휩싸인 점은 아이러니가 아닐 수 없다. IMF의 혹한기를 맞으면서, 피눈물 나는 구조조정과 명퇴, 실직의 터널을 지나면서도 우리들은 잡힐 듯 감지되는 내일의 희망을 바라보면서 견디어 왔다. 하지만 지금은 어떤가?

　청년실업이 사회적으로 풀어야 할 현안임에도 불구하고, 중소기업이나 이른바 3D업종에는 인력난 때문에 외국인 불법체류자들의 손길을 빌리지 않으면 가동이 어렵다는 것이다. 그 동안 경제성장은 우리들의 근로의식과 노동관, 직업관을 변질시켜 놓았다. 고학력 실업자군은 막다른 골목으로 내몰리면서도 탈출구를 찾아나설 용기와 의지가 부족한 것이다. 이런 형편이니 사회적 불만과 갈등의 골은 깊어만 가고, 희망을 잃은 사람들은 범죄자군으로 전락하든가 자살을 꿈꾼다. 그 사이 범죄율은 증가했으며, 자살률도 벌써 교통사고 사망률을 넘어섰다.

　경찰청 통계연감(2003년도)에 의하면 우리나라는 2002년 한 해 동안 13,055명이 자살하여, 하루 36명 가량이 자살한 것으로 분석된다. 이 수치는 1993년에 비해 약 1.7배 늘어난 것이다. 지난 10여 년간 자살에 관한 통계를 보면 우리나라가 본격적으로 IMF관리체제로 들어간 1998년에 12,458명의 높은 비율을 나타냈다가 그 후 다소 주춤하는 감소추세를 보였으나 2002년 이후 장기적인 경제불황과 맞물리면서 자살률이 다시 급증하는 추세에 들어선 것이다.

　노무현 대통령의 참여정부는 지난 1년간 삶의 질 향상과 보다 나은 인간다운 삶을 누리기를 기대했던 국민들에게 큰 실망을 안겨 주었다. 국민소득 2만 달러 시대의 구호는 내걸었지만, 어떻게 이 목표에 도달해야 할지, 왜 이 목표에 이르러야 하는지에 관해 국민 앞에 내놓은 설득력 있는 청사진이 없는 상태이다. 현재 우리국민이 체감하는 행복지수는 1960년대 경제개발이 본격화하기 시작했던 시점의 그것보다 낮다는 평가도 들린다.

　필자의 짐작이긴 하지만, 참여정부가 우선순위에 놓고 있는 정책 이슈는 정치개혁이지 결코 경제성장이 아닌 것으로 보인다. 유럽이나 일본같은 경제 선진국들이 국민소득 1만 달러에서 2만 달러까지 급상하는 데 소요된 시간은 약 7년이 걸렸다고 한다. 우리는 1만 달러 고지에서 외환위기를 만나 추락했고, 다시 1만 달러 고지를 회복하는 데 7년여 세월이 흘렀다. 지금부터 정부와 국민이 합심전력해야 7년 후 2만 달러 시대를 열어갈 수 있을 텐데, 정부의 주요관심은 거기에 있지 않아 보인다. 노무현 대통령이 최근 스스로 말했듯이 「시민혁명」과 같은 선거혁명을 통해 정치판도를 개편하는 데 골몰하고 있다. 정치권력의 세대교체를 통한 정치선진화를 이룩하기 위해서라면 경제는 9천 달러, 8천 달러 시대로 후퇴하더라도 감수하겠다는 심사인 것 같다.

여기에 이라크전쟁과 이라크파병, 주한미군 재배치, 북한핵문제까지 겹쳐 한반도를 둘러싼 국제적인 여건이 우리의 평화를 언제 앗아갈지 모른다는 위기감을 고조시키고 있다. 우리들은 대외적으로 혹독한 시련기를 맞이하고 있는지도 모른다.

거기다가 대내적으로도 갈등하고 충돌하는 난제들이 겹겹이 쌓여 있다. 부안군 위도 핵폐기장건립을 둘러싼 뜨거운 갈등은 올해 최대의 정부정책 실패의 본보기라고 말할 수 있을 것이다. 새만금간척사업을 둘러싼 개발론자와 환경론자들 간의 치열한 몸싸움은 금년 들어서 법원이 간척사업 물막이공사 막바지에 접어들어 공사중지 가처분결정을 내림으로써 우리사회의 더욱 뜨거운 감자가 되었다. 위도 핵폐기장 시설유치에 반대하는 주민들과 달리 전라북도 주민들 대부분은 오히려 개발론자들과 같은 생각을 갖고 있어 묘한 대조를 이룬다.

이 해묵은 난제를 풀어낼 당장의 묘안을 새 정부도 제시하지 못한 채, 오늘도 새만금 물막이댐의 토사는 쓸려 내려가고만 있다. 그 밖에도 서울외곽 순환도로공사와 관련된 사패산 관통도로건설, 경부고속전철사업과 관련된 일부지역 관통도로건설 등도 이해관계가 꼬여 있는 사회적 난제 중 하나이다.

자연환경이 심각한 위험에 봉착해 있고, 쾌적한 자연환경 보전 없이 삶의 질 향상을 꾀하기 어렵다는 사실은 오늘을 사는 우리들 다수의 상식에 속한다. 환경보다는 개발에 우선권을 주었던 정책이 이제는 개발보다 환경에 유리하게 바뀌어가는 추세이다. 서울 청계천복원과 한강지류 하천의 생태하천으로의 복원작업, 뚝섬의 대형숲 조성작업 등은 역사 속에 방치된 문화를 복원하는 일만큼 산뜻한 인상을 던져주는 과제들이다.

새로운 사회질서의 형성에는 시민들의 건강한 법적 아우성이 필요하다. 지금 시민들은 현재의 삶과 미래의 삶의 약속을 바라보고 아우성을 치면서 때로는 현상파괴를 몸으로 막고, 때로는 현상의 빗장을 부수어 넘어뜨리려고 한다. 문제는 정당한 아우성이 때로는 집단이기주의의 한계를 넘지 못하고, 공공선의 실현을 가로막는 장애물로 변질될 수 있다는 점이다. 오늘날 우리 현실이 그런 위험에 직면해 있다. 정치인은 정치인대로, 노동자는 노동자대로, 기업인은 기업인대로, 자유무역협정을 반대하는 농민은 농민대로, 지역주민은 지역주민대로, 젊은 세대는 그들대로 자신들의 취향과 자신들의 이익만을 위해 자기주장을 내세우는 데 온갖 안간힘을 다하고 있다. 보이지 않는 손에 의한 예정조화는 아직 소리나는 땅에 발붙일 곳을 찾지 못하고 있는 듯하다.

이러한 갈등상황에서 일방의 이익만을 얻기 위해 상대방을 극한상황으로 몰고 가는 방식은 비이성적이다. 더불어 살아가야 할 공동체의 숲은 너 없이는 나도 존재하기 어려운 상호유대를 토양으로 삼고 생명력을 키워가고 있다. 이 점을 잠시도 잊어서는 안 된다. 가까이 서 있는 저편의 나무를 고사시킬 때 그 다음은 내편의 나무도 고사위기에 직면하고 만다는 사실을 특히 대통령을 비롯한 정치지도자들이 깨달았으면 한다. 생명의 공동체는 결코 내편 네편의 세계가 아니다. 지역을 따라, 세대를 따라 그리고 이념과 생각에 따라 편을 가르고, 상대편을 단지 타도와 극복의 대상으로 간주하는 정치행태는 몰이성적이고 철부지한 짓이다.

너도 살고 나도 함께 살아가기 위해 우리는 서로 싸울 때도 있을 것이다. 하지만 혼자 살기 위해 싸우는 탐심 가지고는 공동체를 무너지게 할 뿐이다. 인생에 투쟁은 불가피한 현상일지 모른다. 하지만 죽기 위해 투쟁하는 인생만큼 어리석은 자가 없을 것이다. 때로는 불가피하게 부딪칠지라도, 상대방의 곤궁을 이해하고 타협할 수 있는 지혜와 아량이 필요하다.

새해가 우리 앞에 다가설 때 우리는 우리의 부끄러운 자화상 그대로를 간직한 채 맞이해서는 안 될 것이다. 저물어가는 한 해의 저녁노을 속에 공동체를 무너지게 하는 편협한 갈등싸움의 탐욕을 묻어 버리자. 새해에는 화해의 마음으로 우리 모두 새롭게 출발해 보자. 바로 거기에 우리사회 공동체의 또 다른 희망의 지평이 있기 때문이다. 사회공동체를 새롭게 변화시킬 변화의 바람이 한국교회와 한국교회성도들 가운데서 먼저 일어났으면 하는 바람이다. 우리가 성령 안에서 다시 새롭게 변화할 때 우리가정, 우리직장, 우리이웃, 우리사회에 새로운 변화가 일어날 수 있을 터이기 때문이다. 그 때 우리도 이사야가 보았던 새로운 공동체의 지평을 노래할 수 있을 것이다.

"너희는 기쁨으로 나아가며 평안히 인도함을 받을 것이요 산들과 작은 산들이 너희 앞에서 노래를 발하고 들의 모든 나무가 손바닥을 칠 것이며 잣나무는 가시나무를 대신하여 나며 화석류는 질려를 대신하여 날 것이라 이것이 여호와의 명예가 되며 영영한 표징이 되어 끊어지지 아니하리라"(사 55:12~13).

— 기독신문 2003. 12. 24.

중도통합이란 무엇인가

　　기독교사회참여라는 새 NGO의 출범이 세인의 주목을 받고 있다. 그 까닭은 무엇일까? 기독교사회참여는 기독교적 세계관 아래서 중도통합과 개혁의 기치를 들고 나섰기 때문이다.

　　현재 한국시민사회의 축은 급류처럼 격동치며 흘러가고 있다. 과거의 보수성향이 약화되고, 점차 진보성향이 두드러지는 양상이다. 현정권의 성격도 진보성향이라는 데 다수가 공감하는 실정이다. 언론관계법과 과거사기본법, 국가보안법과 사립학교법 등 이른바 4대법안을 비롯한 현안은 말할 것도 없고 대통령탄핵소추, 행정수도이전과 같은 지나간 사안들을 놓고서도 국론분열과 사회갈등의 골은 점점 깊어가는 추세이다. 광화문과 서울시청 앞 광장의 대규모 찬반시위자들은 물론이고, 여야와 여권, 또는 야권 내부에서도 간간히 상반된 입장의 파열음이 들린다.

　　우리를 불안케 하는 요소는 한두 가지가 아니다. 공무원노조의 파업후유증과 양대 노총의 파업예고, 수능부정행위의 속출과 정부에 대한 신뢰도추락, 장기불황과 고실업 등의 내부적 요인 이외에도 북한핵문제를 둘러싼 국제관계, 유가급등과 환률하락과 같은 외부적 요인까지 겹쳐져 현재의 고통과 장래의 불안은 감내하기 힘든 지경에까지 이르렀다.

하지만 민생현안들을 제쳐둔 채, 정치권과 시민사회는 편가르기와 물갈이, 땅따먹기에 골몰하다 보니 정작 공동체가 지향해야 할 보편적 가치나 도덕성은 낙엽처럼 짓밟히며 나뒹굴고 있는 실정이다. 사회의 양극화 위험성은 아무리 경고해도 지나침은 없을 것이다. 접점과 타협 없는 이념적 양극화현상은 소리 없는 내전상황으로 치닫게 될 것이다. 그 잔해는 분열과 파괴, 증오와 적대감의 대결양상일 뿐이다. 이러한 대립반목은 오늘의 공동체를 황폐화시킬 뿐만 아니라, 우리 자녀들의 미래까지도 사막화하는 치유하기 힘든 고질병이 될 것이다.

바로 여기에 중도통합을 표방하는 기독교시민사회운동의 시대적 소명이 내포되어 있다. 문제는 이 같은 중도통합론에 대해 시중언론과 기독교 지성인들 사이에도 오해가 없지 않다는 점이다.

우선 이 운동을 대처리즘이나 레이거니즘과 같은 뉴라이트운동으로 보는 편견이다. 물론 오늘날과 같은 개방화시대에 이념이나 지식이 세계보편성을 띠는 것은 너무나 당연하다. 또한 지역과 시대를 넘어 어떤 유사성이 존재할 수 있다는 데 대해서도 이론을 달지 않겠다. 하지만 중도통합론이 보수와 진보라는 고정된 양축의 산술적인 중간지향이라고 속단하는 데 대해서는 동의할 수 없다.

중도통합은 하나의 축이나 전선이 아니라, 양극단의 통합을 지향하는 모자람과 겸손의 지혜를 의미하기 때문이다. 인간의 이념, 인간의 이성, 인간의 지식이 갖는 한계를 인식하고, 극단의 날개 속에 감추어진 모자람을 나의 모자람에 비추어 함께 어우러져 걸어갈 수 있는 보폭을 재단하는 성실한 노력이 중도통합이다. 그런 의미에서 필자는 중도통합보다 중용적 통합이 우리의 본래 의도에 더 적합한 용어라고 생각한다. 그것은 기든스류의 제3의 길과 같은 것도 아니다. 한국의 갈등상황, 한국의 양극화현상을 타개하여 공동체가 결함 있는 「나」와 「너」를 넘어 더 미더운 「우리」로 발전해 가야 한다는 영적 희망과 발돋움으로 이해해 주었으면 한다.

더 나아가 이 운동을 기독교지성의 정치세력화로 보는 시각도 교정되어야 할 편견이라는 것이다. 무엇을 부산물로 챙기려고 나선 시민운동은 그 자체 시민운동이 아니며, 그런 시민운동가는 진정한 시민운동가가 아니다. 기독교사회책임은 공동체를 위해 나를 버리고 나를 희생시키기 위한 운동이다. 고통과 일을 내가 떠맡고, 그 명예와 공적은 공동체의 것으로 송두리째 돌려드리기 위한 운동이다. 감히 기독교를 전면에 앞세운 것은 주님 앞에서 문화의 제사장으로 헌신하는 우리 자신의 모습을 고백하고, 믿음의 형제들과 사회의 눈으로부터 우리 스스로 그 소명의식에서 일탈하지 않게 경계를 삼고자 함 때문이다.

믿음의 형제들과 한국사회가 이 운동의 진로를 눈으로 주시하고 바로 서서 걷도록 조언해 주었으면 하고 바라는 이유도 여기에 있다. 감추어진 것은 드러나고야 만다는 진리가 우리를 더욱 자유케 한다.

주 예수님의 오심을 준비하는 계절이다. 감추어졌던 천국의 비밀을 드러내 보이신 예수의 가르침, 행동, 삶 전부가 봉사와 희생이었다. 기독교사회책임은 바로 그를 본받아 살려는 마음가짐들의 포개어진 다짐이라고 보면 좋겠다.

— 국민일보 2004. 11. 25.

뉴라이트운동과 한국교회

최근 한국의 정치좌표가 좌로 편향되었다는 판단 아래 우파 지향적 정치운동기구가 탄생했다. 그들은 한국의 보수적 가치, 즉 자유주의와 시장경제원리를 신봉하면서도, 종래의 보수주의와는 거리를 둔다. 기득권과 특권의식에 안주하려는 전통보수층의 이념성향으로는 한국의 정치기상도를 바꾸기 불가능하다는 판단이 깔려 있다. 그들은 자유주의와 공동체주의를 한데 묶어 자유주의적 공동체주의를 이념적 지표로서 표방하기도 한다.

이들의 이념적 정치운동에 한국교회가 관심을 기울이는 까닭은 이 운동에 많은 기독교지도자나 지성인들이 참여하여 중추적 역할을 담당하고 있기 때문이다. 두레운동으로 우리들에게 친숙한 김진홍 목사가 이 운동의 정점에 서 있음은 이미 다 알려진 사실이다.

그간의 사정을 말한다면 이렇게 된 데에 우여곡절이 없는 것이 아니다. 현재 우리나라의 시국을 염려하는 기독교지성인들이 벌써 일 년이 훨씬 넘는 시점에 모여 사회의 양극화현상을 지양할 수 있는 중도통합적 운동기구결성을 논의했었다. 그렇게 해서 다수의 합의에 이른 것이 '기독교사회책임'을 출범시키기로 한 것이다. 기독교사회책임의 출범을 선호한 다수의 참여자들은 이

넘적으로 중도통합을 지향하되, 이것이 정치세력화해서는 안 된다는 원칙을 지키기로 했다.

뉴라이트운동에 참여키로 한 기독교지성인들은 이 같은 대원칙이 시대적 요구에 부응하지 못한다는 생각을 견지했다. 이제 좌로 편향된 한국의 정치기상도를 바로 잡자면, 건강한 보수, 건전한 우파를 표방하는 정치세력의 등장이 필요하다는 판단에서였다. 거기에 한국기독교인들과 한국교회도 책임 있는 자세를 견지할 필요가 있다는 것이다.

이러한 논의의 와중에서 필자는 1년 전 국민일보 칼럼란을 통해 다음과 같은 입장을 피력한 바 있다. 즉, 중도통합론은 하나의 전선이 아니라 양 극단의 통합을 지향하는 모자람과 겸손의 지혜를 의미한다는 점이다. 인간의 이념, 이성, 지식은 물론 개인의 신앙인격에도 모와 모자람은 있기 마련이다. 극단의 날개 속에 감추어진 모자람을 나의 모자람에 비추어 해석하고 함께 어우러져 걸어갈 수 있는 방향과 보폭을 가늠하는 성실한 노력이 중도통합이라는 것이다. 한국의 갈등상황, 한국의 양극화현상을 타개하여 공동체가 결함 있는 '나'와 '너'를 넘어 더 미더운 '우리'로 발전해가야 한다는 영적 희망과 발돋움이 필요한 시점임을 지적했다.

더 나아가 기독교적 시민운동은 오로지 공동체와 공동선을 위해 나를 버리고 나를 희생시키기 위한 운동이어야 한다는 점을 강조했다. 고통과 수모는 내가 떠맡고, 명예와 공적은 공동체의 것으로 송두리째 돌려주는 운동이어야 한다. 더 근본적으로는 주님 앞에서 문화의 제사장으로 헌신하는 우리 자신의 모습을 고백하고 믿음의 형제들과 사회의 눈으로부터 하나님의 영광에 초점을 맞춘 우리의 소명의식에서 일탈하지 않도록 경계를 삼아야 한다는 것이었다.

교회와 정치는 기독교신앙인들에게 아주 오래 된 그러면서도 근본적인 논쟁거리 중 하나이다. 우리는 성경 속에 나타난 하나님의 모든 사역이 참된 의미에서 정치적 성격을 띤 것이라고 이해한다. 창조와 구속의 모든 사역, 특히 메시아의 탄생과 죽음, 부활과 승천, 성령강림의 사역은 그리스도인들로 하여금 하나님나라 사역에의 참여와 문화명령에의 순종을 가능케 해 준 정치적 사건들로 이해해도 좋을 것이다. 지금 여기에서도 활동하시는 하나님께서는 그의 백성들에게 소명을 주시고, 호소하시고, 임무를 명하시기도 하신다. 또한 행한 대로 갚으실 분이심을 밝히 드러내셨다. 인간의 역사 속에서 의미 있는 모든 일들은 인간을 창조하시고 구원하실 하나님의 원대한 계획을 향한 정치적 사역으로서의 성격을 띤다.

하지만 교회가 현실정치에 대해 어떤 관계, 어떤 거리감을 갖느냐는 중요한 문제이다. 정치문제에 대해 교회가 어떤 형태로든 개입해서 쟁점을 여론화하고, 그것을 통해 정부에 도덕적인 압력을 가하는 일이 교회의 중요한 관심사 중 하나라고 생각하는 기독교지성인들도 많다. 특히 인권과 환경문제, 낙태와 배아줄기세포문제, 빈민과 농어촌문제 등에 대해 교회가 목소리를 내어야 한다고 그들은 생각한다.

이에 반해 현실정치는 부패한 인간의 권력의지의 산물이기 때문에 교회는 이 문제를 직접 거론할 필요가 없다고 생각하는 기독교지성인들도 많다. 교회는 빵과 육신의 건강, 환경문제에 일차적인 관심이 있는 것이 아니라 영혼구원에 일차적인 관심이 있기 때문이라는 것이다. 따라서 어떤 정치적인 극한상황, 권력부패와 권력적 폭력이 횡행하더라도 종교의 자유와 양심의 자유 그 자체에 직접 위험을 당하지 않는 한 정치문제와 일정한 거리를 두어야 한다는 입장이다.

그런데 현재 한국의 정치현실과 교회와의 관계는 이런 고전적인 분류조차 어렵게 만들어 버렸다. 북한인권과 맥아더동상철거문제 등 현안에 대해 보수적 신앙을 표방하는 기독교인들이 상당수 길거리시위에 뛰어드는가 하면, 비교적 진보적 신앙을 표방하는 기독교인들이 이런 유(類)의 이슈에서 냉정을 유지하는 경향을 보이기 때문이다. 이 같은 복잡한 양상 속에서 뉴라이트나 기독교사회책임같은 운동체가 출범하게 되었다.

나와 우리교회는 이 같은 시대상황 속에서 무엇을 어떻게 하는 것이 좋을까? 교회는 정치와 무관해서도 안 되고 정치에 탐닉해서 정치를 일삼아도 안 된다. 교회는 사회를 빛으로 인도하고 불의한 정치를 견제하며 공동체로 하여금 보편적 가치들을 소중히 간직할 수 있도록 도와야 한다. 또한 정치권력 자체가 하나님의 권위 아래 있음을 일깨워 주어야 한다. 교회는 정치문제를 대할 때 무관심이나 부정적인 태도가 아니라 관심과 열린 마음으로 대해야 한다. 교회가 빵과 주택문제, 통일문제를 해결해야 할 책임은 없더라도, 개인과 공동체에게 참된 삶의 의미를 일깨워 주어야 할 책임에서 벗어날 수는 없다.

— 기독신문 2005. 11. 17.

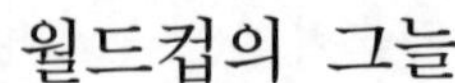

월드컵의 그늘

월드컵이 16강을 가리는 중반전에 접어들었다. 2002년 한일 월드컵의 행복했던 6월을 기억하는 한국인들은 올해 독일 월드컵에서도 그 때의 즐거움을 되살리려는 기대를 가슴에 품고 있다. 월드컵은 올림픽을 능가하는 세계시민들의 스포츠 축제임에 틀림없다. 2002년 한일 월드컵 때 생생하게 체험할 수 있었던 것처럼 그것이 한 나라의 사회통합과 연대감을 고양시킬 수 있는 국민축제로서 짜릿한 감동을 자아내는 묘한 힘을 갖고 있는 것도 사실이다.

아니나 다를까, 독일 월드컵이 시작되면서 온 나라가 들뜨고 있다. 언론들은 월드컵 특집을 연이어 쏟아내고 있고, TV 3사도 똑같은 시간대에 똑같은 중계에 열을 올리고 있다. 인터넷매체도 온통 월드컵 이야기가 주류를 이룬다. 다시 길거리응원에 나와 밤을 지새우는 시민들이 70만 또는 80만을 상회한다고 하니 대단한 열광 아닌가. 은행점포나 대형할인매장의 종업원들조차 월드컵 응원복장으로 손님을 맞는가 하면 교도소에 있는 재소자들에게도 우리나라 대표팀의 대전 중계를 같은 시간 시청할 수 있는 기회를 부여했다니 과히 온 나라가 월드컵 열기에 푹 빠져 들었다는 느낌이 든다.

필자도 대한민국 국민의 한 사람으로서 우리나라 대표팀이 월드컵에서 선전 또 선전해 주기를 바라는 마음 간절하다. 16강을 넘어, 2002년 한일 월드컵 때처럼, 할 수만 있다면 8강, 4강의 전적을 재현했으면 하는 바램도 있다. 그러나 성경적 신앙을 추구하는 크리스천으로서 필자는 월드컵 열광이 노출하는 정신적·영적 문제점을 염려하지 않을 수 없다.

첫째, 월드컵 열광분위기가 품어내는 비신앙적 언어들이다. 우리는 흔히 2002년 한일 월드컵하면 4강 '신화'를 떠올린다. 4강신화의 주인은 누구일까? 거기엔 하나님 아닌 신들의 형상이 내포되어 있다. 무엇인가 보이지 않는 신들의 손에 의해 기적이 일어난 게 아니냐고 생각하는 경향이 그 저변에 깔려 있다는 것이다. 아닌 게 아니라 지난 프랑스 전에서 선방한 골키퍼 이운재를 인터넷매체들은 '수문장이 아니라 수호신'이라고 쉽게 지칭한다. 이런 주술적인 분위기가 월드컵의 들뜬 분위기 속에서 신앙인들의 영성을 훼손하지 않는지 깨어 경계할 필요가 있다.

둘째, 이미 월드컵 한국응원의 대명사가 된 '붉은 악마'의 창궐이다. 2002년 한일 월드컵 때부터 정열적인 길거리응원과 함께 세계시민들의 관심대상이 된 붉은 악마가 우리 크리스천들에게는 걱정과 아쉬움이 교차하는 대상이다. 우선, 붉은 악마가 우리 신앙인이 경계해야 할 악마의 정체를 친근성의 소재로 변모시킨다는 점이다. 이 세상은 인류의 타락 이후 선악간의 싸움에 휩싸이게 되었고, 악마야말로 진정한 의미에서 하나님의 나라를 대적하는 악의 축인 셈이다. 무엇보다도 예수님의 갈보리 십자가에서 이루신 영광스러운 성취와 부활의 승리에도 불구하고 이 세상은 오늘도 선악간의 싸움판이 되고 있고, 그 싸움은 세상 끝날까지도 지속될 것이라는 전망이다. 그러므로 우리는 붉은 악마가 사탄의 문화적인 전략에 이용된 것이 아닌가라는 경계심을 늦출 수 없다. 이 점이 우리가 걱정하는 대목이다.

더 나아가 우리 신앙인들이 이 세상에서 주님의 문화명령을 믿음으로 수행하는 문화의 대제사장으로 부름받았다는 의식을 새롭게 하면 할수록, 붉은 악마의 형성 초기에 적극적인 문화전략으로 그들을 정신적·영적으로 바르게 인도할 기회를 선용하지 못했다는 아쉬움이 크다. 문제는 우리 신앙인들조차 붉은 악마를 점차 문화적 현상으로 용인하고 서서히 동화되어 가려 한다는 점이다. 4년마다 벌어질 월드컵 축제를 염두에 둔다면 붉은 악마의 형상을 폐기하고 기독교인들과 비기독교인들이 정신적으로 공유할 수 있는 심벌을 창안하는 문제가 시급히 해결해야 할 과제이다.

셋째, 월드컵 분위기의 무차별 공세가 낳을 후유증을 염려하지 않을 수 없다. 지금 세계는 마치 월드컵만 있고 일상생활은 없는 것 같은 느낌을 받는다. 16강 이상의 전적을 기대하는 우리나라도 이러한 분위기에 비해 더하면 더했지 결코 덜하지는 않아 보인다. 그러나 월드컵은 한번 스치고 지나가는 강한 계절풍에 비유할 수 있지만, 우리의 일상생활은 매일매일 반복되는 밤낮과 잔잔한 미풍이라 할 수 있다. 일상은 계절풍에 의해서 해체되거나 위축되어서는 안 된다. 적어도 언론매체들은 국민들에게 일상의 평온이 깨어지지 않도록 할 최소한의 배려를 해야 할 책임이 있다. 온통 월드컵의 열광 속에 휩싸여 일상의 리듬을 잃게 된다면, 그 후유증 또한 만만치 않을 것이라는 점이다.

이런 관점에서 볼 때 지상파 방송 3사가 동일한 시간, 동일한 중계에 집중하는 것은 시민들의 일상에 대한 배려의 부족이라 하겠다. 월드컵의 후속으로 그만한 열광적인 이벤트가 마련되어 있지 않다는 사실 하나만으로도 공허함에 휩싸일 월드컵 이후를 예상한다면 열광의 광장 저편에 조용한 일상을 펴나가는 시민들의 소박한 삶을 위한 여백을 마련해 두어야 한다는 생각이 든다.

넷째, 월드컵의 흥분에 휩싸여 지체해서는 안 될 본질적으로 중요한 정치·경제·사회·문화 각 영역의 활동이 위축되거나 뒷전으로 밀려나서는 안 될 것이다. 마침 6월 임시국회가 사학법 개정과 같은 어려운 난제를 두고 열리고 있다. 심도 깊은 논의와 합리적인 해결점을 찾아 머리를 맞대어야 할 임시국회, 또는 경계를 늦출 수 없는 국방과 치안의 인력들이 월드컵 16강 또는 8강 진출의 흥분에 휩싸여 개점휴업 상태에 빠져서는 안 될 것이다.

월드컵의 짜릿함은 짧으나 숭늉맛처럼 밋밋한 일상생활은 길고 넓다는 사실을 유념했으면 한다. 일상의 끈을 놓지 않고 깨어 있는 한결같은 삶의 자세를 견지하는 이웃들이 우리 주위에 더욱 많았으면 좋겠다.

— 기독신문 2006. 6. 21.

충격과 공포에 대한 단상

지난 토요일, 필자는 우리 교회 대학부 집회에 참석했다가 함께 나눈 기도제목 하나에 충격을 받았다. 하얀 수건을 차도르처럼 머리에 걸치고 포연이 자욱한 바그다드에 잔류하고 있는 반전평화요원의 한 사람인 유은하 씨가 필자가 일하고 있는 고려대 졸업생이며 최근까지도 고려대에서 선교단체의 간사역을 해온 크리스천이라는 사실을 처음 알았기 때문이다. 유 씨는 바그다드시민의 식수원인 정수장이 폭격당하는 것을 막기 위해 정수장부근에 진을 친 인간방패요원으로 활동하고 있을 뿐만 아니라 인터넷을 통해 개전 초기에 이미 발생한 전쟁의 참혹상을 세상 밖으로 실어보내 전쟁반대 움직임을 독려하고 있다.

이미 미·영군의 이라크침공은 일주일을 내다보고 있을 뿐 아니라 수많은 양쪽의 전사자와 민간인 사상자 등 가슴 아픈 피해상황을 낳고 있다. 세계도처에서 반전의 열기도 달아오르고, 전쟁당사국인 미국과 영국에서도 전쟁찬반논쟁과 시위로 국론이 분열하고 있는 실정이다.

필자는 솔직히 말해 이번 전쟁을 일으킨 연합국측의 의도가 어디에 있는지 잘 알지 못 한다. 이미 수명을 다한 무기재고분을 소비하고 개발 중인 첨단무기를 실험하기 위한 것이라면, 세계최

강의 나라로서 세계경찰을 자임하는 미국의 도덕성은 어디에 있는지 난감해질 따름이다. 도덕성 없는 정권이 미국이란 초강국을 한시라도 이끌 수는 없을 것이라는 고정관념 때문에 이런 군사이익에 경도된 전쟁놀음이라는 천박한 이유를 선뜻 받아들이기에 너무 힘들다. 세계 제2산유국인 이라크의 유전을 독점하기 위해 전쟁을 불러일으킨 것이라면, 국제사회의 이목을 조금도 주저하지 않는 미국의 파렴치가 극에 달한 것밖에 되지 않아 그 논리 또한 선뜻 받아들이기에 무척 힘이 든다.

9·11 테러 이후 미국의 정치·군사 지도자들이 테러세력과 그 잠재적 위험에 대해서도 민감하고 공격적으로 반응해 온 것은 이미 보아 온 일이다. 아프칸전쟁은 빈대를 잡기 위해 초가삼간을 불태우는 과도함의 극치를 보여준 셈이다. 거기다가 이라크와 이란, 북한 등을 악의 축이라고 지명했으니 이라크전쟁은 바로 악을 물리치기 위한 정의로운 전쟁으로 비쳐지기를 내심으로 바라고 있을지도 모른다.

하지만 현실은 이라크전쟁 자체가 부당한 전쟁이란 쪽으로 기울고 있다. 미국이 국제사회의 규범인 UN의 결의, 특히 안보리의 결의도 무시한 채, 독자적으로 전쟁에 뛰어들었기 때문이다. 코피 아난 UN 사무총장의 말처럼 미국의 개전일은 참으로 인류에게 슬픈 날이었다.

우리는 새천년을 맞이하여 양차 세계대전으로 얼룩졌던 20세기를 훌훌 벗어나 전쟁 없는 평화의 세기, 세계시민사회가 공동번영을 이루어갈 새 밀레니엄을 꿈꾸었다. 하지만 채 4년이 다가기 전에 이와 같은 인류의 꿈은 산산조각이 났다. 자라는 세대에 희망을 두고 있는 가정과 사회도 교육적 측면에서 여과 없이 언론매체를 통해 적나라하게 보도되는 거대한 전쟁놀음을 염려스러운 눈으로 보지 않을 수 없다. 평화를 교육해도 평화의 꽃을 피우기 힘든 세태를 우리는 살아가고 있다. 이라크전쟁의 살벌한 폭력현장을 실시간으로 전달해 주는 보도를 통해 미래세대들의 심성과 영혼이 황폐해지지 않을까 두려움이 생긴다. 뿐만 아니라 전쟁이란 승리나 패배냐에 온갖 초점이 맞추어져 있다. 승리를 쟁취하기 위해 고도의 심리전을 펼치면서, 위장전술과 무차별포격을 주저하지 않는 전쟁놀이는 우리의 의식에 수단방법을 가리지 않고 목표에 도달하기만 하면 상책이라는 잘못된 가치관을 뿌리박게 할 염려도 있다.

필자는 이라크전쟁이 결코 추악한 동기를 감추고 거룩한 행군을 위장했던 중세의 십자군원정의 재판이 안 되기를 바랄 뿐이다. 전쟁의 배후에 숨어 전쟁을 부추기는 사악한 자본과 기업들을 우리는 깨어 있는 눈으로 주시해야 할 것이다.

이제 우리 사회도 이라크전쟁과 국군파병을 놓고 국론분열의 조짐이 나타나고 있다. 필자는 위험을 무릅쓰고 바그다드에 남아 있는 인간방패들에게 동조해 이 전쟁에 분명 반대하는 입장을 취하지만, 전쟁반대가 반미정서로까지 비화해서는 안 된다는 생각도 갖고 있다. 인도적인 차원에서 우리가 이라크전쟁에 참여할 수 있는 여지를 넘어서 국익이라는 현실적 불가피성 때문에 참전에 응한다면 국가의 도덕성이나 정치의 윤리를 어떻게 말할 수 있겠는가?

국가와 정부의 정책에 절대악과 절대선의 기준을 가지고 논하는 것은 무리이다. 다만 과도하게 지나치거나 좌우로 치우치는 것은 분명 악한 일임에 틀림없다. 전쟁에 기름을 붓는 세계의 지도자들이 이 점을 유념했으면 한다.

— 기독교보 2003. 4. 3.

세상 속에서 기독교의 모형과 모범

이 세상 속에서 우리들이 일상적으로 마주치는 제도들 중 많은 부분은 기독교의 모형을 닮은 게 많이 있다. 특히 법제도와 법문화 속에서 그런 모형을 많이 발견할 수 있다. 우선 생명의 신성성, 소유권의 신성성, 노동의 신성성, 천부인권 등은 우리들의 귀에 익숙한 언어들이다. 물론 후기현대사회에 이르러 이러한 신성성의 의미는 2000여 년 전과 달리 많이 상대화되었지만 말이다.

최근 사법개혁추진위원회가 국민참여적 형사재판의 모형을 우리 법문화 속에 끌어들이기 위해 무진 애를 쓰고 있다. 그 속을 들여다보면 미국의 배심재판과 독일의 참심재판과 같은 모형을 혼합한 참·배심재판이 2007년이면 우리나라 형사재판 속에도 도입된다고 한다. 법률적인 소양이 없더라도 건전한 상식과 양심을 지닌 보통사람이라면 누구나 참·배심원으로 뽑혀 형사재판에 참여할 기회를 얻을 수 있다. 그와 함께 법정풍경도 지금과 달리 이른바 공판을 한 기일 내지 두 기일에 끝내는 집중심리제도가 채택되고, 법정의 좌석도 피고인이 지금과는 달리 변호인 옆에 나란히, 검사와 마주보고 앉게 된다. 문제는 법관의 자리이다.

지금까지 검사와 피고인의 자리는 조금씩 바뀌었는데 아직까지도 요지부동한 자리가 법관의 좌석이다. 그는 법복을 입고 검사와 피고인·변호사보다 더 높은 자리에 좌정하여 법정을 지배하고 지휘하는 권능을 갖는다.

일제시대의 법정에서는 검사와 법관의 자리높이가 같았다고 한다. 해방 후 법관의 자리는 그대로 둔 채 검사의 자리가 한 단계 내려왔고, 그 후 피고인은 다시 검사와 변호인의 자리보다 한 단계 낮은 자리에서 법관을 정면으로 혼자 쳐다보고 앉게 되었었다. 그러다가 얼마 전부터 피고인도 검사와 변호인의 자리높이까지 올라갔지만 여전히 법관을 마주보고 외롭게 혼자 앉아 있어야 하는 처지에는 변한 것이 없었다.

지금 논의되고 있는 국민참여적 사법체계에서 형사법정은 피고인이 변호인과 나란히 앉아 검사를 대등한 위치에서 마주 보도록 하자는 것이다. 그리고 새로 도입될 배심원은 검사와 피고인보다 한 단계 높은 자리에 위치하고, 법관은 배심원보다 한 단계 더 높은 위치에 자리잡도록 한다는 것이다.

미국의 배심법정도 법관이 법복을 입은 채 높은 법대에 앉아 있는 것이 사실이고, 유럽대륙의 법정도 법관의 자리가 높은 것은 중세 이래 변하지 않는 법정풍경이다. 비록 법관의 이미지가 신의 대관에서 왕의 대관으로, 다시 국민의 봉사자로서 '국민의 이름으로'(im Namen des Volkes) 재판하는 직업인으로 변모했지만, 법관의 자리만은 변모하지 않았다.

왜일까? 법이 갖는 신화 때문이다. 법의 신성성 때문이다. 법이 하나님께로부터 왔고, 정의의 검도 하나님이 부여한 것이고, 그것을 왕에게 맡겼건, 국민에게 맡겼건 법을 발견하고 정의를 선포하는 법관의 자리는 이 신성성의 배경 속에 등장하는 권능과 존엄의 상징물이기 때문이다.

계몽주의가 중세적 신화를 깨뜨리고, 인간에게 이성과 자유의 길을 열어 준 지 200여 년이 훨씬 흘러갔지만, 법정의 풍경 속에는 이 신화의 잔재가 아직 남아 있다. 법정이 세상과 고립되었기 때문에 이러한 잔재가 Long Run할 수 있었다. 그런 의미에서 서양의 계몽주의는 아직 미완의 단계에 머물러 있는 셈이다.

국민참여적 형사재판의 이념에 따라 공판구조를 바꾸면서, 이 신화를 깨뜨리지 못할 이유가 어디 있을까? 오래 식민지화된, 잘못 길들여진 인식 때문이다. 이 인식의 틀을 과감히 청산하고, 새로운 지평, 새로운 하늘을 바라보아야 할 때라고 생각한다. 법관도 배심원도 피고인과 변호인과 검사와 함께하는 자리가 되도록 대를 낮추어야 한다. 진실과 정의를 위에서 전수하는 것이 아니라 법정에서 참여와 대화를 통해 풀어가겠다는 이념인데, 왜 눈에 보이지 않는 차별과 차단벽을 설치한단 말인가? 진실에 관해서만은 형사법정에서 피고인보다 결정적으로 중요한 역할을 담당할 사람이 없다. 법관이 신이 아닌 이상, 피고인보다 사건의 진실을 말할 수 없기 때문이다. 피고인이 범죄인이기 때문에 법대 밑에 서야 한다면, 아직도 중세의 규문주의 잔재가 깔린 논리요, 법의 신화화에 오도된 논리일 뿐이다.

힘주어 말하건대 법이 인간을 위해 존재하는 것이지, 인간이 법을 위해 존재하는 것은 아니다. 법 때문에 누군가 다른 누구보다 더 높아져야 한다면 이 같은 민주적인 법이념을 오해하고 있는 것이다.

이쯤의 논의에서 정의를 선고하는 법관은 하나님의 말씀을 선포하는 목사와 같고, 교회당 목사의 설교단이 높듯, 법정에서 법관의 법단이 높은 것은 자연스러운 맥락이 아닌가라는 반론이 있을 수 있다. 과연 그래야만 할까? 우선 법관의 법복과 목사의 성의를 동일시하는 내용적인 연계에 의문이 있고, 가령 백보를 양보한다 하더라도 설교단이 높아야 할 성경적 의미를 발견하기 어렵기 때문이다. 예수님은 언덕 저편에 높이 서 있는 사람들을 향해 호수에 띄운 배 위에서도 천국 복음을 선포하셨다. 높아진 설교단이 음향장치를 동원한 오늘의 예배당에서 음성의 확성효과를 위한 것이 아니라면 그 곳에 어떤 신화적인 요소는 감추어져 있지 않은지 성찰해 볼 일이다. 찬양도 기도도 설교도 예배드림의 구성부분이다. 높이가 지닌 신성성의 의미가 진정 있는 것일까? 모세가 광야의 떨기나무 앞에 섰을 때, "네 선 곳이 거룩한 곳이니"라고 야훼께서 말씀하셨다. 야곱이 벧엘에서 돌베개했던 곳은 광야의 낮은 곳 일부이지 높은 모래언덕이 아니었을 것이다.

만약 설교단이 오늘날까지 전래되어 온 법대의 모형이라면, 이제 우리들은 기독교적 모형을 버리고 기독교적 모범을 보여야 할 소명 앞에 선 것이 아닐까? 예수님은 인자가 온 것은 섬김을 받으려 함이 아니라 종처럼 섬기려 함이요, 많은 사람을 위해 생명까지 대속물로 지급하기 위함이라고 말씀하신다. 예수의 교회, 예수의 사람들은 세상을 지배하고 통치하려는 것이 아니라, 세상 사람들의 연약한 부분까지 가슴에 품고 예수의 고귀한 자기희생의 삶을 본받아 섬기기 위해 부름받지 않았는가? 섬기면서 세상을 선한 영향력으로 엮어갈 모범이 무엇인지를 곰곰이 되씹어 보아야 할 때가 지금 아닌가?

— 온전한 지성(기학연 소식지) 2005. 5-6.

도박산업의 문제점

　　도박의 역사는 아마 인간의 역사만큼이나 오랜 뿌리를 갖고 있을 것으로 짐작된다. 도박이 성립하려면 당사자 사이에 확실히 예견할 수 없고, 자유로이 지배할 수 없는 우연한 사정에 의해 승패를 결정하고 재물의 득실을 다투어야 한다. 그렇기 때문에 도박에는 짜릿한 쾌감과 아픔이 있고, 또한 반복하여 느끼고 싶은 묘한 중독성이 있다. 어쩌면 에덴동산에서 하와가 뱀의 속임수에 빠져 선악과를 따먹을 때의 심리상태나 아담이 하와의 달콤한 말에 현혹되어 선악과를 나누어 먹을 때의 심리상태가 도박에 이끌리는 인간군상의 심리상태의 원조일지 모른다.

　　제한된 인식능력만 가진 채 한 치 앞을 내다보지 못하고 살아가는 인간은 결혼, 수능시험, 입학시험, 아파트추첨 등을 도박에 비유하기도 하고, 투기나 요행에 의해 운명을 결정하려고도 한다.

　　아닌게아니라 현대사회에서 인생사의 대부분은 그것이 정치적 선거이건, 국가 또는 공기업의 사업경영이건 일종의 투기와 요행의 성격을 갖지 않은 것이 거의 없다. 증권 및 외환시장도 그 예외는 아니다. 일확천금을 꿈꾸는 이들, 인생역전을 꿈꾸는 이들이 성실한 자기수양과 자기발전에 힘쓰기보다 이 같은 요행술에 눈독을 쏟는 것은 일종의 병적 증상이라 해도 지나치지는 않을 것이다.

아직도 건전한 오락·스포츠 문화가 정착하지 못한 우리 사회에서 도박은 모든 오락, 모든 스포츠까지 오염시키고 있고, 도시와 농어촌, 빈부귀천, 남녀노소 할 것 없이 널리 퍼져 있는 실정이다. 두세 사람이 모인 곳이면 너나 할 것 없이 화투판이 벌어지는 우리 현실을 두고 '고스톱 공화국'이라 칭하는 것도 무리가 아니다. 최근 대입수능시험 부정비리를 놓고 볼 때, 그 책임이 어디 불안과 스트레스에 시달리는 수험생들에게만 있다고 할 것인가? 수능시험과 대학진학조차 도박놀이 비슷하게 간주하는 사회풍조가 그것을 가능하게 해 준 것이 아닌가 짚어 볼 일이다.

예로부터 선인들은 주색잡기를 패가망신의 원인으로 보고 이를 경계했다. 또한 도박은 사람의 사행심을 조장하여 건전한 근로정신을 퇴폐시킬 뿐만 아니라 폭행·협박·살인·상해·절도·강도·사기와 같은 다른 범죄를 유발시키는 원인이 되기도 한다. 그러므로 국가는 일정한 오락정도의 성격을 벗어난 도박이나 합법적인 복표 이외의 복표행위를 금기시하고 통제대상으로 삼고 있다. 우리 형법도 단순도박죄 외에도 상습도박죄 규정을 두어 처벌하고 있고, 영리목적의 도박장 개장죄도 처벌하고 있다. 또한 복표발매죄와 복표발매중개죄·복표취득죄 등도 규정되어 있다. 이러한 조치는 인간의 내면 깊숙이 자리잡은 자연적인 도박심리의 확산을 국가적으로 통제하려는 데 그 취지가 있다.

최근 들어 각종 복권의 허용과 거액의 복권제 도입으로 국민 일반의 의식 속에 적지 않은 사행심리가 조장되고 있다. 물론 한국마사회법이 승마투표권의 발매를 허용하고 있고, 경륜·올림픽복권·주택복권·월드컵복권 등이 경영자의 뛰어난 판매전략으로 인식되고 있는 현실에 비추어 어느 정도까지가 사행심 범람을 막는 적정수준인가에 관해서는 다각적인 검토가 필요한 실정이다. 하지만 정부나 지방자치단체 등이 앞다투어 도박산업을 부추기고 도박시설을 확대해가는 추세는 국민일반의 근로관념과 경제윤리에 입각한 공서양속의 관점에서 볼 때 옳지 못하다.

수익과 국고를 부풀리기 위해 건전한 국민정신을 좀먹게 하고 해체시키는 일에 정부가 앞장선다면, 얼마나 생각과 철학 없는 단세포란 말인가. 마치 모래로써 황금을 만드는 메피스토펠레스의 연금술에 현혹되어 영혼의 피를 팔아먹는 파우스트의 비극이 아니고 무엇이겠는가. 도박심리를 부추기는 도박산업화·상업화의 유혹으로부터 정부와 지자체의 리더들이 먼저 벗어나야 한다.

더디가도 사람을 생각하는 정책에 우선순위를 두어야 한다. 한번 타락한 심성을 치유하여 정상으로 되돌리는 일에 얼마나 많은 비용과 시간이 투자되어야 하는지를 삼가 면밀히 검토해 보기 바란다. 인간성의 계발과 진보처럼 국민정신의 건전한 발전도 장구한 세월과 교육적 투자가 소요된다는 점은 문명사가들이 밝히 증거하고 있는 사실이다. 당장 눈앞의 수익에 눈이 멀어, 현재와 미래 세대의 국민적 기풍과 도덕성을 황폐하게 만들 정책은 자제되어야 마땅하다.

도박산업은 결코 황금알을 낳는 거위가 될 수 없다. 도박은 국민을 병들게 하고, 파괴적인 본성을 부추기며, 허랑방탕과 각양의 타락을 낳는 염병과도 같은 것이다. 현재를 사는 우리 세대가 다음에 올 미래 세대에게 이 악독한 염병의 원인을 유산으로 넘겨줘서는 안 된다. 도박산업은 도박근성에 길들여진 도박중독자들을 양산하여 도박을 통한 재산착취를 꾀하는 사악성을 내포하고 있다. 근로관념과 경제에 관한 건전한 도덕법칙이 결코 넘쳐나는 도박산업으로 인해 왜곡되게 해서는 안 될 일이다.

국가와 공공단체가 스스로 건전한 정책을 입안하고 올바른 방향을 잡아만 간다면, 굳이 NGO가 국가의 공공정책에 맞서 대항할 일이 없을 것이다. 오히려 국민정서의 함양과 같은 시민계몽과 시민문화의 창달에 주력할 수 있을 것이다.

확산되는 마약에 국가가 민감하게 깨어 대처하듯, 도박에 대해서도 마찬가지로 국가가 깨어 있었으면 한다. 공공의 가치와 덕목을 탐심에 취해 섣불리 외면해서도 안 되겠지만, 속임수에 빠져 배반해서도 안 되기 때문이다. 도박으로 부강해진 나라보다 근면하고 성실한 국민정신으로 깨끗하고 정직하게 다져진 나라가 진짜 살 만한 가치 있는 나라, 잘 사는 나라가 아닐까. 우리들이 꿈꾸는 대한민국이 바로 그런 사랑스러운 나라가 되었으면 한다.

— 출처미상 2005. 1.

깨끗한 인터넷 세상

식탁문화에서 우리나라는 더 문명화되어야 할 점이 많다. 식사자리가 식음자리로 옮아가기 무섭게 폭음자리로 변하는가 하면, 옆 사람을 생각지 않는 고성방가에 담배 매연, 가래침 내뱉기는 차마 보기 민망스럽기조차 한 것이다. 서양의 식탁문화가 오늘의 신사도에 이르기까지 무려 8백여 년의 세월이 흘렀다는 연구결과를 접하고 보면, 아직 우리에겐 많은 교정과 훈련의 시간이 필요한지도 모른다.

하지만 지하철문화는 그 도입의 역사가 일천한데도 불구하고 놀랍게도 서양의 지하철문화보다 더 신사적인 면면이 발견된다. 우선 승강장에서 담배피우는 사람을 발견하기 어렵다. 그 결과 승강장의 노선 위에도 담배꽁초 하나 눈에 띄지 않는다. 뉴욕이나 보스턴, 파리나 런던, 뮌헨의 지하철을 목격하는 사람이라면 그 지저분함의 도에 넘치는 일탈을 정거장과 차량 안팎에서 발견하고 선진국문화시민의 수준이 이 정도인가 해서 의아해 할 것이다.

물론 우리의 지하철공간에도 없었으면 좋을 일탈이 전혀 없는 것은 아니다. 누군가 화강석계단에 뱉어놓은 검은 껌자국, 옆의 이웃승객을 배려하지 못한 아주 촌스러운 핸드폰통화, 세대간의 간극을 헤아리지 못한 젊은 남녀들의 보아주기 민망한 애정표현 따위를 들 수 있다. 조금만 더 이웃에 대한 배려가 있다면 충분히 자제할 수 있는 사소한 일들이지만, 버리지 못하고 쌓이면 이처럼 보기 흉한 우리의 현주소가 된다.

우리들이 공유하고 있는 생활공간에서 남을 배려하는 마음은 자신을 존중하는 마음과 같다. 우리 각자가 지하철공간을 내 집처럼 생각한다면 함부로 침을 뱉거나 씹다 남은 껌을 내뱉지는 않을 것이다. 가정에서도 보이지 않는 질서와 규범이 있다. 젊은 이들은 그래서 어른들의 낯을 살펴 언행을 조심한다. 어린아이들을 식탁에서 훈계하는 밥상머리교육은 어린아이들을 성숙한 사회인으로 자라나게 하는 가장 근본적인 인성교육에 해당한다. 여기에서 우리는 인간성 속에 감추어진 고삐 풀린 파괴와 증오본성을 다스려서 건설과 사랑의 인성으로 거듭나고 자라가는 것이다.

사이버공간에서도 문화는 살아 숨쉰다. 그리고 그 문화의 주체는 역시 우리들 자신이다. 깨끗한 인터넷문화를 가꾸고 누릴 것이냐 아니면 쓰레기하치장 같은 난장판을 만들 것이냐는 결국 인터넷을 이용하는 우리들 자신의 의지와 선택의 문제다.

사이버공간은 생태공원과 같은 공간일 수도 있고, 미처 충분한 손질이 다가가지 않은 가정집 정원일 수도 있다. 아무리 잘 가꾼다 해도 잡초의 끈질긴 의지를 송두리째 뽑을 수 없는 노릇이다. 문제는 정도의 문제이다. 깨끗한 인터넷문화의 쾌적함이 모든 이용자들의 원칙적인 선택과 합의사항으로서의 위치를 벗어나서는 안 된다. 일탈은 이 원칙에 대한 예외의 범주를 벗어나서는 안 된다.

정보통신윤리위원회는 바로 깨끗한 인터넷문화의 발전을 위해 교육하고 홍보하고 최후적으로 통제하는 역할을 담당하고 있다. 수많은 모니터요원들이 사이버공간을 헤엄쳐 다니면서 오폐물을 건져내도, 버리고 방치하는 일들이 넘쳐나면 감당하기 힘들다.

　네티즌들이 조금씩만 타인을 위해 배려한다면, 막대한 국가나 공적인 감시인력을 투입하는 것보다 훨씬 더 인터넷 문화의 수준을 높일 수 있을 것이다. 깨끗한 인터넷 문화를 함께 가꾸어 가려면, 인터넷 이용자들의 깨끗한 마음, 깨끗한 정신 그리고 깨끗한 손이 필요하다. 일상 속에서 이용하는 깨끗하고 쾌적한 지하철문화처럼, 깨끗한 인터넷 문화가 꽃피는 새해를 꿈꾼다.

― 정보통신윤리 2005. 1.

사이버 언어폭력, 이대론 안 된다

　　노무현 대통령에 대한 탄핵안 가결을 전후해 탄핵찬반 공방은 여의도공간을 멀리 벗어나 버렸다. 촛불시위로 상징되는 항의집회가 규모만 커진 게 아니라 구호도 격렬해졌다. 광분한 어떤 이들은 시민사회의 질서규범의 틀을 아예 벗어나 막무가내 식으로 치닫고 있다. 이른바 '합법적 쿠데타'를 응징한다면서 실제 '비합법적 쿠데타'를 연출하고 있는 듯해 보인다. 아무리 탄핵소추가 대한민국 초유의 일이라 해도, 법과 질서가 살아 숨쉬는 사회라면, 그 흥분을 광분으로 표출할 수는 없는 노릇이다. 그런데도 서울 광화문 촛불집회에서 일부 참가자들은 "집을 나간 193마리의 미친개를 찾습니다"라는 피켓을 들고 탄핵투표에 참가한 195명의 국회의원 이름이 적힌 유인물까지 살포했다니, 이쯤 되면 정상궤도를 벗어난 게 틀림없다.

　　더욱 한심한 광경은 바로 사이버공간을 무법천지로 만들어 버린 일부 네티즌들의 언어폭력이다. 자신들은 익명의 가면을 쓰고, 탄핵에 찬성한 의원들의 실명을 거론해 가며 온갖 욕설과 인신공격을 쏟아붓는가 하면 4·15총선에서 심판하자, 낙선시키자는 선동까지 서슴지 않는다. 마침 중앙선관위와 경찰에서 이를 선거법 위반사례로 보고 집중단속에 나서겠다고 하니 다행이다.

하지만 성숙한 민주시민사회의 지평을 바라보는 침묵하는 다수로
서는 난감하고 불쾌하기 그지없는 노릇이다. 그 정신적 고통과
정서적 불안감이 이만저만한 게 아니다.

　두말 할 것도 없이 시민사회는 목소리 큰 사람들의 전유물이
아니다. 나와 너의 사이에 그다지 멀지도 가깝지도 않게 인격으
로 마주하고 있는 우리들의 공유적인 삶의 터전이 바로 시민사회
이다. 아무도 이 공동생활의 정원을 함부로 짓밟아서는 안 된다.
그것은 현재를 살고 있는 우리들 각자의 자의와 변덕으로 처분할
수 있는 대상이 아니기 때문이다.

　사이버공간의 가상적 사회영역도 마찬가지다. 동일한 자유를
향유하고 평등한 권리와 의무를 진 인격주체들이 이 가상공간에
서 너와 나의 사이를 마주 형성하고 있다. 그러므로 누구도 익명
이라는 가면 속에 감추어진 자유를 빙자하여 타인의 자유와 인격
을 함부로 짓밟아서는 안 된다. 그것은 실상 자유가 아니라 일탈
이며 범죄일 뿐이다. 사이버 세계도 삶의 질서 잡힌 정원을 갖고
있다. 어느 누구도 이 정원에 잡초나 독버섯의 씨앗을 함부로 뿌
리고 다녀서는 안 된다. 서로를 위해 정성스레 가꾸어야 한다. 보
기에 흉한 잡초는 뿌리를 뽑아 불살라버리는 게 자연이 가르쳐주
는 질서원리이다.

　고대사회로부터 전래되어 온 황금률도 오늘 여기 사이버세계
에 그대로 적용되어야 한다. 남이 너에게 하지 말아야 될 일을
너도 남에게 하지 말아야 한다. 남에게서 대접받고자 하는 바를
먼저 남에게 대접해야 한다. 황금률은 바로 사이버공간을 함께
살아가는 네티즌들 상호간의 공존에도 필요한 생존질서의 원리이
다. 이 원리에 따라 정보통신윤리위원회는 불건전 정보들을 뽑아
내는 수고에 골몰하고 있다. 물론, 최악의 경우에는 경찰·검찰의
철퇴가 내려져야 네티즌들의 언어폭력을 통제할 수 있다.

오늘날 오프라인에서 공유하는 삶의 터전은 법과 윤리가 아니더라도 에티켓 하나만 제대로 지킬 수 있어도 건강한 분위기를 유지할 수 있다. 온라인 정원은 더더욱 그렇다. 가족이나 이웃과 함께하는 식탁에서도 문화시민은 식탁의 에티켓을 생명처럼 소중히 간직한다. 그래서 누구도 식탁을 마주하고 가래침을 내뱉거나 오물을 토해내지는 않는다. 문명사가인 엘리아스는 서양식탁의 에티켓이 각 사람의 변태와 고집들을 꺾고 오늘날의 표준에 이르는 데 무려 7, 8백 년의 장구한 세월이 흘렀다고 한다. 그렇게 학습되기까지 끊임없는 채찍과 혹독한 교정훈련이 뒷받침되었음은 두말 할 것도 없다.

사이버공간의 언어폭력, 이대로 방치할 수는 없다. 그곳은 각자가 세계를 향해 마주서서 당당히 자신의 의견을 펼 수 있는 여론광장이다. 때문에 네티즌 개인의 사회성과 책임은 현실세계에서보다 더욱 높게 요구된다. 이기적이고 파괴적인 개인들 때문에 이 사이버세계의 여론광장이 전장 같은 무법천지로 변질되게 내버려둬서는 안 된다. 나와 다른 생각을 가진 사람이 증오의 적이 아니라 바로 내 사랑의 이웃이라는 인식전환이 필요한 때이다.

— 한국경제신문 2004. 3. 19.

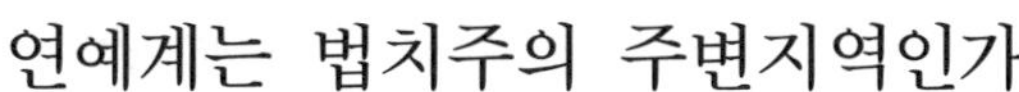

연예계는 법치주의 주변지역인가

최근 연예인 권상우 씨를 협박한 조폭들이 기소됨으로써, 연예계와 조폭의 먹이사슬이 세인들의 새로운 관심거리로 떠올랐다. 일전 한국형사정책연구원도 현재 교도소에 수감 중인 109명의 조폭 출신 재소자를 설문조사하여 그들 가운데 상당수가 월평균 400만원 안팎의 수입으로 생활하고 있고, 약 80%가 그 일에 만족한다는 보고서를 내놓았다. 이미 사행산업이나 연예·오락사업 분야에 조폭의 손이 깊숙이 뻗어 있는 것으로 밝혀졌다. 심지어 동아시아 여러 나라에서 불고 있는 한류열풍을 끼고 홍콩의 삼합회나 일본의 야쿠자와 우리나라 조폭들이 손을 잡고 있는 정황까지 감지되고 있는 실정이다.

'유사정부'에 비유되는 조직폭력단

이제 조직폭력은 대형 주점 골목에서 이권 다툼을 노리는 단순한 폭력 조직의 차원이 아니라, 합법적인 사업 주체로 등장하여, 벤처기업 등의 자금이나 외국의 불법자금까지 끌어들여 국내에서는 물론 다국적 기업의 형태를 띠는 거대 세력으로 변해 가는 추세다. 정보화시대를 맞으면서 조직범죄단은 스스로의 정보

망을 구축하여 여론을 이끌어가기도 하고, 국가나 지방행정조직
의 손이 미치지 못하는 오지나 벽지에 자선의 손길을 뻗쳐 민심
을 송두리째 가로채 갈 수도 있는 저력을 갖고 있다.

　1995년 일본 고베 대지진 때, 도로망과 철도망이 끊겨 고립
된 지진 피해지역에 생필품을 싣고 들어가 먼저 구조와 구호의
손길을 편 것은 야쿠자였다. 그들은 그 후 지진복구사업에 합법
적으로 뛰어들 수 있는 교두보를 이 같이 목숨을 건 모험을 통해
확보하고자 했던 것이다. 정부의 힘에 필적할 만큼 영향력이 커
진 오늘날의 조직폭력단을 두고 범죄학자들이 '유사정부'라고 지
칭하기를 주저하지 않는 이유가 여기에 있다.

　문제는 조직폭력 문제에 대처하는 국가의 사법기능이 점점
약해지고 있다는 점이다. 법치국가의 이념은 전통적으로 국민의
자유를 위해 국가권력을 법의 절차에 따라 최소·최후의 수단으
로 제약하는 데 있었다. 이것은 18세기 자유주의 이념과 일맥상
통하는 이념이기도 하다. 그러나 오늘날 국가는 고전적인 법치국
가 이념만으로 감당할 수 없는 크고 작은 위험과 난제에 직면해
있음을 부인하기 어렵다. 독일의 사회학자 베크(Beck)의 위험사회
론을 들먹이지 않더라도 핵 위험, 전쟁 위험, 지구온난화 위험,
생태계 위험은 말할 것도 없고 조직 범죄, 인신매매 범죄, 국제적
인 마약과 무기밀매 범죄 등은 다 같이 한 나라의 안전을 넘어,
국제적인 안전을 위협하는 위험요인이 되고 있다.

　그러므로 국가의 법과 질서권력을 능가하려고 하는 어떤 불
의의 힘 앞에도 국가는 자신의 나약함을 보여서는 안 된다. 국가
의 주권적인 힘이나 통치권력을 위협하는 위험원을 두고서도 법
치국가를 구가하는 정부나 사법권력이 있다면 그것은 비현실적인
실체에 불과할 수밖에 없다. 민주주의는 민주주의를 전복하려는
어떤 세력 앞에서도 굴하지 말고 그것을 압도하는 전투적 민주주

의여야 하듯이, 법치주의도 법치의 근간을 뒤흔드는 어떤 세력과 대결해서 그것을 굴복시킬 때에만 법치주의의 몫을 다한다는 사실을 간과해서는 안 된다. 안전이 상실된 위험한 거리와 주거 공간을 방치하고서도 민주주의와 법치주의를 노래하는 사람은 어쩌면 몽상가들일지도 모른다.

불의 앞에 국가가 나약해선 안 된다

조직폭력에 대처하는 현실적인 형사정책은 과거 길거리 폭력시대의 단편적인 대응책에서 벗어나 치밀하고 체계적이어야 하며, 현대적인 정보지식과 자금 유통, 문화적인 미화작업을 견제할 수 있는 지적 수준에까지 이르러야 한다. 이미 국가권력보다 강해진 범죄조직은 단순한 시민사회 내의 범죄 차원이 아니라 시민사회의 적이라는 사실을 유념할 필요가 있다. 이 같은 범죄의 싹이 방치되어서는 안 된다.

— 문화일보 2007. 2. 8.

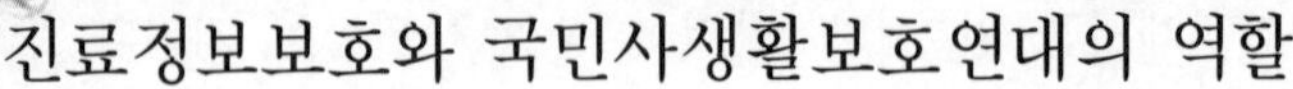

진료정보보호와 국민사생활보호연대의 역할

들어가는 글

우리 헌법 제17조에서 말하듯 「모든 국민은 사생활의 비밀과 자유를 침해받지 아니할」 권리가 있다. 개인의 기본적 인권으로서 사생활비밀보호에는 오늘날 정보화 사회의 발전에 발맞추어 개인의 정보보호가 포함됨은 두말 할 필요조차 없다.

사생활의 비밀과 자유는 소극적으로 침해로부터 자유로울 수 있다는 지위만으로 확보되지 않는다. 적극적으로 자신과 관련된 정보에 대하여 개인이 통제권과 자기결정권을 확보할 때 실질적으로 보호될 수 있기 때문이다. 개인의 사생활 보호에서 무엇보다 중요한 것은 정보에 대한 자기결정권이다. 개인의 정보가 전통적인 방식과 같이 수기로 작성되어 보존되는 것이 아니라 전산정보화되어 인터넷을 통해 대량으로 유통될 수 있는 정보화 사회에서는 특히 가상공간에서의 사적 비밀이나 정보 프라이버시 보호가 사생활의 비밀보호에서 요체가 된다. 사이버공간에서 개인정보에 대한 적극적인 보호의 요청은 헌법 제17조 후단의 해석으로부터 도출할 수 있을 뿐만 아니라, 더 나아가 우리 헌법 제10조 인간의 존엄성과 행복추구권으로부터도 도출할 수 있다.

  디지털화한 개인정보는 이른바 진공관시대의 개인정보에 비
해 전파성이 높고, 정보의 집중·결합·검색이 용이하며, 대량처
리와 고속처리 및 원격처리 등의 특성을 갖고 있어 종전의 개인
정보보다 그 침해가능성이 훨씬 높다. 그렇기 때문에 일찍이
OECD 가맹 국가들은 1981년 OECD 프라이버시 가이드라인을
제정하여 이에 대처해 왔다. 특히 프라이버시보호법의 적용범위
에서 공공부문과 민간부문 양자를 포괄하는 입법을 지향해 왔다.
예컨대 독일연방정보보호법(1977년), 프랑스정보처리·축적·자유
에 관한 법률(1978년), 영국정보보호법(1984년) 등이 그것이다. 미
국의 1974년도 프라이버시법은 공공부문만을 대상으로 한다. 민
간부문은 공정신용정보법(1970년) 등에서 이미 규율대상으로 삼았
었기 때문이다. 우리나라는 개인정보자기결정권을 보호하는 법제
에서 공공부문과 민간부문을 분리하여 규정하는 예에 따르고 있
다. 1991년 디지털화한 개인정보를 보호대상으로 삼는 「공공기관
의 개인정보보호에 관한 법률」이 제정되어, 공공부문의 개인정보
보호의 일반법이 마련되었다. 하지만 공공부문과 민간부문을 포
괄하여 개인정보를 보호하는 일반법은 아직 없다. 또한 민간부문
만을 총괄하는 일반법도 존재하지 않는 실정이다.
  문제는 환자의 진료정보가 이 같은 느슨한 법적 장치 속에서
제대로 보호되지 않고 있다는 점이다. 최근 의료행위에 대한 심
사업무담당기관에 의해 환자의 진료정보가 다른 목적에 전용되거
나 심지어 유출되는 사례까지 발생하여 사회적 관심거리가 되기
도 했다. 진료정보는 개인정보 가운데서도 특별히 민감한 내용을
담고 있다. 진료행위는 의사와 환자 사이의 높은 신뢰 속에서 이
루어질 수 있다. 그러한 신뢰의 바탕에는 의료진의 전문성 외에
환자의 진료정보에 대한 비밀준수가 전제되어야만 한다. 그래서
형법도 의료인의 환자비밀누설은 업무상비밀누설죄(형법 제317조)

로 다스리고 있는 실정이다. 환자의 진료정보는 환자와 그 가족의 명예와 인격에 직결되는 문제이기도 하기 때문이다. 이런 점에서 진료정보를 우선적으로 보호하기 위한 제도적 장치와 그 실천운동은 우리나라의 현실에서 시급한 과제 중 하나라고 생각한다.

제도적 보호의 필요성

우리나라에서는 진료정보의 일부가 공공부문과 관련되었을 때에만 공공기관의 개인정보보호에 관한 법률(이하 '개인정보보호법')에 의한 보호대상이 된다. 따라서 민간부문의 개인정보로서의 진료정보나 수기 처리된 개인정보에는 개인정보보호법이 적용될 수 없다.

우선 개인정보로서의 진료정보를 어떻게 보호하는 것이 합목적적인가에 관해서는 각국의 입법례를 참조하는 것도 필요하지만, 환자의 진료정보가 다른 갈등하는 공공의 이익보다 우선적으로 보호되어야 할 법익이라는 데 대한 일반적인 공감대형성이 중요해 보인다. 환자 개인의 진료정보는 환자의 사적 내밀 중 가장 민감한 내적 비밀일 수 있고, 그것은 환자 자신과 가족의 인격 및 명예와 직결되는 문제이기 때문이다. 오늘날의 사회체계에서 개인의 진료정보는 사회생활과 공적 활동에 치명적인 영향을 미칠 수 있기 때문에 그 비밀 준수와 보호의 법적 통제장치는 주도면밀할수록 좋다.

진료정보를 담은 기록과 관련하여 현행 의료법은 진단서, 처방전, 진료기록부 등을 열거하고 있다. 진단서에 상응하는 진료정보기록으로는 검안서, 각종 증명서도 포함된다. 진료기록부에 상응하는 진료정보기록에는 조산기록부·간호기록부도 포함된다. 이들 기록에는 환자의 성명, 주소, 주민등록번호, 병명, 질병의 원인 및 치료경과 등 일신전속적인 개인정보가 많이 포함되어 있음은 두말 할 것도 없다.

　이러한 개인정보차원의 진료정보는 민·형법, 의료법 등에 의해 비밀로 보호받고 있다. 물론 개인정보보호법이 공공부문과 관련하여 그 보호막이 되고 있음은 이미 언급한 바와 같다. 하지만 진료정보의 공적 활용과 관련하여 특히 국민건강보험법상의 건강보험정보에 관한 규정들이 문제이다.

　건강보험정보는 요양기관이 환자를 진료한 후 건강보험심사평가원에 제출하는 진료비 청구자료와 요양기관자료, 가입자 및 피부양자 자격관리자료, 보험징수금의 부과, 징수관련자료 및 건강검진자료 등으로 분류된다. 진료비 청구자료는 진료비청구 심사자료와 요양급여비지급 및 사후관리자료 등을 포함한다. 각 요양기관은 환자진료 후 건강보험심사평가원에 요양급여비용의 청구를 위해 서면 또는 디스켓이나 전자문서교환(ED)방식을 통해 청구자료를 제출한다. 그렇게 되면 건보심사평가원은 요양급여비용을 심사하여 지급을 결정한다.

　그 밖에도 국민건강보험법은 국민건강보험공단과 건강보험심사평가원 두 기관에게 국가·지방자치단체·요양기관, 보험업법에 의한 보험사업자 등 그 밖의 공공단체들에 대하여 건강보험사업을 위하여 필요한 자료의 제공을 널리 요청할 수 있게 해 놓았다. 또한 보건복지부장관에게도 사용자 또는 세대주에게 가입자의 이동·보수·소득 기타 필요한 사항에 관한 보고 또는 서류제출을 명하거나, 요양기관에 대해 요양·약제의 지급 등 보험급여에 관한 보고 또는 서류제출을 명하거나, 보험급여를 받은 자에게 당해 보험급여의 내용에 관하여 보고하게 하거나 소속공무원으로 하여금 질문하게 할 수 있는 등의 권한도 부여했다. 더 나아가 보건복지부장관은 이들 권한의 일부를 특별시장·광역시장 또는 도지사에게 위임하거나 그 전부를 공단 또는 심사평가원에 위탁할 수도 있다. 공단은 다시 보험료의 수납, 보험급여비용의 지급 또는 보험료납부의 확인에 관한 업무를 체신관서 또는 금융기관에 위탁할 수도 있다. 결과적으로 개인의 진료정보는 국민건강보험법의 이와 같은 규정들에 의해 광범위하게 접근·활용될 수 있는 문호를 열어 놓은 셈이다.

물론 건강보험심사평가원은 개인정보보호법에 근거하여 「건강보험개인정보보호처리지침」(2001. 5. 10 지침 제12호)을 만들어 개인정보보호에 특별한 배려를 쏟고 있다. 하지만 진료정보의 공적 활용에 관련한 명확한 법률적 기준이 마련되어 있지 않아 그 오용 및 남용의 가능성과 관련 업무에 종사하는 사람들의 일탈유혹은 상존하고 있다고 말해도 지나침은 없을 것이다. 따라서 명확하고 상세한 기준과 그 일탈과 오·남용에 대한 합리적인 제재규정을 둔 법제정비가 시급히 마련되어야 한다. 만약 그렇게 하지 않을 경우, 현재의 시스템 속에서 개인의 진료정보가 유출되어, 다른 용도로 악용될 소지는 충분해 보인다.

시민운동 차원의 안전망 구축

정보화는 그만큼의 새로운 위험을 수반한다. 오늘날 후기현대사회를 새로운 위험의 출현으로 특징짓는 위험사회론을 거론하지 않더라도, 출현가능한 위험 앞에서 더 높은 안전을 희구하는 시민들의 요구는 어느 의미에서는 자연스러운 욕구인지도 모른다.

입법의 제정과 완비는 법적 의식을 지닌 시민들의 욕구분출로서의 법적 아우성 없이는 산출되기 어렵다. 그만큼 현대사회는 복잡다단해졌고, 국가의 중앙시스템만으로는 삶의 현장에서 분출되는 시민들의 요구를 감지하고 담아내기가 훨씬 어려워졌기 때문이다.

새로운 사회개혁이나 사회제도의 진보는 그래서 일상적인 삶의 현장에서 불안과 불만을 표출하는 적나라한 목소리들을 이성적인 법적 아우성으로 엮어내는 작업을 통해서 이루어질 수 있다. 이것을 미국의 학자들은 「social reform from legal noise」라고도 일컫는다.

진료정보의 공적 활용부분에 관한 현행 제도는 원칙적으로 공공부문의 오류와 일탈가능성을 부인하는 걸러지지 않은 선의와 전폭적인 신뢰를 바탕으로 개인의 정보보호보다 공공부문의 이익 우선에 터잡고 있다는 인상을 준다. 물론 열악한 의료보험재정에서 과잉진료행위나 과다진료비청구는 지탄받아 마땅한 일이다. 하지만 그에 대한 제도적 방지책은 의료단체나 관련 정부기관의 지휘·감독체계를 투명하고 엄밀하게 정비함으로써 그 유혹의 소지를 최소화하는 방향으로도 충분할 수 있다. 과잉진료나 과다진료비청구를 막을 목적으로 환자 개인의 진료정보가 널리 유출될 위험을 안고 있는 현행 의료보험 체계하에서의 진료정보활용방식은 시민의 사적 비밀과 자기정보결정권에 대한 안전불감증의 소산이라고 해도 지나침은 없을 것이다. 개인정보, 특히 진료정보안전화와 보호에 우선순위를 두는 관점의 변화가 필요한 시점이다.

이 같은 관점변화는 그러나 저절로 오지 않는다. 깨어 있는 시민들의 법적 아우성을 통해서만 도달할 수 있다. 여기에 시민운동차원의 국민사생활보호연대가 등장하게 된 계기가 있다.

지난 2004년 2월 초 이 같은 공동인식하에서 뜻을 같이 하는 법률가·의료인 등 전문인들과 시민운동가들이 뜻을 모아 국민사생활보호실천연대를 결성하여 그 활동을 개시한 것은 시의적절한 일이었다고 생각한다.

물론 시민운동은 활동과 실천 중심일 수도 있고, 연구와 이론 중심일 수도 있다. 그러나 바람직한 시민운동은 어느 한쪽으로 치우쳐서는 안 된다고 본다. 이론 없는 실천은 우둔에 처할 수 있고, 실천 없는 이론은 몽상에 처할 수 있겠기 때문이다. 특히 국민사생활보호실천운동과 같이 현대사회의 디지털화 수준에 비추어 급속히 발전되고 있는 정보전산화추세에 발맞추어 비판과 대응전략을 구사하려면 이론과 실천의 겸전이 불가피해 보인다.

그런 의미에서 지난 2004년 2월 12일 한국 프레스센터에서 국민사생활보호실천연대와 대한의사협회 공동주관으로 열린 「개인진료정보누출과 국민사생활보호대책」 심포지엄은 먼저 행동하는 시민운동에 앞서 현재 의료정보와 개인정보 일반에 대한 안전망진단에 퍽 의미 깊은 자리를 마련해준 계기가 되었다. 전자의료행위가 점점 일반화 추세에 있는 요즈음 개인의 진료정보가 개인의 신용정보처럼 해킹과 같은 불법행위에 의해 침해될 위험은 물론이고 높은 접근성 때문에 진료정보의 유출가능성도 항상 열려 있다고 보아야 할 것이다.

차제에 개인정보보호법과 정보통신망보호에 관한 기존 법률의 미비점을 보완하는 특히 진료정보 등의 보호를 강화하는 특별법제정의 필요성을 탐색한 것은 특별히 의미 있는 일이었다. 개인 정보의 수집·관리·폐기 등 모든 과정에 정보주체인 개인이 관여하여 스스로 자기결정권을 행사할 수 있는 길을 터 주어야 한다는 데 이의를 제기할 사람은 그리 많아 보이지 않는다.

그렇지 않아도 지난 해 NEIS 파동으로 인해 우리는 이미 정보화 자체, 즉 집적된 정보 그 자체가 수집된 본래목적을 넘어 다른 용도로 남용될 가능성은 높고, 그래서 이 집적된 정보의 이용에 관한 보다 세분화된 안전장치와 안전망이 구축되지 않는다면 정보인권에 대한 심각한 위험이 된다는 점을 확인할 수 있었다. NEIS 못지않게 환자의 진료정보도 개인의 인격과 명예, 행복에 직결된 민감한 사안이다. 따라서 불가피한 최소·최후의 경우가 아니라면 개인의 사적 의료정보를 심사평가원이나 공단에서 통째로 집적하는 행위는 수정·제한되어야 한다. 내부자들의 정보남용에 대한 책임도 강화해야 한다. 더 나아가 비공개, 정보삭제, 정정 등 정보주체의 대응권과 자기결정권이 존중되는 방향으로 제도가 개선·보완되어야 할 것이다.

맺 음 말

세상만사에 갈등 없는 사안은 없어 보인다. 인간의 개인적인 생활영역이든 사회적인 공적 생활영역도 그 예외는 아니다. 그렇다면 이처럼 갈등하는 이익충돌 사이에서 우리는 어떤 정책과 어느 방향이 보다 더 현명한 것인지를 심사숙고해 볼 필요가 있다.

정보인권, 사이버프라이버시에도 공익과 사익의 충돌은 불가피하다. 문제는 그 충돌을 최소화하고 어느 것을 우선적으로 고려할 것인가 하는 선택과 결정의 문제이다. 국민사생활보호연대는 이 같은 갈등 가운데서 개인정보 우위와 정보주체의 자기결정과 자기책임의 원리가 우선하는 길을 표방하는 시민운동이다.

오늘날 정보안전불감증에 노출된 정책은 따지고 보면 정보무지에서 비롯되었다기보다 정보를 국가경쟁력제고의 일환으로 거침없이 드라이브하거나 정보에 대한 공권력의 접근과 개입·집적을 당연시하는 편견에서 비롯되었다고 할 수 있다. 이 같은 편견을 제거하고 정보가 정보주체의 동의와 승인하에서 그리고 그의 안전감을 위협하지 않을 만큼의 보장한계 안에서 통용될 수 있는 제도적 장치를 마련하는 일이 무엇보다 중요한 현안이라고 하겠다.

— 의료정책포럼 2004. 봄호

황우석과 MBC와 누리꾼

　　황우석 교수의 배아줄기세포연구는 자타가 공인하는 바대로 세계 선두를 달리고 있다. 배아줄기세포는 성체줄기세포와는 달리 만능세포로 분화·발전할 가능성이 있기 때문에, 현대인의 불치·난치병치료의 희망을 많은 과학자들은 여기에서 찾고 있다. 황 교수의 연구목표도 불치병치료술의 획득이다.

　　이 연구에 필수적인 배아줄기세포를 획득하려면 불임시술부부에 대한 치료 후 남은 이른바 잉여배아를 활용하는 방안이 있다. 그러나 수정된 이후부터 인간생명이 시작된다는 오랜 윤리적 관념에서 보면 잉여수정란을 줄기세포를 얻기 위해 소모처리하는 것은 생명을 소모처분하는 것, 다시 말해 살상하는 것과 같다는 점에서 논란의 여지가 많다. 유럽의 BT산업 선진국들도 이런 윤리적·종교적 갈등 때문에 잉여배아를 연구용으로 소모하는 것을 법적으로 금지해 온 것이 지금까지의 추세이다.

　　황우석 교수는 잉여배아를 사용하지 않고, 체세포복제방법에 의해 배아를 복제하고, 그 배아를 소모처리하여 줄기세포를 얻는 방법에서 세계의 선두주자이다. 황 교수의 이 방식을 따르더라도 체세포복제는 핵치환대상이 될 여성의 난자가 필수적이다. 이번에 미국 피츠버그 의대 새튼 박사가 결별선언을 하게 된 이유는 황우석 교수의 연구에 불법적인 난자매매가 이루어졌거나 아니면 황 교수 연구소 여성 연구원이 제공한 난자가 들어있을 개연성 때문이었다. 이것 또한 국제적인 윤리가이드라인에 반하는 중대한 사안이다.

MBC의 PD수첩 제작진은 우선 세간에 잘 알려지지 않은 황 교수 연구의 비밀창고를 열고 들어간 셈이다. 그 창고를 열게 하기 위해 제작진은 황 교수 연구결과가 과대포장된 측면이 있고 그 진위를 확인해야겠다고 연구진을 압박해 들어갔다는 것이다. 우선 황 교수 연구결과의 진위논쟁은 접어두고서라도 불법적으로 매매된 난자가 연구용으로 제공되었다는 사실과 여성연구원의 난자도 제공되었다는 의혹이 사실로 드러났다.

이렇게 된 상황에서는 황 교수측과 황 교수 연구를 국책중점사업으로 전폭지원한 정부 관련부처가 수세에 몰리게 되어야 정상적인 판세 읽기가 될 터인데, 변수는 누리꾼의 집단발호였다. 누리꾼들은 가상의 인터넷세계에서 MBC PD수첩을 난타했고, 온라인도 모자라 오프라인에서 항의촛불시위를 여는가 하면, PD수첩 광고주들을 압박하여 광고지원을 끊게 만들었고, 황 교수 연구를 지원하기 위한 난자제공지원자 모임을 결성하기도 했다.

문제가 이 지경이 되도록 심지어 주요 메이저 일간신문들조차 누리꾼들의 분기탱천을 사실보도하는 데 그쳤지, 어느 하나 이들의 집단광기의 위험성을 경고하고, 냉정과 이성을 되찾도록 정론을 펴지 않았다. MBC의 곤경에 내심 반색이라도 하는 듯한 인상을 주기에 충분했다. 급기야 노무현 대통령까지 가세하여 시비와 문제점을 가리는 판국이 되었다.

헤겔은 역사적 사건의 배후에 이성의 손이 있다고 생각했다. 종교인들은 사건의 배후에 항상 신의 손길이 있다고 믿는다. 이번 사건을 통해서도 우리는 배후를 읽어야 하고 교훈을 얻어야 한다. 그것이 바로 지성사회의 특성이다.

첫째, 황 교수의 연구는 계속되어야 한다. 국민적 관심과 성원이 필요한 부분이기도 하다. 하지만 황 교수는 연구자로서 순수한 자기 길을 걸어가야 한다. 연구자는 연구를 먹고사는 사람이지, 인민배우도 아니고 스포츠 영웅도 아니라는 사실을 황 교수 자신이 명심했으면 한다. 서구 대학의 노벨상 수상자들이 종종 평범한 일상을 뛰어넘지 않는 연구자로 일관하는데, 아마 이런 분위기로 가다보면 만약 황 교수가 노벨과학상이라도 받게 되는 날, 그는 자신의 일상을 송두리째 빼앗긴 채, 군중의 부름에 동원되어야 하고, 정부의 선전에 동원되어야 할지도 모른다.

일이 이렇게 된 데는 황 교수를 둘러싸고 있는 벤처기업의 사업술과 농간을 무시할 수 없다. 그들은 황 교수의 헛기침소리를 팔아서라도 돈 되게 하려는 욕망에 차 있기 때문에, 연구성과를 과대포장하고, 여론을 조작하는 작폐를 서슴지 않을 인물들이다. 일찍이 복제양 돌리를 생산한 영국 로슬린 연구소의 윌멋 박사도, 자신의 복제술이 자본자들의 농간에 넘어가 걷잡을 수 없는 방향으로 진전될 것을 제일 두려워하고 경계한다고 말한 적이 있다. 이러한 벤처 사업가들의 농간이야 그들의 사업술이라고 할 수 있지만, 과도한 여론몰이를 하고 다니는 듯한 인상을 풍기는 황 교수도 인격적으로는 성숙했다고 보기 어렵다.

둘째, PD수첩도 계속되어야 한다. 여기에도 비난의 여지가 없지 않지만, 오도된 황 교수 신드롬을 이성의 측면에서 냉각시키는 작업은 본래 언론의 사회적 책무이기도 하다. 필자가 이해하기 어려운 현상 중 하나는 조중동 같은 메이저 신문들이 사사건건 정부정책과는 대립각을 세우면서도 황 교수 연구성과물을 황금알을 낳는 거위로 신화화하고, 황 교수를 신격화하는 데 있어서는 정부, 메이저 언론 할 것 없이 공동보조를 잘 맞춘다는

점이다. 그저 추측이긴 하지만 황금알을 낳는 거위는 실제 존재하
지도 않고, 존재할 수도 없지만, 그것을 믿도록 오도하는 산업자본
가들의 농간이 이들의 배후에도 도사리고 있는 것은 아닌가 의심
스럽다. 생명윤리의 중요성을 일깨운 점에 있어서만은 MBC PD
수첩 제작팀의 용기와 진실에의 감투정신을 높이 평가하고 싶다.

셋째, 누리꾼들의 공론화 영역이다. 누리꾼들이 만들어가는
공론화의 장, 공론화의 과정은 전근대적인 낙후성과 인습에 찌든
우리사회를 변화시키는 데 긍정적인 기여를 하고 있다는 점만은
부인할 수 없다. 하지만, 그들의 가치적 편향성이 문제이다. 건강
한 사회를 만들어가자면 다양성 속에 일체성이 이루어져야 한다.
그렇게 호·불호를 결연히 표방하고, 적과 동지를 무 자르듯 나
누어서, 다른 생각을 가진 사람, 다른 생각을 가진 제도와 기관을
황충이 휩쓸고 지나가듯 초토화시키려는 유혹에서 이들이 벗어나
야 한다. 누리꾼도 민주사회의 일원으로 성숙해가야 할 책임이
있기 때문이다. 그것을 걸러주는 역할을 오프라인상의 언론들이
해야 한다고 생각한다. 만약 우리사회가 이번 사태와 같은 누리
꾼들의 집단행동을 피안의 불 보듯 관망만 한다면, 머지않아 집
단광기가 휩쓸고 지나가는 처참한 상황을 만나고야 말 것이다.

— 뉴스플러스 2005. 12.

양심의 자유와 병역의무

　머칠 전 양심적 병역 거부에 대해 법원이 무죄판결을 내렸다고 해서 사회적으로 큰 논란거리가 되고 있다. 여호와의 증인 신도들은 신앙적인 이유로 병역의무를 거부하고, 차라리 교도소에서 복역하는 길을 택해 왔다. 확실히 국민 개병제를 채택한 우리나라에서 여호와의 증인들이 살아가기에는 힘든 면이 많다. 그들은 어느 의미에서 박해받는 소수자들이다. 소수자를 위한 정의라는 관점에선 이번 판결이 주는 의미가 적지 않다. 그들에 대한 일종의 사회적 연민이 묻어 있기 때문이다. 최근 인터넷상에서도 징집 반대 목소리가 소그룹을 형성해가고 있다. 극단적으로 군대도 정부도 필요 없다는 무정부주의자 그룹에서부터 모든 전쟁 가능성을 배제하기 위해 군대를 폐지해야 한다는 평화주의자 그룹까지 그 스펙트럼이 다양하다. 그 중에는 현행 병역의무제도와 징병제가 개인의 양심의 자유를 무시한 강제 조치이기 때문에 위헌 소지가 있다는 목소리도 있다. 이들은 현행 징병제가 갖는 경제적 비효율성과 불공정성을 부각시키면서 그 대안으로 대체병역의무제, 모병제와 직업 군인제를 널리 채택할 것을 요구한다. 이번에 내려진 법원의 무죄판결은 이 부류의 주장과 일맥상통한다.
　문제는 이 시대 우리들의 삶에서 병역 거부가 진정한 양심의 자유에 해당하는가라는 점이다. 잘 알려진 대로 양심은 죄책의 근거다. 내가 죄책을 느낄 때는 다른 사람이나 어떤 일에 대하여 누군가의 삶에 구김살이나 결핍을 초래하는 상황을 전제한다. 독존하는 개인에게는 양심의 갈등도 죄책감도 있을 수 없다. 공존하는 우리의 삶 속에서 내게 주어진 위치를 벗어나 타인으로 하여금 내 몫까지 지게 했을 때 나는 타인에게 실제 빚을 진 것이다. 이 빚 의식이 양심이요, 이 빚이 곧 죄책이다.

여호와의 증인들에게는 우리라는 생활공동체 속에서 타인에 대한 이런 양심의 부담이 없다. 그들은 대신 절대자인 신에 대해서만 철저한 양심의 끈을 붙들어 맨다. 이런 맥락에서 볼 때 신앙적 이유로 병역을 거부하는 여호와의 증인 신도들은 일종의 확신범이지 진정한 양심범의 범주에 들기 어렵다.

일찍이 사도 바울은 너의 양심은 너의 것이 아니라 타인의 것이라고 말했다. 양심의 타자성을 부버(Buber)도 설파했다. 인간은 타인과의 대화적 성격을 통해 절대자에게 이를 수 있다는 것이다. 타인과의 상호관계를 통해서만 인간은 완전한 존재가 될 수 있으며, 무한한 존재로 경험될 수 있기 때문이라는 것이다. 양심의 라틴어 어원도 타인과 더불어 공유된 앎을 지칭한다. 그것은 타인과 함께, 그리고 궁극적으로는 신과 함께 공유하는 앎이다. 결코 개인이나 특정 그룹의 자의적인 선의가 양심을 의미하지 않는다. 개인의 어떤 선택이 쾌락보다 고통의 길일지라도 사회의 보편적인 연대성을 결한 양심은 부패한 양심의 범주를 벗어나기 힘들다.

어쨌거나 양심에 관한 판단은 애당초 일개 법관의 머리로 홀로 전담하기에는 너무나 무거운 주제임에 틀림없다. 그래서 판단자의 신중과 겸손이 필요하다. 물론 양심도 착오할 수 있고, 그 착오에 정당한 이유가 있을 때 죗값을 면제하여 줄 수 있다. 착오한 양심 때문에 면책 사유가 되고, 그래서 병역 거부를 무죄로 한 형사판결의 논리라면 충분히 수긍할 수 있었으리라. 하지만 헌법상 양심의 자유를 들어 무죄판결에 이른 논리는 헌법재판소가 가동 중인 현행 법체계에서는 튀는 판결이다.

징병제가 위헌일 소지는 있다. 그러나 헌법재판소의 위헌결정이 있기 전에는 합헌성의 추정을 받기 때문에 섣불리 양심의 자유를 내세워 무죄라고 하는 것은 무리다. 마침 헌재가 이 문제를 심리하는 중이어서 그 결정을 기다리든지 아니면 새로운 제안으로 이 문제에 대한 헌재의 조속한 판단을 촉구하는 것이 순리다. 이번 일로 양심적 병역 거부와 대체복무제도에 대한 입법을 검토해 보아야 할 필요성이 부각되었다. 헌재도 지금 심리 중인 이 문제에 대해 조속히 입장을 밝혀야 할 형편에 처했다. 어떤 입법정책적 권고가 필요하다면 그것은 헌재의 몫이지 일개 법관의 몫이 아니다.

— 국민일보 2004. 5. 27.

병역비리, 발본색원 엄단하라

　　우리나라에서 병역의무가 지닌 특별한 무게를 부인할 사람은 없을 터이다. 비록 X세대, N세대라 할지라도 병역의무가 국민의 헌법상 의무이며, 그의 당당한 이행이 최소한 국민된 도리를 다 하는 몫임을 모를 리 없을 것이다.

　　이민족의 침략과 해방, 동족상잔과 분단체제를 겪으면서 나라를 수호할 병역의무는 신성성을 지닌 특별한 의무라는 의식이 자연스레 자리잡혀 왔다. 이것은 가장 기본적인 애국심의 상징이었을 뿐만 아니라 자유민주주의를 수호할 의지의 표상이기도 했다. 오늘날도 노블레스 오블리주를 논하는 자리라면 으레 병역의무의 준수 여부를 비켜갈 수는 없다.

　　북한 핵 위기 속에서 우리의 안보 상황은 마치 살얼음 위를 걸어가고 있는 형국이나 다름없다. 하지만 우리의 안보의식은 지금 어떠한가. 최근 경찰 수사로 실체가 드러나기 시작한 병역 비리가 사회 전반에 걸쳐 널리 퍼져 있었고, 그것이 인터넷 네트워크를 통해 기업형 범죄로까지 발전돼 왔음이 확인되었다. 그 수법 또한 어깨탈구, 환자 바꿔치기 등 점점 더 지능화·대량화하고 있다.

　　1960년대부터 한 세대 동안 일부 부유층 자제들의 전유물이

었던 도피성 해외 체류나 질병 등을 이유로 한 병역 기피가 이제
는 질적·양적으로 확산되는 추세다. 더욱 유감스러운 점은 사회
지도층에 해당하는 인사들과 유명 연예인, 스포츠맨 등이 이런
비리를 저지르는 데 대거 연루됐다는 사실이다.

오늘날 세계화의 추세로 서구의 개인주의가 팽배하면서 공동
체적 연대의식이나 애국심은 점점 시대에 뒤진 장식물처럼 인식
되는 경향이 있다. 이런 풍조 속에서 국민개병제는 부자유의 상
징으로 낙인찍히고, 인터넷에서는 안티 병역 사이트가 활개를 치
며 돌아다니고 있다. 지금은 이 같은 위험원들이 사상과 표현의
자유라는 가면을 쓰고 건강한 공동체의식·사회의식을 좀먹도록
방치해서는 안 된다.

차제에 경찰·검찰은 새로운 수법의 병역 비리에 맞서 예외
없이 엄중한 사법적 진압정책을 펴야 할 것이다. 국기에 관련된
이 같은 범법행위들을 미온적으로 다루거나 방치한다면, 그 확산
추세를 막을 길이 없고 마침내는 국가의 안전을 내부적으로 무너
뜨리는 결과에 이를 공산이 크기 때문이다. 병무 브로커가 판치
는 배경에는 병무행정의 원칙과 기강이 해이해진 데도 원인이 있
을 것이다. 따라서 비리의 온상이 되고 있는 사각지대에 대해서
는 보다 철저히 수사해야 한다.

진압보다 예방이 효과적이라는 점은 이미 새로운 사실이 아
니다. 따라서 병무청은 신검제도, 판정 시스템, 면제율이 높은 질
병에 관한 과학적인 분석 등을 통해 비리가 개입할 소지를 획기
적으로 개선해 나가야 한다. 나아가 병무행정 종사자들의 기강
해이를 바로잡을 수 있는 자정 기능을 강화해야 할 것이다.

경찰은 이번에 병역 비리 수사를 전국적으로 확대할 것이라
고 밝혔다. 병역의무의 무게를 되찾고, 그것이 일반인의 법의식
속에 다시 자리잡을 수 있도록 광범위한 수사가 불가피한 상황으

로 보인다. 기초수사에서부터 철저히 해 시간이 지나면서 무죄로 종결되는 사건이 없도록 유념해야 할 것이다.

　특히 사회 지도층과 고위 공직자, 부유층 자제들의 병역 비리에 대해 엄격한 도덕적 책임을 묻는 풍토가 흐트러져서는 안 된다. 윗물이 맑아야 아랫물이 맑다는 평범한 진리를 떠올리지 않더라도 사회 지도층 인사들의 탈법·불법이 용인되는 풍토에서는 진정한 의미의 법치도 사회질서 안정도 기대하기 어렵기 때문이다. 병역의무를 다한 소박한 일반 국민의 상실감과 박탈감을 보듬지 않으면서 친서민 정책을 운위하는 것은 결코 감동을 자아낼 수 없을 것이다.

— 문화일보 2009. 9. 23.

세계인권의 날에 북한 인권을 말한다

12월 10일은 환갑을 맞는 세계인권 선언일이다. 1948년 이 날 유엔총회에서 만장일치로 채택된 세계인권선언문은 제2차 세계대전으로 폐허가 된 정신적 공황 상태에서 인류 질서의 새 방향을 제시한 뜻 깊은 문서다. 1215년 대헌장, 1689년 권리장전, 1776년 미국 독립선언, 1789년 프랑스 인권선언도 구시대와 단절된 새 인간 질서를 확립하기 위한 치열한 정치적 투쟁의 산물이었다. 하지만 세계인권선언은 동서양과 좌우 이데올로기를 뛰어넘어 인간·인권·인간존엄성의 보편적 가치를 최초로 전 인류의 양심에 새겼다는 데 큰 의미가 있다.

그 전문은 "인류 사회의 모든 구성원의 고유한 존엄성과 평등하고 양도할 수 없는 권리를 승인함은 세계에서 자유, 정의와 세계 평화의 기본이 된다는 점"을 시작으로 "모든 개인과 사회 각 기관은 이 선언을 항상 염두에 두고 이 권리와 자유에 대한 존경의 뜻을 깊게 하도록 교육하며 국가적 또는 국제적으로… 이 권리와 자유를 보편적으로 또 충실히 인식하고 준수하도록 노력하여야 한다"로 끝을 맺는다.

가슴 울리도록 제1조는 "모든 사람은 날 때부터 자유롭고 평등한 존엄성과 권리를 가진다. 사람은 천부적으로 이성과 양심을 가지고 있으며 서로 형제애의 정신으로써 행동해야 한다"고 말한다. 이어서 제20조까지는 시민적 자유의 권리, 제21조에서 정치적 권리, 제22조부터 제27조까지 정치·사회·문화적 권리 등을 규정하고 있다.

이 같은 인권선언 정신은 20세기 후반기를 지나면서 더 구체화되어 왔다. 1975년 유럽안보회의에서 채택된 헬싱키선언은 당시 냉전 구도에서 인권문제를 동서 대화의 중심 테마로 격상시켰다. 그 후 유럽인권협약과 인권재판소제도는 인권선언의 차원을 한 단계 더 제도적으로 발전시킨 노력의 결실이었다. 1999년 인종청소로 악명높던 코소보에 대한 유럽연합군의 진압작전은 1648년 베스트팔렌조약 이후 수세기 동안 국제 평화의 지렛대 역할을 해 온 국가 영토주권 우위의 사고가 인권 우위의 사고에 밀려난 획기적 사건이라고 말할 수 있다.

세계인권 선언일 60돌을 맞으면서 우리네 삶의 현장으로 눈을 돌릴 때 솔직히 부끄러움이 없지 않다. 역대 정부의 점진적 노력, 특히 국가인권위의 활동을 통해 인권 의식과 인권 제도의 차원에서 괄목할 만한 진보가 나타난 게 사실이다. 재소자 인권의 개선, 사실상 사형폐지국으로의 진입, 형사사법 절차에서 인권 개선, 양성 평등을 위한 조치 등이 그 실례에 해당한다. 하지만 아직도 우리 주위에 많은 기간제 근로자들, 미취업자와 실직자군, 노숙자군, 차별의 괴로움을 참아야 하는 소수자군들의 신음과 한숨소리가 높아가고 있음을 잠시도 잊어서는 안 될 것이다.

더욱더 우리의 마음을 무겁게 하는 것은 개선의 기미가 보이지 않는 북한의 인권 참상이다. 지난 11월 하순 유엔 제3위원회에서 대북인권결의안이 통과됐지만, 유엔 가맹국으로서 북한의 반응과 태도는 안타깝게도 세계인권선언의 정신과 너무 멀어 보인다. 지난 두 정부에서와는 달리, 이번에 우리 정부가 공동제안

과 함께 찬성표를 던져, 북한 인권문제를 인류 보편적 가치 기준
에서 적극적으로 대응한 점은 의미 있는 전환이다.

정처 없이 떠도는 탈북자들, 열악한 수용 환경에서 고통당하
는 정치범들, 한국전쟁의 포로들과 그 후의 납북자들, 굶주림과
질병의 한계상황에 놓인 어린이들의 문제는 잠시도 우리가 침묵
속에 묻어둘 수 없는 긴박한 사정들이다. 북한 인권문제가 인간
해방과 인간 존중이라는 세계인권선언의 근본정신에 따라 우리가
함께 져야 할 사회적 책임이요 나누어야 할 사랑의 몫임은 두말
할 필요조차 없다.

— 문화일보 2008. 12. 10.

아버지의 험난한 길

요즘 세태 속에서 아버지들이 겪는 수난이 무척 힘겨워 보인다. 자녀들은 어머니의 눈물을 기억하기 십상이지만 실상 아버지들도 자녀를 위해 속으로 운다. 아버지들의 울음 속엔 진정한 의미에서 남모르게 흘리는 눈물이 있다.

필자는 30여 년 전 사법연수원 시절 한 원로 법조인이 들려준 이야기를 아직도 생생히 기억하고 있다. 그는 인정에 이끌리지 않는 공정한 법률가가 되겠다는 다짐과 함께 판사생활을 시작했다. 어려운 형편 때문에 변호사의 길에 들어선 때가 있었지만 맡은 사건을 놓고서도 사회정의가 먼저 실현되어야 한다는 신념을 붙들었고 그 후 검사로서 재조에 복귀하고서도 그 소신을 놓지 않았다. 그래서 남의 청탁을 일절 듣지 않았고, 남에게 청탁하는 일도 멀리했다. 마치 구도자와 같은 외로운 길을 걸었다.

이런 삶의 원칙이 무너진 것은 바로 자식 때문이었다는 고백이었다. 이른바 '김신조 사건'으로 전 국민이 전쟁공포증에 떨 때 그의 아들은 전방을 지키는 사병이었다. 부인은 아들 걱정으로 밤잠을 이루지 못하다가 몸져눕기에 이르렀다. 일이 이 지경에 이르자 그는 고민 끝에 국방부의 한 고위 인사에게 아들을 부탁했고 아들은 후방 근무로 전속되었다. 하지만 얼마 못가서 그 인사가 자신에게 사건 청탁을 해 왔다. 보은이라는 보편적인 양심이 자신의 원칙을 비웃었고 자신도 끝내 예외라는 일탈의 길로 접어들고 말았다는 회한이었다.

교육현장에서 아들 때문에 대의를 저버리는 아버지들 이야기를 요즘 들어 자주 접한다. 아들 성적을 조작해 준 교사와 인연을 맺었던 검사 아버지가 공직을 접고 법정에 서야 하는 신세가 되었는가 하면, 한 유명대학교의 전직 교무처장은 자식에게 그 대학 입시 논술문제를 유출한 혐의로 검찰에 고발되기도 했다. 자녀를 같은 학교에 둔 몇몇 교사들은 자녀의 성적을 위해 불법을 감행하다 적발되기도 했다.

사람을 바르게 키워야 할 학교 교육에서 가장 기본적인 정직성의 룰이 무너져 내리고 있다. 지난해 수능시험에서 벌어진 집단적인 부정행위가 그것을 말해 준다. 교육의 신뢰가 무너진 이 참담한 현실을 보다 못해 얼마 전 어른들이 희한한 퍼포먼스를 벌였다. 교육계의 존경받는 어른들이 소복을 입고 나와 석고대죄를 하는 한편 바지를 걷어 올리고 종아리에 스스로 채찍질하는 대학총장도 있었다.

최근 서울시 교육청은 자녀가 다니는 학교에 재직 중인 교사들과 교직원들에게 자녀를 이웃학교로 전학 보내도록 권고키로 했다. 물론 일부의 문제를 일반화하여 선량한 사람들까지 피해를 보게 하는 것은 문제라는 지적도 있다. 하지만 학교 교육의 공정성을 담보해 줄 성적관리가 신뢰성을 의심받는 최근의 상황에서 이 같은 고육지책에도 이해가 간다.

오늘날 자녀교육을 위한 부모들의 열정은 전례 없이 뜨겁지만 정작 자녀를 큰 그릇으로 빚기 위한 부모들의 냉철함과 이성적 판단력이 부족한 게 사실이다. 예부터 자녀교육을 위한 아버지의 길은 냉엄하고 공정했다는 사실을 기억할 필요가 있다. 자식을 사람 만들기 위해 옛 어른들은 집에서 가르칠 식견을 갖고 있으면서도 먼 마을 훈장 앞으로 아이를 보내 가르쳤다. 자녀를 스스로 가르치게 되면 초달(楚撻)하지 않을 수 없고 그렇게 되면 부자간의 의리가 상하니 가르치지 않음만 못하다는 깨우침 때문이었다.

이 시대를 살아가는 아버지들이 진정한 자녀사랑의 길이 무엇인지 곰곰 생각해 볼 일이다. 입시철이 되면 시험을 관리하는 대학교수도 자녀의 입학을 위해서 종종 이성을 잃기 쉽다는 이야기가 널리 입에 오르내리곤 했다. 품위 있는 아버지상을 위해 스스로 자녀를 멀리 타처로 보내 교육시킨 옛 어른들의 명철을 본받을 수 있다면 자녀교육 때문에 벌어지는 저 웃지 못할 소극들은 반복되지 않으련만…. 그 길에 이르러서야 아버지의 보이지 않는 눈물은 자녀를 큰 재목으로 키우는 자양분이 될 수 있으리라.

사실 오늘날 공정성과 신뢰성 상실의 위기에 처한 학교 교육의 병폐는 갑작스레 돌출한 것이 아니다. 어른들의 손으로 연출된 시험부정은 필자도 어린 시절부터 보고 들은 바다. 우리 사회의 뿌리 깊은 불의와 부정은 마치 유전인자처럼 이렇게 유전되고 있는 것이다. 우리 아이들이 벌써 유치원에서부터 성적이 사고 파는 상품인 것처럼 어른들 손에 잘못 길러지고 있기 때문이다. 험난한 길을 가면서도 자녀들에게 참으로 자랑스러운 아버지상을 심어줄 수 있는 아버지들이 아쉬운 세대이다.

— 국민일보 2005. 2. 24.

서민들도 꿈꿀 수 있게 하라

새해가 시작됐다. 개인도 단체도, 정부까지도 모두 새해를 꿈꾼다. 더 높고, 더 밝고, 더 가까운 소망의 지평을 바라보면서 말이다.

지난 연말을 지내면서 언론보도와 함께 올해의 10대 뉴스를 회상했다. 국내외적으로 세인의 뇌리에 오래 남을 큰 뉴스들은 대부분 정치적 사건들이었다. 우리네 삶의 언저리를 밟고 넘어와 우리의 속마음과 영혼까지도 달래고 지나간 사건들 보다는 할퀴고 지나간 자욱들이 훨씬 더 많았다.

그럴수록 새해가 반갑다. 지난해보다 올해는 나아지리라는 소박한 꿈 때문에 우리 모두는 기쁨으로 새해 아침을 맞이할 수 있기에 말이다. 정말이지 불안한 세상 속을 우리는 살아가고 있다. 어디에서 무슨 일이 또 터질는지 예측할 수 없는 불확실성 속을 우리는 걸어가고 있다. 그러한 삶이 일상화하면 우리는 어느새 거기에 길들여져 위기에 무감각해지고 정신도 허망해져 자신을 방탕에 내던지기 쉽다.

목표 없는 삶은 조그만 소망조차 담을 여지가 없다. 그래서 소박한 기쁨의 빛으로 얼굴 한번 씻어 볼 겨를조차 없다. 문제는 이 기쁨을 잃어버린 얼굴들이 우리 공동체적 삶 속에서 늘어만 가고 있다는 사실이다.

10대 뉴스의 찬란한 조명에서 벗어났지만, 한 해를 지나면서 필자의 회상 속에서 지워지지 않는 한 사건은 한국의 한 장롱 속에서 빈사한 5세 소년의 짧은 삶이었다. 우리들이 터뜨리고 있는 생산적 복지라는 휘황한 폭죽의 그늘 속에서 마실 물과 먹을 양식과 돌보아 줄 손길조차 없이 차갑게 식어간 한 영혼을 두고, 지금까지 누려온 모든 삶이 부끄러운 빛으로 변해가는 느낌을 체험한 이웃들이 한둘이 아니리라 짐작된다.

소박한 소망을 꿈꾸는 이 땅의 민초나 서민들의 삶의 언저리에서 새해를 맞아 누릴 이 짧은 기쁨의 불씨를 어떻게든 살려 나가도록 도와줘야 한다. 그들에게 필요한 것은 복지 그 자체, 다시 말해 순수한 복지이다. 정부는 순수한 복지시스템을 확충하는 데 더욱 힘을 쏟기 바란다. 가진 이웃들은 순수한 복지실현에 정성을 다해 참여하는 선한 이웃으로 거듭났으면 좋겠다.

많이 가진 이들과 많이 배운 이들은 이 땅이 무너져 내린다고 해도 솟아날 구멍을 찾을 수 있다. 하지만 민초나 서민들은 이 땅을 버릴 수 없는 아주 토착적인 끈질긴 생명만을 갖고 산다. 그들이 솥뚜껑을 집어 내던지고, 다 익은 들판을 갈아엎는 것은 무슨 기득권을 빼앗기지 않으려는 몸부림이 아니다. 비록 슬픔과 상처투성이인 삶의 체험을 지닌 자일지라도 그들이 살아가는 여기가 그들의 추억, 그들의 고향, 그들의 정신의 본질적인 일부분이기에 그들에겐 더 없이 소중한 삶의 터전인 것이다. 그들은 척박하고 메마른 이 땅, 이 처지를 훌훌 털어버리고 국경너머로 넘어갈 염도 꿈꾸지 않는 사람들이다.

그러므로 새해에는 정부가 정쟁이나 부추기지 말고, 앞장서서 이들에게 소박한 소망의 출구를 열어 주었으면 한다. 정치인들, 경제인들도 이들의 애환과 신음소리에 좀더 민감하게 깨어서

반응했으면 한다.

　　마침 노무현대통령도 올 해엔 크게 싸울 일이 없을 것이라 예언했다. 우선 집권여당이 안정을 되찾도록 조정자 역할만이라도 했으면 하는 바람이다. 국정의 일부를 책임질 집권여당이 이처럼 방향 없이 요동친다면 어찌 민생이 안정을 찾을 수 있겠는가.

　　더 나아가 청와대가 새해 들면서 선진한국의 전략지도 작성, 정치자생력 강화, 총리 내각통할권 지원, 언론과의 협력관계 개선, 혁신시스템 강화 등 국정운영 기조도 밝혔다. 집권 2년 동안의 소용돌이는 서민들의 더 깊게 패인 주름살에 비추어 보면 아쉽기 그지없는 잃어버린 듯한 기간이기도 하다.

　　그래도 새해에는 모두가 심기일전하는 삶의 의지 속에 희망을 담는다. 희망 속에서만 기쁨이 싹틀 수 있기 때문이다. 이 기쁨의 새싹은 노숙자들도, 의지할 곳 없이 거리를 떠도는 노인들도, 사방으로 우겨 싸여 앞이 캄캄한 신용불량자들도 품을 자유와 권리가 있다. 불편한 몸을 이끌고 우리 곁에 함께 서서 걷고 있는 많은 장애우들도 그 예외일 수 없다.

　　결코 최대다수의 최대행복이 많이 가진 자들과 많이 배운 자들의 숫자놀음으로 엮어져서는 안 된다. 이 땅에 뿌리내리고 끈질긴 생명력으로 살아가는 서민들의 꿈과 행복이 기본이 된 그런 최대다수와 최대행복의 지수를 함께 찾아 나가야 할 것이다. 우리 모두의 복된 새해를 빈다.

— 국민일보 2005. 1. 6.

창조적 실패

　이번 주간은 전세계 기독교인들이 일년 중 의미 있게 맞이하는 고난주간이다. 예수의 부활은 고난을 통해 성취되었음을 마음과 영혼 속에 깊이 되새겨 보는 기간이기도 하다.

　폴 투르니에라는 신학자는 이 대목에 착안하여 「창조적 고난」을 이야기한다. 고난 그 자체는 악이 빚어내는 작품이지만, 그 고난이 인간의 창조성을 자극하여, 모종의 건설적인 변화를 낳는다는 것이다. 고난이 발전과 성숙의 기회라는 것이다.

　그런데 어떤 사람은 고난을 통해 성숙하는데 왜 다른 사람들은 쇠락하는가? 그 원인은 개인의 운명이나 유전적 성향에 있다기보다 이들이 다른 사람들로부터 받는 영향에 크게 좌우된다는 데서 찾을 수 있다. 사랑이 있는 영향은 기왕의 고난을 성숙의 열매로 변화시킬 수 있지만, 사랑이 없는 영향은 그 고난의 자리에 머무르게 한다.

　비교적 단순하게 보이는 이 논리를 우리는 학문의 세계에 적용해 볼 수 있다. 진리를 탐구하는 치열한 학문의 세계에도 실패와 허위의 위험은 항상 따른다. 어떤 이들은 성공의 열매를 맛보지만, 다른 이들은 실패의 고배를 마시기도 한다.

　과학의 세계에서 연구자들은 거듭된 실패를 거쳐 새로운 가설이 진리라는 최종단계에 이르러 갈 수 있다. 거듭된 실험에서 비참한 실패를 반복하는 연구자들의 쓴맛이 얼마나 가슴저리는 아픔이 될지 우리는 감히 상상조차 하기 어렵다. 원천기술과 같이 세계초일류를 다투는 연구 분야에서, 막대한 연구비 투여와 세간의 집중된 시선을 감안하면, 밀폐된 실험실에서 일어나는 크고 작은 실패를 공표하는 일이 얼마나 힘든 고통이 되겠는가.

황우석 박사 팀의 줄기세포 관련 학문적 속임수 사태를 보면서, 연구자들 개인의 정서적 불안감, 초조, 긴장, 그 탈출구로서 가공의 성과조작 등 일련의 행태가 이런 맥락에서 읽힐 수도 있겠구나 하는 생각도 떠올랐다. 하지만 유감스럽게도 그 놀라운 팀과 그들 주위엔 창조적 실패를 자극하는 선한 영향력을 지닌 인간관계가 형성되어 있지 못했다. 팀 안에서도 협동보다는 고립된 분열이 지배했고, 더욱이 연구를 지원하고 감독하는 외부기관들이 한결 같이 황금알을 낳는 거위에 혈안이 된 나머지 일말의 실패를 염두에 둘 공간조차 마련하지 못했던 것이다.

이 불안한 영혼들은 위기의 순간 찾아 온 메피스토펠레스의 꼬임에 빠져 영혼을 내맡긴 채, 시공을 초월하여 순식간에 모래알로 황금을 만들어내는 그의 신출귀몰한 연금술에 힘입기 원했다. 모든 일은 일사천리로 진행되어 수많은 상, 국내최고과학자의 영예, 세계과학계의 주목받는 인재, 노벨상 후보로 미는 국보급 과학자의 경지에까지 단숨에 치닫는 듯했다. 하지만 실패를 인정하는 양심 속으로부터 우러나오는 용기를 잃었던 그 가련한 영혼의 일대기는 메피스토펠레스적 변란의 순간, 모래성처럼 무너져 내릴 수밖에 없었다.

황우석 사태가 던져준 교훈은 의미심장한 것이다. 학문의 세계에서도 우리는 성과주의에 깊이 경도된 나머지 마치 개발독재 시대의 고속도로건설처럼 '빨리빨리'에 길들여져 왔다. 실패가 성공의 어머니라는 평범한 지혜를 잊어버린 채, 학문의 세계에서 우리는 불패신화의 메피스토펠레스적 유혹의 길에 빠져들지는 않았는지 반성해 볼 일이다.

대학도, 정부도 이제는 연구자들에게 실패의 정직한 보고자가 될 수 있는 용기를 북돋아주어야 한다. 오늘 한 사람의 실패가 밑거름이 되어 내일 다른 성공의 열매를 맺을 수 있다. 우리나라의 학문적 연구시장에 축적된 정직하고 양심적인 실패보고서는 성공한 연구성과 못지않게 값진 자산이 될 수 있다는 안목을 키워야 한다. 그리하여 외롭고, 치열하게 정신적인 싸움을 벌이는 이 땅의 연구자들이 당장의 연구결실에 연연하기보다, 연구과정에 충실하면서, 실패와 성공을 아우르는 풍요한 지적 시장을 형성해 나갈 수 있도록 분위기를 쇄신할 필요가 있다.

지금은 대학캠퍼스마다 봄기운이 완연하다. 개나리, 목련, 철쭉이 흐드러지게 피어오른 교정에서 봄기운도 뒤로 한 채 연구에 골몰하는 외로운 연구자들도 있을 것이다. 그들이 대학의 지적 분위기의 원동력이다.

봄기분에 어울리지는 않지만, 마침 미당(未堂)의 「국화 옆에서」가 생각난다. 한 송이의 국화꽃을 피우기 위해 봄부터 소쩍새는 울고, 천둥은 먹구름 속에서 울고, 거기에 시인은 잠 못 이루는 고뇌의 시간들을 보냈다고 한다. 국화꽃 같은 한 송이의 연구결실을 거두기 위해 지금 우리는 고독한 연구자들의 곁에서 무얼 하고 있는가? 실패를 두렵게 하는 비난의 채찍보다 창조적 실패의 열린 통로를 여는 사랑과 관심이라는 변화의 물꼬가 아쉬운 시점이다.

— 고대신문 2006. 4. 10.

어린 날의 꿈을 찾아서

　　새벽에 일어나면 흔히 지난밤 잠자리에서 꾸었던 꿈이 머리를 다시 한번 스치고 지나가곤 한다. 그런데 간혹 생각나지 않는 꿈 때문에 자리를 떨치고 일어날 수 없는 때가 있다. 나이를 먹은 탓일까? 무엇인가 긴 꿈을 꾸긴 꾸었는데 도무지 실마리가 잡히지 않아 안타까울 때의 궁박함이란 이루 말로 형언할 수가 없다.

　　명상가들은 꿈이 현실이고, 현실이 곧 꿈이라고 말해준다. 일부는 맞는 말이다. 어린 날의 꿈은 치열한 삶의 나이테를 겹겹으로 우겨 싸면서 어느새 현실이 되었는가 하면, 오늘의 삶 속에서도 우리는 여전히 꿈을 꾸며 걸어가기 때문이다. 잠자리에서 꾸는 꿈에다가 밝은 대낮 일자리에서 꾸는 꿈까지 보탠다면, 인생의 대부분은 꿈이라고 말해도 좋을 것 같다. 그렇게 꿈을 꾸다가 영원히 꿈속으로 사라져 가는 것이 사람의 일생인지도 모를 일이다. 그래서 죽음을 영면이라고 말하지 않는가.

　　필자는 내 집안에서 이미 할아버지가 된 지 오래다. 자라나는 어린 손주들을 보면 그들과 나 사이에는 시간의 차원도 다른 것처럼 느껴진다. 마치 봄동산의 풀과 가을마당의 나뭇잎과도 같이. 봄동산의 풀은 어찌나 빨리 자라는지, 촌각을 다투는 것만 같다. 하지만 가을마당의 나뭇잎이 물들어 그 뿌리로 돌아가기는 뉘엿뉘엿 저무는 가을 해처럼 조심스럽기만 하다. 어제와 오늘이 같아 보여도 며칠을 지나고 나면 서서히 다른 자태를 드러낸다.

필자는 요즘 들어 부쩍 지난날의 꿈을 반추하면서 새로운 꿈을 꿀 때가 많다. 때로는 어린 날의 꿈과 노년의 꿈이 겹으로 포개지는 신비함을 맛보면서 말이다. 그 중에 한 가지 꿈은 내 의식의 언저리에서 멀리 떠나버린 시심(詩心)을 다시 찾는 일이다.

어린 시절 나는 바다가 멀리 내려다보이는 산촌에서 살았다. 서당에서 처음 글소리를 익힐 때도 소나무 숲이 우거진 산등성이를 넘어 다녔다. 푸른 바다와 하늘이 저 멀리 맞닿아 있었고, 해변에는 하얀 파도가 부서지는 모습이 보였다. 초등학교는 십리 길을 걸어 다녔다. 걸으면서 사계절 그 목가적 풍경들을 내 정서의 가장자리에 담았다. 중학교는 왕복 사십리 길을 걸어 다녀야만 했다. 긴 발걸음이었다. 구름을 보고 생각하며, 바람과 대화하면서 걸어 다녔다. 느낀 대로 적어 본 일기가 수채화 같은 산문과 시가 되었다. 어느새 나는 문학을 온 몸으로 체험하고 꿈꾸는 소년이 되어버렸다.

꿈 많던 사춘기를 지나 법과대학에 진학할 때, 나는 정작 법관이 되기보다는 톨스토이나 도스토에프스키 같은 문필가가 되려는 꿈을 품고 있었다. 하지만 법 속에서, 법생활 속에서 단지 후대에 널리 전할 문학의 소재만을 탐구하려 했던 나의 의도는, 법학을 전공하고 사법연수원을 마친 후 실무 법률가가 되면서, 그리고 오랜 유학생활을 거쳐 법학자가 되어 돌아오면서 뜻하지 않게 실종되고 말았다.

문득 '잃어버린 취향과 정서를 회복해야지'라는 생각이 날 때도 있었지만, 바쁜 연구와 사회활동에 침잠하다 보니 어느새 미궁에서 한줄기 빛마저 놓쳐버린 처지가 되었다. 어린 날, 그 샘처럼 솟아오르던 시심의 근원은 흔적도 없이 사라져 버린 것만 같다. 사랑은 어린 날의 꿈을 쓸어가 버린다는 말처럼 나는 무엇엔가 깊이 빠져 있었던 때문일까? 그 어린 날의 꿈을 다시 붙잡을 수 있는 길이 막막하여 틈새마다 골똘히 생각에 잠겨 보고는 한다.

어느 날 떠오른 생각은 낙조를 오랫동안 지켜 볼 수 있는 곳에 집을 짓고 거처를 옮겨 보자는 것이었다. 바다가 내려다보이는 언덕 위에 나무와 황토흙 내음이 짙은 집이면 더욱 좋겠다. 창가에서 또는 처마 밑 마루에 걸터앉아 붉게 물들었다가 짙은 어둠 속에 자취를 감추어가는 저녁노을을 오래 오래 바라보노라면 떠나갔던 시심이 다시 돌아올 것만 같은 충동을 느꼈다. 그러나 이 꿈은 어느 날 우연히 안면도에서 깨어지고 말았다. 내 소박한 꿈을 귀담아 두었던 친구가 어느 가을날 안면도에서 열리는 학술행사에 나를 초대했다. 낙조를 오래 즐길 수 있도록 발코니가 달린 방까지 세심하게 배려해 주었다. 정말 안면도의 낙조는 천하일품이었다. 어둠 속으로 아득하게 사라져가는 마지막 낙조의 여운을 간직한 채 방으로 들어와 지묵을 챙겨 들었지만, 한 구절의 감탄사도 나는 제대로 적어낼 수 없었다. 유년기의 시정(詩情)은 아직 돌아오지 않았다.

지난 겨울추위는 예년에 비해 제법 매서운 편이었다. 강추위 속에 어느 날 서울에는 눈 같은 눈이 내렸다. 그 눈길을 뚫고 나는 청평, 어느 산골자기에서 모인 청년집회를 찾아갔다. 두어 시간 강연을 마친 후 밖으로 나와 보니 온 천지는 흰 눈으로 수북이 덮여 있었다. 서울로 돌아올 일이 걱정이었다. 계속 눈은 내려서 쌓이고, 눈 속에 깊이 갇힌 승용차 안에서 나는 불현듯 떠오르는 꿈길을 만날 수 있었다.

내 어린 날의 꿈이기도 한 시의 향기를 다시 되찾으려면, 먼저 깊은 겨울 한 인적끊긴 산촌의 농가를 찾아가야겠다. 큰눈이 엄습하여 저만치 혼자 떨어져 있는 인근의 농가와도 발걸음이 끊길 무렵, 해가 저물기가 무섭게 내려 있는 어둠 속에서 운명을 토하듯 울음 우는 부엉이의 울음소리를 듣고만 있노라면, 허무 속에서 진실이 떠오르듯, 내 의식의 언저리로 떠오르는 시정(詩情)의 발자취를 들을 수 있을 것 같다. 그 밤에 다시 눈이라도 펑펑 쏟아진다면, 이제껏 세상에서 피어오르던 충동과 열정의 기다림도 가라앉고, 세속에 고달팠던 내 영혼은 순렛길에서 돌아온 나그네처럼 조용히 안식의 자리를 펼 수 있으리라.

　　새 봄의 문턱에서 새삼스럽게도 그런 처절한 겨울밤을 그려본다. 돌아오지 않는 발걸음을 되돌리기 위해서이다.

— 서정시학 2004. 봄호

나는 왜 크리스천인가

—'바울처럼 죽자' 결심하니 믿음 더 성숙—

　　내가 예수를 믿기 시작한 것은 20대 초반 책가방을 들고 대학의 교정을 드나들던 시기였다. 그러나 나는 머리와 의지로만 하나님을 믿었을 뿐 그분을 실제 내 삶의 중심에 모신 것은 아니었다. 아직 껍데기만 신앙인이었던 셈이다.

　　독일에 유학 중이던 1980년대 초, 내 나이 30대 중반에 이르러서야 성령이 내 영혼 깊숙한 곳까지 만지시고 흔드셨다. 나는 그 순간의 감격을 아직도 말로 다 표현하기 어렵다. 껍질이 벗겨지고 속사람이 새로운 감동에 휩싸이던 그 순간을 아직도 그날처럼 생생히 느끼고 있으니 얼마나 큰 은총인가. 그 후 나는 성령 안에서 고상한 크리스천의 이미지를 갖고 살겠노라 늘 다짐하곤 했다. 때로는 넘어질 때도 있었지만 하나님의 사랑과 은총을 덧입어 일관된 믿음의 삶을 수놓아 올 수 있었다.

　　40대 후반에 섬기는 교회의 장로로 안수받았다. 평온한 교회 생활, 단순한 연구와 교수생활 때문에 신앙의 굴곡이 별로 없이 50대 후반에 접어들었다. 시련은 이때 예상치 못한 곳에서 터져 나왔다.

　　38년간 목회하던 담임 목사님이 정년으로 은퇴한 후 후임

목사님을 청빙하지 못한 채 무려 2년간이나 아픈 세월을 보내야 만 했다.

첫번째 청빙절차는 열매 없이 끝났다. 선임 장로님이 청빙위원장, 나는 서기로 봉사하면서 6개월 만에 한 분 후보를 택하여 공동의회에 올렸지만 부결됐다. 후보군에 출중한 인물이 없다는 이유로 조직적인 반대운동을 편 교회 일꾼들이 있었다는 사실이 더욱 가슴 아팠다. 아쉬움과 미련이 교차하는 순간들이었지만 잊어버리고 다시 청빙절차를 진행키로 했다.

두번째 청빙절차는 선임 장로님이 미국으로 떠나셔서 내게 그 짐이 맡겨졌다. 앞의 실패를 거울삼았지만 이번엔 일부 교회 일꾼들이 교회의 부목사님 한 분을 담임 목사님으로 모시자고 팔을 걷어 올렸다. 그 바람에 휘말려 두번째 청빙절차도 열매를 거두지 못했다. 교회뿐만 아니라 개인적으로도 마음에 큰 상처가 남았다. 미움이 돋아나기 시작했다.

그러던 어느 날, 성령님께서는 나를 "나는 날마다 죽노라"는 사도 바울의 말씀으로 인도해주셨고 큰 은혜로 깨우쳐주셨다.

'나도 바울처럼 죽자'고 결심하니 청빙절차로 인해 시달린 내 마음의 상처가 치유되고 미움의 뿌리도 뽑힌 채 사라져버렸다. 50대 말에 들어서서 느껴보는 또 다른 평안이었다.

그 후 하나님께서는 메마른 가슴을 건드리시고 반석에 샘물 흘러나듯 눈물샘이 솟아나게 하셨다. 대표기도 하러 강단에 올라서서 성도들을 바라보는 순간부터 눈물이 앞을 가려 제대로 기도할 수 없는 순간들이 2년여 계속된 채 나는 이제 환갑에 접어들었다. 눈물도 은사인지, 성도들의 마음에도 변화가 일어나 지난 2월 세 번째 공동의회에서 39세의 젊은 일꾼 조윤 목사님을 청빙하는 절차는 90%가 넘는 찬성으로 마무리되었다. 그러나 10%의 냉담한 성도들과 함께 어깨동무하고 걸어가는 숙제는 남아 있었다. 내게는 인자와 진리, 온유와 인내로써 훈련받는 기간이었다. 회복의 시간이 흘러 지난 9월 초 담임목사 위임식을 은혜 중에 마무리할 수 있었다. 생각하면 모든 것이 하나님의 은혜이며 뜻이었다.

얼마 전 친구 박찬권 목사님으로부터 가나안 여자의 믿음(마 15:21~28)을 묵상해보라는 권유를 받고 그 말씀을 통해 깨달음을 얻었다. 영국의 경험주의 철학자 러셀은 「나는 왜 크리스천이 아닌가?」라는 책에서 이 가나안 여인을 개에 비유한 예수님의 태도를 이해할 수 없다고 밝히고 그것이 자신이 예수를 믿지 못하는 이유 중 하나라고 했다. 그런데 이 말씀을 묵상하던 중 나는 내가 크리스천인 까닭을 여기에서 발견할 수 있었다.

지금까지 수없이 이 말씀을 읽고 지나치면서도 예수님은 나를 고상한 신자로 여기실 거라 생각했고 결단코 나를 그 가나안 여인과 같은 당혹스러운 처지로 몰고 가지는 않으리라 생각해왔다. 그런데 실로 나는 그 가나안 여인 축에 끼기도 어려운 먼 발치 신자에 불과하다는 생각이 들었다. 그러한 처지에서 "주여, 옳소이다마는 개도 주인의 상에서 떨어지는 부스러기는 주어먹습니다"라고 말할 수 있는지 곰곰이 생각해보았다. 주님 앞에 기꺼이 그렇게 말할 수 있는 내면의 용기를 확인할 수 있었다. 어느새 나는 그렇게 크리스천으로 만들어져 가고 있었다. 그것도 말할 수 없는 주님의 은혜요 넘치는 은총이라 여겨졌다.

그러면 나는 왜 크리스천인가? 주님이 내 안에 가장 사랑스러운 분으로 계시기 때문에 나는 크리스천이다. 그분이 가라고 하면 가고, 그분이 멈추라고 하면 멈춰 설 준비가 항상 되어 있기 때문에 나는 크리스천이다. 그분은 이 나이에 이르도록 나를 아프리카의 오지나 중동의 사막, 티베트의 고원지대로 가라 명하시지는 않으셨다. 그분은 나를 학원으로 보내셨고 복음의 증인으로 살도록 이끄셨다. 그래서 나는 크리스천이다. 앞으로도 내 인생이 다 저무는 순간까지 주님은 나를 겸손히 사랑하고 섬기면서 살라고 이끄실 줄 확신하기 때문에 나는 바로 크리스천이다.

내 나이 60이 되어 이제 꿈꾼다. 나는 대학교수로서 이 일자리에서 농사를 끝마친 뒤 갇힌 자 된 이웃과 형제들을 찾아가고자 하는 열망을 가슴 속에 간직하고 있다. 그곳에서 하나님의 사랑스러운 정의와 공의로운 사랑의 빛을 형제들에게 비추고 나누어주는 삶을 누리고 싶다.

— 국민일보 2006. 11. 13.